16
고블린 슬레이어
GOBLIN SLAYER!
let anyone roll the dice.

"더러워진다."
"신경 안 써요."
© Noboru Kannatuki

나는 멋대로 행복해지는 거야.
"……이 정도는, 괜찮겠죠?"

Contents

GOBLIN SLAYER!
He does not let anyone roll the dice.

d Girl

Wiz B

© Noboru Kannatuki

Rhe

oy

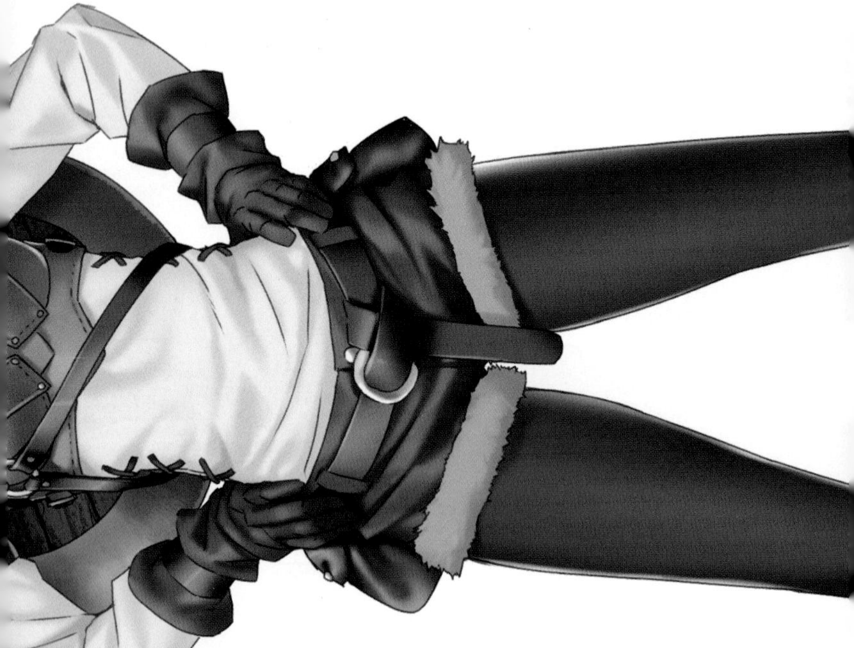

ea Swor

고블린 슬레이어

GOBLIN SLAYER!

He does not let anyone roll the dice.

16

저자 카규 쿠모
일러스트 칸나츠키 노보루

고블린 슬레이어

인물 소개

CHARACTER PROFILE

—그러니까 나는,
놈들 입장에서 고블린이다.

고블린 슬레이어
Goblin Slayer

변경 도시에서 활동하는 별난 모험가. 고블린 토벌만 해서 은 등급(서열 3위)까지 올라간 희귀한 존재.

—지키고, 치유하고, 구하라.
『지모신의 세 마디 성스러운 구절』

여신관
Priestess

고블린 슬레이어와 콤비를 짠 마음씨 고운 소녀.
고블린 슬레이어의 무모한 행동에 휘둘리고 있다.

—무지한 자들이야말로
행복한 것이다.
알게 되는 것은 가장 커다란
기쁨이니까. 『엘프의 격언』

엘프 궁수
High Elf Archer

고블린 슬레이어와 모험을 함께 하는 엘프 소녀.
탐색자(레인저) 역할을 맡고 있는 굉장한 솜씨의 활잡이.

—그녀에게 중요한 것은,
언제나 날씨, 가축, 작물과
그 사람이다.

소치기 소녀
Cow Girl

고블린 슬레이어가 묵고 있는 목장에서 일하는 소녀.
고블린 슬레이어의 소꿉친구.

—펜과 종이도 없이, 어떻게
모험을 할 수 있을까요?

접수원 아가씨
Guild Girl

모험가 길드에서 일하는 여성.
고블린 퇴치를 솔선해서 하는 고블린 슬레이어 덕분에 언제나 마음의 짐을 덜고 있다.

―보석도 금속도 연마하기
전에는 모두 돌덩이로다.
사물을 겉모습으로만 판단하는
드워프는 이 세상에 없느니라.

드워프 도사 Dwarf Shaman

고블린 슬레이어와 모험을
함께 하는 드워프 술사.

―용은 도망치지 않는 법.

리자드맨 승려 Lizard Priest

고블린 슬레이어와 모험을
함께 하는 도마뱀 수인 승려.

나를 단련하고 칼날로 해치워라.
피가 나온다면 내 적이 아니다.
―강철의 비밀. 그 중 일부.

중장 전사 Heavy Warrior

변경 도시의 모험가 길드에
소속된 은 등급 모험가.
여기사를 포함한 변경 최고의
파티를 이끌고 있다.

―신비와 사랑은 혀로 자아낼
수록 쉽게 풀어지는 법. 하물며
여인의 아름다움은 어떠하리.

마녀 Sorceress

변경 도시의 모험가 길드에
소속된 은 등급의 모험가.

존경해 마땅한 적을,
내일의 벗이라 부르기는 싫다.
적어도 오늘은.

창잡이 Lancer

변경 도시의 모험가 길드에
소속된 은 등급의 모험가.

사랑이란 서로를 마주보는
것이 아니다.
같은 방향을 함께 보는 것이다.
―어느 시인.

검의 처녀 Sword Maiden

물의 도시에 있는 지고신 신전의
대주교. 과거에 마신왕과 싸운
금 등급의 모험가이기도 하다.

서장

「마상창의 연습시합(나이트 테일)」

“무명의 기사한테 첫 패배를 당하는 녀석이 많다. 겉모습에 속지 마라!”

그렇게 외치는 소리가 들리자, 관객들의 명랑한 웃음소리가 터져 나오며 그 자리를 지배했다.

무리도 아니리라. 갑옷을 몸에 장착하고 기마 위에 올라, 창과 방패를 손에 든 두 명의 기사.

한쪽은 망아지마저 탈 수 있는 거한이고, 이 마을에서도 가장 힘이 장사인 담배 농원의 아들.

상대는 당나귀를 타고, 중고로 보이는 누더기 갑옷과 투구를 입은 자그마한 계집아이.

부모가 정한 혼담이 싫어서 뛰쳐나간 반항적인 말괄량이가 돌아온 것이다.

그래 놓고서 기사 행세를 하며 마상창 시합에 뛰어들었으니, 다들 웃는 것도 당연한 일.

저래서는 목제 기사 인형, 창과 방패를 든 연습용 표적이 그나마 나을 것이다.

히죽히죽 소름끼치게 웃고 있는 담배 농원 아들내미의 얼굴은 철 투구의 면갑에 가려져 있었다.

아마도 소녀를 날려버리고 자기 여자로 삼은 뒤, 도읍에 가는 자신의 모습을 상상하고 있을 것이다.

정말이지 참으로 제멋대로다. 그녀는 격노했다. 반드시, 저 애송이를 때려눕혀주겠다고 결심했다.

"—날려버리겠어!"

"날려버리지 않아도 된다니까."

레아(들판 종족) 소녀가 기염을 토하는 옆에서, 당나귀를 탄 그녀와 비교해서 키 차이가 얼마 안 나는 소년이 한숨을 쉬었다.

물론 레아와 비교하면 키가 크다. 그러나, 흄(인간)치고는 가늘고 말랐다.

그는 허리에 찬 비곤(飛棍)(부메랑)을 어설픈 기색으로 고치면서 투덜거렸다.

"너, 규칙은 이해하고 있어?"

"알고는 있는데……."

투구의 면갑을 올린 채, 갑갑한 기색으로 갑옷을 입은 레아 소녀 검사가 친구 쪽으로 고개를 돌렸다.

그 표정에 긴장한 낌새는 없었다. 자연체였다. 그저, 하염없이 펄펄 화를 내고 있었다.

"나는, 저런 걸 날려버리기 위해서 모험가가 됐거든?"

"안 해도 된다고. 낙마만 시키면 이쪽이 이기니까."

그에 비해 소년 마술사는 영 심기가 불편해 보였다.

그도 그럴 것이 「커다란 사람」이다. 덤으로 「마술사」다.

레아의 마을에 그런 인물이 찾아가면, 그야 당연하게도 주목을 받게 된다.

아이들은 불꽃놀이를 보여 달라고 조르며, 어른들은 기이한 눈으로 바라보면서 담배를 권한다.

옆에 있는 소녀와 어떤 관계인지 캐묻는 작자도 있으며, 준비용 천막을 엿보는 작자를 쫓아내느라 고생했다.

덤으로 갑옷을 못 입겠다 끼인다 소란을 떠는 그녀의 갑옷 장비를 돕는 꼴이 되어 버렸으니…….

—정말이지……!

소녀은, 종족과 체구치고는 풍만한 그녀의 가슴팍에 대한 기억을 열심히 뇌리에서 떨쳐내고 말했다.

"낙마하지만 않으면 된다고. 그러면 동점이고, 내려서 검으로 시합이잖아?"

"아아, 그러니까……."

방긋 웃은 소녀가 투구의 면갑을 내리고, 고정구를 걸면서 말했다.

"—검이라면 여유 있게 이길 수 있다고 생각하는구나?"

"……."

소년 마술사는 입을 다문 다음, 지독히도 뾰족한 목소리로 그녀에게 못을 박았다.

"됐으니까, 달리기 시작하면 창을 갑옷의 창걸이에 잘 걸어. 고정하는 게 중요하니까."

"네에."

소녀는 먹먹한 웃음소리를 냈다.

"그러면, 날려버리고 올게!"

발굽이 울린다. 발굽이 울린다. 박자가 울린다.

발굽이 울린다. 발굽이 울린다. 박자가 울린다.

어떤 자는 울타리를 두드리고, 어떤 자는 갑옷을 두드리고, 창의 물미로 땅을 때리며 기세를 올린다.

그들은 고대 엘프(숲 종족)의 여왕(퀸)을 칭송한다.

그녀가 나눠준 정원의 흙이 이 마을의 풍요로운 자연과 결실을 가져다주었다.

그렇지만 그보다도 무엇보다도, 관객들의 열광이 바로 이 음색을 연주하고 있었다.

마상창(토너먼트) 시합.

이 사방세계, 놀이판의 대지에서 이것에 끓어오르지 않을 도리가 있을 것인가?

모험, 탁상유희, 켄타우로스들의 경쟁에 필적하는 최대의 오락 중 하나.

그것은 이 담배 농원과 밭이 가득한, 온화한 풍토의 레아 마을에서도 다를 바 없었다.

하물며 이 대회에 걸려 있는 것은 왕도행 티켓이었다.

평생을 마을 안에서 지내며 바깥으로 나갈 일조차 없는 자가 많은 세상에서, 그것은 대단한 권리였다.

오랜 옛날 왕국을 섬긴 레아 기사의 전통에 따라, 레아 마을에도 그 기회가 있었다.

젊은이들에게는 꿈만 같은 일이다. 담배 농원의 아들이 아니라도, 소녀에게도 그것은 마찬가지.

지켜보는 사람들도 언젠가 반드시란 마음으로. 혹은 과거의 자신, 어쩌면 있었을 자신을 그 모습에 겹쳐서 그려본다.

아니, 본래는 이렇게 기나긴 설명을 할 필요도 없으리라.

재미있다.

피가 끓고 살이 떨린다.

즐겁다.

그저 그것만으로, 사람들이 마상창 시합에 열중하게 되는 이유는 충분하리라!

그리고 그 열광이 최고조에 이른 순간, 중앙에 선 심판이 경계가 되는 깃발을 펄럭 들었다.

"오오오오오오옷!!"

"이랴, 이랴아아아아아!!"

드높이 지르는 함성과 함께, 두 사람의 기사가 애마 — 한쪽은 당나귀지만 — 를 힘차게 몰아 달렸다.

소녀가 탄 당나귀가 박차를 받아 길게 울고 뒷다리로 선 한순간, 소년 마술사는 이를 악물었다.

그러나 눈을 한 번 깜박이자, 당나귀도 다시 마장(馬場)에 흙먼지를 피우며 적을 향해 달려갔다.

"가라…… 가라……!"

마상창 시합에 사용되는 창은, 물론 진짜 창이 아니다.

보기 좋고 부서지기 쉽도록 만든 경기용의 목제 창이다.

그러나 그만큼 길어서 중심을 잡기 어렵고, 또한 한 손으로 지탱하는 이상 부담도 늘어난다.

"크, 이 녀석……!"

날뛰는 안장 위에서 가녀린 팔로 창을 들어 올려 긴 자루를 감옷의 금속기구에 거느라, 소녀는 고생했다.

"하앗 이랏!"

그 동안에도 상대는 유유히 한 팔로 창을 들어, 금속기구에 철컥 고정해 버린다.

노리는 장소는 상대의 방패나 몸통, 그리고 머리. 확실하게 맞출 수 있는 것은 방패지만, 낙마를 노린다면.

"……윽."

화려하게 칠한 창끝이 소녀의 얼굴을 겨누자, 소년 마술사는 주먹을 꼭 쥐었다.

만에 하나라도 다치진 않을 것이다. 경기용의 갑옷은 튼튼하고 두껍다. 그러나 저건 중고를 끌어 모은 것이다.

괜찮을 거야. 가라, 가라, 가라. 금속기구에 걸어. 낙마만 하지 마라. 낙마만.

쾅쾅 울타리를 두드리면서, 정돈되지 않은 사고가 거품처럼 떠올라 터진다.

모험이라도 이렇게 긴장하지는 않는다. 그저 보고 있는 것뿐인데. 보고 있을 뿐이라 그런가?

아아, 하지만, 젠장……! 가라, 이겨라, 해치워, 해치워라……!

"랴, 아아아……앗!"

철컥. 고정구에 창이 고정되는 소리가 났다. 그런 것 같았다.

그리고 다음 순간에 울려 퍼진 것은, 서로의 창과 창이 쌍방의 몸에 격돌하여 폭쇄되는 굉음.

화려하게 나무 조각이 흩어지고, 금속 갑옷이 찌그러지고, 방패가 날아간다.

설령 망아지와 당나귀라고 해도, 그 충격은 방호 장비가 없으면 즉사해도 이상하지 않았다.

진짜 창을 든 기사의 돌격은 파성추의 일격마저 웃도는 위력이라고 하니까.

와아. 환호성이 올랐다. 부인들의 비명도 들렸다. 갑옷 기사가 무너지는 소리가 났다.

소년 마술사는 얼굴을 가리면서 한숨을 쉬었다. 아아, 진짜. 나중에 설교를 해주겠어.

"그러니까, 날려버리지 않아도 된다니까……!"

제1장 『왕도의 휴일』

Goblin Slayer
He does not let anyone roll the dice.

"와, 아……!"

그녀가 눈빛을 반짝거리며 소리를 지른 것은 요정향에 갔던 이래 처음이었다.

다시 말해서 왕도는 그녀에게 요정향에 버금갈 정도로 환상적인 장소였다.

하늘 높이 우뚝 선 마천루(스카이 스크래퍼). 돌이 깔려 있는 바닥. 오가는 사람들의 호화로움과 현란함.

모든 것이 빛나 보였고, 사방을 둘러봐도 광야가 보이지 않는다.

눈에 들어오는 자연이라고는, 한참 높은 곳에 잘려서 보이는 파란 하늘뿐이다.

그 파란 하늘도, 물감을 묽고 묽게 흐려놓은 것처럼 빛바랜 파랑이었다.

물의 도시도 도회지라고 생각했는데, 이건—.

"굉장하네에……!"

소치기 소녀는 달리 형용할 말이 없었다.

"후후후, 익숙해지면 이 정도는 신경 안 쓰이게 되지만요."

통. 경쾌한 발소리로 옆에 선 것은 모험가 길드의 접수원 아가씨였다.

라고— 말할 수 없을지도 모른다. 그도 그럴 것이 그녀가 입고 있는 것은 상등품의 드레스였으니까.

물론, 상등품이란 것은 소치기 소녀 시점이었다. 접수원으로서는 분명 그냥 사복이 틀림없다.

그도 그럴 것이 그녀는 귀족의 공주님이다. 목장의 딸인 자신과는 모든 것이 다르다.

비교하기만 해도, 부끄러워지는데—.

“흄이 보기에는, 엘프의 마을도 이런 식으로 보이는 걸까?”

뛰는 자 위에 나는 자가 있다. 그래서 소치기 소녀는 그 외견의 낙차를 신경 쓰지 않을 수 있었다.

그야말로 하이 엘프 공주님 앞에 서면 다른 흄 아가씨는 다들 비슷해지는 것이다.

여행복— 모험할 때와 별 차이가 없는 차림새로 왕도의 돌바닥을 디딘 그녀에게 사람들의 시선이 모였다.

반짝이는 별 같은 눈동자와 투명한 녹색 머리칼을 가진 하이 엘프는 왕도 사람들이라고 해도 흔히 볼 수 없다.

엘프 궁수는 그런 호기심과 호색이 어린 시선 따위를 자연스럽게 흘리고 기다란 귀를 쫑긋 흔들었다.

“별나고, 떠들썩하고, 희한해. 그런 느낌? 뭐, 좀 비좁은 건 안 좋지만.”

“그야, 엘프가 보기에는 그럴 테지.”

이렇게 엘프 궁수에게 대답한 드워프 도사는 어디서 산 것인지 이미 손에 꼬치구이를 들고 있었다.

노릇하게 구운 고기를 깨물면서 엘프 궁수에게 당근 통구이를 건네고 있었다.

경기가 유행하게 되자 왕도에 찾아오는 켄타우로스나 애호가가 늘어나서 이런 노점도 늘어난 것이리라.

"고마워."

엘프 궁수가 말하더니 사양 않고 깨물어 야채를 입안에 가득 머금었다.

그것을 곁눈질하면서, 드워프 도사는 손가락에 묻은 기름을 핥고 심술궂게 눈웃음을 지었다.

"엘프의 그건 말이다. 건물이 아니지 않느냐? 나무의 옹이에 살고 있을 뿐이지."

"그거 차별 발언이야. 문화 경시? 라는 거야."

"얼마든지 말해보거라. 언젠가 드워프(난쟁이)의 도시라는 것을 보여주마."

"그거야말로 땅굴이잖아. 같은 굴이라면 레아의 집이 훨씬 아늑할 거야."

"그것도 제대로 된 건축을 한 게다. 엘프의 그것하고는 전혀 다른 물건이지."

뭐야! 반박하는 목소리에, 반론하는 목소리. 평소처럼 떠들썩한 대화.

그렇지만 그런 두 사람의 소동마저 묻혀버릴 정도로 왕도의 인파는 어마어마했다.

어디를 봐도 사람, 사람, 사람, 사람, 사람, 사람, 사람, 사람, 사람, 이다.

색색의 의복을 입고, 갖가지 말이 오가고, 물이 흐르듯 오른쪽 왼쪽으로.

켄타우로스, 수인, 엘프, 드워프, 레아에 흄, 본 적이 없는 종족인 사람까지.

혼란을 피해 대로의 가장자리에 서 있으면서도, 휩쓸려서 흘러가버릴 것 같았다.

색의 홍수다. 엘프 궁수가 문화라고 말했는데, 그야말로 문화 충격(컬처 쇼크).

이것 앞에서 그림을 그리는 것이 무리라며 붓을 놓으면, 화가로서 살아갈 수 없으리라.

그도 그럴 것이 이 세상 모든 것이 이 광경에 담겨 있다고 해도, 지나친 말이 아니니까.

"그건 그렇고."

하후. 사람들에 취해 질식해버릴 것 같으면서도, 소치기 소녀 옆에 선 소녀가 신음했다.

처음 만났을 때는 작은 어린애 같았던 그녀도, 지금은 완전히 어엿한 여자애다.

긴 금발 위에 쓴 모자를 누르고, 지모신의 신관인 그녀는 눈을 깜박거렸다.

"사람이 많다고 듣기는 했지만…… 이건 굉장하네요."

"그런 거야?"

네. 전에도 왕도를 찾아온 적이 있는 여신관이 끄덕끄덕 고개를 위아래로 움직였다.

그녀도 태어나 자란 것은 변경이지만, 지난 몇 년 동안 여기저기 모험을 다녔다.

그러나 그 적지만 농밀한 경험에 비추어 보더라도, 지금 이 왕도에 넘치는 인파에는 눈이 휘둥그래졌다.

처음으로 왕도를 찾아왔을 때도 압도됐었지만—.

“그때보다, 훨씬 더, 많아요.”

“그야, 토너먼트니까요!”

그렇다. 접수원은 단정한 가슴을 쭉 폈다.

그랬다. 이 사방세계가 넓다지만, 토너먼트만큼 끓어오르는 행사는 많지 않았다.

사방세계의 꽃이라면 모험이지만, 1대 1(PVP)로 누가 강한가? 그것이 궁금한 것은 사람의 습성.

신들마저도 흥미롭게 놀이판 위를 들여다보는 지경이니, 전쟁의 여신께서 가호하시기를.

“후, 후후. 소승 또한 기마가 있었다면, 부디 참가를 해보고 싶었네만.”

그렇게 말하면서 성큼 걸음을 나아가는 리자드맨 승려는 커다란 짐을 들고 있었다.

대문을 통과한 다음, 마차에서 짐을 내리러 갔었으니 당연한 것이다.

“자.”

엘프 궁수는 드워프 도사가 사온 구운 치즈 꼬치를 위로 들어올렸다.

“고맙네.”

리자드맨 승려가 한 마디 하고, 엘프 궁수의 손에 들린 그것을 통째로 깨물었다.

"음. 진미, 진미일세. ……그렇지만, 기사가 아니면 참가할 수 없다니, 하는 수 없군."

"사관을 하지 않으셔도, 나갈 방법 자체는 있는데 말이죠?"

철썩 꼬리로 돌바닥을 때리는 소리에 몇 명의 통행인이 눈길을 돌렸다.

그러나 호기심 많은 구경꾼 중 한 명이라고 생각했는지, 그것도 한순간.

모든 사람들이 토너먼트를 주목하고 있었다. 관광객 따위를 바라보고 있을 시간이 아깝다.

"실제로 각 종족에서도 대표를 골라, 부문마다 조별로 참가하게 되어 있어요."

"그렇군, 그렇군. 드워프, 레아, 엘프, 수인, 흄, 제각각 다르게 만들어 졌으니 당연하겠군."

그러나 무차별의 싸움이란 것도 가슴이 뛴다. 그런 부문도 있다고 해요.

그런 대화를 곁눈질로 보면서, 소치기 소녀는 마지막 남은 한 명에게 힐끔 눈길을 돌렸다.

—기껏 휴가를 냈다.

아마도, 그런 모양새다.

모험도 아니다. 목장의 일도 아니다. 친구의 권유를 받아서, 다 함께 왕도에 찾아왔다.

멀리 나오면 언젠가 겨울의 싫은 추억이 떠오르기도 하지만, 그런 낌새는 조금도 없다.

그래서— 그런 것도 아니지만, 소치기 소녀는 그에게 물었다.

"일단…… 어떻게 할까?"

눈에 보이는 것 모두가 현란하고, 눈부시고, 재미있어 보이고, 두근두근 가슴이 뛴다.

토너먼트가 시작될 때까지는 시간도 남았다. 도저히 충분할 것 같지는 않지만.

질문을 들은 그— 소꿉친구인 그는「흠」하고 낮게 신음하면서 들고 있던 짐을 고쳐 들었다.

지저분한 가죽 갑옷, 싸구려 철 투구, 팔에는 자그마한 원형 방패, 허리에는 어중간한 길이의 검을 찬 모험가.

길 가는 사람들이 수상쩍은 눈으로 바라보는 그 남자는 묵직하게 고개를 끄덕이고 말했다.

"……어떻게 해야 할까."

고블린 슬레이어는, 휴일을 어떻게 지내야 하는지 전혀 알 수가 없었다.

§

발단은 접수원 아가씨와 소치기 소녀의 공모— 혹은 제안이었다.

왕도에서 열리는 마상창 시합에 함께 가죠, 라는 것.

엘프 궁수가 두말할 것 없이「보고 싶어!」라며 손을 들었고, 리자드맨 승려가 「그거 좋겠군」 하고 따랐다.

축제를 좋아하는 드워프 도사도 「뭐, 나쁘지 않겠구먼」 하면서 긍정했다.

여신관은 놀러 간다거나 축제에 참가한다는 것에는 아직 조금 저항이 있었지만.

—그러고 보니, 전에 갔을 때는…….

여러 가지 일이 있어서 도저히 놀러 다닐 분위기가 아니었지. 하고 생각했다.

그리고 마상창 시합. 기사님들이 싸우는 토너먼트라는 것은 한 번 보고 싶기도 했다.

그도 그럴 것이 선배인 여성 모험가 한 명이 그 늠름한 여기사이기도 하니까…….

"보, 보고 싶, 어요."

요즘에는 이얍하면서 무대에 뛰쳐나갈 셈으로 손을 드는 일이 늘어난 여신관의 주장이었다.

"그럼요. 이걸 놓치면 다음 기회가 좀처럼 없을 것 같으니까요."

접수원이 생긋 웃으면서 포위망을 좁히고, 소치기 소녀가 「그치」 하고 그의 소매를 당겼다.

"가보자. 분명히 재미있을 거라고…… 생각하거든?"

"흠."

이렇게 되면, 이미 고블린 슬레이어에게 거부권은 없다.

모험가 파티의 리더는 딱히 그다지 권력을 가진 것도 아니기 때문이다.

어디까지나 방침을 정하는 역할이며, 누구 한 사람을 독단으로 추방하는 일 따위도 못한다.

따라서 그는 고대의「끄덕이는 엘프」의 고사를 따라, 묵묵히 고개를 위아래로 움직였다.

그렇게 변경의 도시에서 마차를 타고, 영차영차 시간을 들여 왕도에 들어섰다.

대량의 방문객을 지켜보느라 피폐해진 기색의 문지기 병사에게 인사를 하고, 대문을 통과한 뒤의 대화.

숙소도 잡았고, 이제부터 어떻게 할까를 의논하는 참인데—.

"요전에 하다 만 거 다시 하자!"

"히약?!"

엘프 궁수가 대꾸도 안 듣고 여신관을 손을 잡더니, 다다다 달려가 버렸다.

한데 묶은 뒷머리를 나부끼면서 달려가는 모습은 물가의 이파리 위를 건너는 요정 같았다.

손을 잡힌 채 뒤를 따르는 여신관은 모자를 누르면서「죄송합니다, 나중에 봬요!」라는 말을 남겼다.

접수원 아가씨가 허리춤에서 손을 흔들어 배웅하는 것을 슬쩍 보고, 문득 떠오른 의문이 하나.

"요전에 하다 만 거……?"

"요전에 왕도에 왔을 때 일이다."

무슨 일일까 중얼거린 소치기 소녀에게 고블린 슬레이어가 짧게 대답했다.

그건 1년 이상 예전 일이 아니었나? 하지만 엘프라면 다른 걸까?

"고블린 퇴치를 하게 됐었다."

"고블린 퇴치……."

"그래."

"그렇구나—."

그러면 뭐, 다시 하고 싶어질 만도 하다.

겨울의 눈 덮인 산에서 알게 된 고블린 퇴치의 일부를 생각하면 더욱 그렇다.

참으로 그윽한 표정을 지은 드워프 도사와 리자드맨 승려, 접수원 아가씨의 표정이 신경 쓰였지만.

"뭐, 허면 우리도 그때 하던 걸 마저 해보자꾸나!"

그렇게 말한 것보다 빠르게, 드워프 도사의 두꺼운 손바닥이 고블린 슬레이어의 등을 때렸다.

마치 금속판을 돌 판으로 두드린 것 같은 소리와 함께, 앞으로 밀려난 그를 긴 꼬리가 받쳐 주었다.

"그렇군. 대회가 열린다면 가게 같은 것도 많을 걸세. 그것을 놓칠 이유는 없지 않겠는가!"

"음……."

그는 한 번 신음했지만, 「그런 법인가」라고 중얼거리며 순순히 뒤를 따랐다.

"그러면 두 분. 소귀 살해자 공을 빌리겠네."

"걱정 말거라. 밤에는 돌려줄 테니."

이렇게 리자드맨 승려와 드워프 도사, 흠과 동떨어진 용력을 가진 두 사람이 끌고 가면 저항할 도리가 없다.

애당초 저항할 생각도 없으리라.

"아무래도."

참으로 기운 빠지는, 그다운 말.

"그렇게 된 것 같다."

그 말만 남기고, 남자 셋이 또 함께 축제로 떠들썩한 쪽에 가버렸다.

"아."

소치기 소녀는 무슨 말을 하려고 했었을까? 스스로도 잘 모르는 모양이지만, 기껏 같이 왔는데, 였을까?

그렇지만 막고 싶은 것도 아니었다. 그가 휴일을, 축제를, 솔직하게 즐기는 것을.

—대체 얼마만일까?

언젠가의 수확제에서도 결국 그는 고블린을 경계한 모양이었다.

그렇게 생각하는 것을 꿰뚫어본 것처럼, 하얗고 아름다운 손이 살짝 어깨에 닿았다.

눈길을 돌리자 그곳에, 그 수확제의 오전과 오후를 등분으로 나눈 호적수가 있다.

"후후. 괜찮지 않을까요? 시간은 아직 있으니까요."

"그……."

이건 뭔가 꿍꿍이가 있는 낌새다. 소치기 소녀는 가슴이 뛰는 걸 알 수 있었다.

"말씀은?"

"기왕 왔으니까, 예쁘게 꾸며봐요! —왕도풍으로!"

아아, 그건— 참으로 가슴이 뛰는, 꿍꿍이가 아닐까?

"응, 꼭이요……!"

공주님이 되고 싶지만, 그러려면 모험도 필요한 법이다.

§

호박색의 돌을 쌓아 올린 실내시장(마켈룸)은 소치기 소녀가 상상도 못해 본 장소였다.

본래는 9일장(눈디나에)을 보충하기 위해서, 비바람을 피하기 위해 정원 따위에 열린 노천시장이었다.

그것이 어느샌가 지붕이 달린 상설 시장으로 변하고, 지금에 이르렀다고 한다.

접수원 아가씨가 안내를 해준 것은 왕도에 있는 몇 개 중에서도 가장 커다란 것이라고 들었다.

"고대 대제(大帝)의 전승을 기념한 광장인데요. 요즘 찾아오는 목적은, 거의 장보기라네요."

왕도에 대해서 전혀 모르는 소치기 소녀는 접수원의 설명보다 눈앞의 광경에 열중하고 있었다.

지식신의 요새인 도서관 바로 옆에 교역신의 은총이 두터운 이 시장이 있는 것은, 두 신의 친분을 증명하는 것이리라.

훌륭한 구조의 아케이드가 거인의 계단처럼 5단, 5층이나 이어져 있었다.

각각의 계층 지붕은 발코니가 되어 있어서, 그곳에서 수많은 사람들이 붐빈다.

고기 냄새, 생선 냄새, 요리의 냄새. 맡아본 적도 없는 냄새. 그것이 소란과 함께 밀려들어온다.

그리고 오가는 사람, 사람, 사람, 사람의 무리!

어디서 온 것인지, 무슨 종족인지도 짐작이 안 가는 사람들이 눈앞을 오른쪽으로, 왼쪽으로.

덤으로 그 사람들 모두가 어디서 온 물건인지 알 수 없는 상품을 양손에 가득 들고 있다!

사방세계의 모든 것이 이 시장에 꾸욱 압축된 것이 아닌가하는 생각마저 들고 있었다.

오감 모두를 덧칠하는 것 같아서, 소치기 소녀는 그저 이 앞에 오기만 했는데도 현기증을 느끼고 말았다.

"이거……."

소치기 소녀는 목소리를 떨었다.

"……이렇게 커다란 건물이, 전부 가게야?!"

"5층은 관청이지만요. 한 층마다 대략 40개 정도의 가게가 있으니까—."

접수원 아가씨는 가녀린 손가락 끝을 턱에 대고서 머릿속으로 가볍게 계산을 해냈다.

"대강 160개의 가게가 있겠네요."

"히에에……."

정말로 「히에에」였다. 가게가 160개? 그게 동시에? 건물 안에 있어?

시장이란 것은 변경 도시나 고향 마을에서 때때로 열리는 노천 시장 정도밖에 몰랐는데.

“뭐, 9일장보다 조금 비싸지만요. 자, 갈까요!”

“으, 응…….”

소치기 소녀는 두근거리며 가슴이 세차게 뛰었다. 목소리도 들뜨면서, 접수원 아가씨 뒤를 열심히 따랐다.

비싸다면 어느 정도일까? 용돈으로 충분할까? 살 수 있을까? 사도 되는 걸까?

이제 축제에서 낭비를 한다고 백부에게 혼날 나이는 아니지만.

무척 익숙한 기색으로 발걸음을 나아가는 눈앞의 여성은 굉장하다고, 생각했다.

이런 장소에 다소 꾸민 외출복으로 돌격해도 되는 걸까…….

“괜찮아요. 의외로 다들 다른 사람은 신경 안 쓰니까요…….”

그런 소치기 소녀의 마음을 짐작했는지, 빙글 돌아본 접수원의 머리칼이 춤을 추었다.

“그리고, 아주 귀엽지 않아요?”

“놀리지 말아주면 좋겠는데……!”

그렇게 소치기 소녀도 반론을 해봤지만, 한 걸음 들여 버리면, 그렇다. 확실히…….

“우, 와……. 샌들이 금화 2닢……?!”

“좋은 물건이긴 하지만요. 흐음. 꾸미는 건 발치부터라고 합니다만…….”

수많은 사람들을 볼 여유 따위 있지도 않다. 주변에 늘어선 가게와 물품만으로도 벅차다.

저건 뭐야? 그럼 저건? 저기서 파는 건 뭐야?

어린 아이 같은 질문이 보글보글 거품처럼 가슴 속에 떠오르는 것을 꾹 참아냈다.

—그치만, 그래서는…….

친구와 함께 놀러 왔는데, 언니에게 이끌려 온 것 같지 않은가?

"와아……!"

그러나 그런 소치기 소녀라도 드디어 저항하지 못하고 발길을 멈춰버린 곳이 있었으니, 작은 노점이었다.

그렇다. 이 실내시장에는 대부분 자리를 잡은 매장이 있는데, 그곳만큼은 노점이었다.

가게와 가게 사이에 서 있는 교역신의 신상 앞.

둘러보니 그 밖에도 몇 개의 비슷한 장소가 있으며, 마찬가지로 가게를 열고 있었다.

아무래도 신의 발치는 노점이 가게를 여는 것이 용납되는 장소인 모양이다.

팔고 있는 것은 소치기 소녀가 지금까지 본 적이 없는 깔끔하고 아름다운 천이었다.

반짝이며 빛나는 그것은 그저 그것만으로 보물 같아서 무심코 눈길을 빼앗겨 버린다.

그리고 더욱이 말하자면 그것을 팔고 있는 것이 새하얗고 복슬복슬한, 사랑스런 벌레종족의 아가씨.

소치기 소녀가 아니라도 소리를 내며 눈길을 빼앗겨 버리는 것은 무리가 아니었다.

"아아."

접수원 아가씨가 옆에서 들여다보며 눈을 깜박였다.

"누에 종족 분들이 비단 직물을 봉납하러 오셨군요."

"이거, 비단이구나?!"

비단. 처음 봤다. 이렇게 고급스럽고 예쁜 거구나. 몰랐었다.

두근거리면서 들여다보는 그것은 은의 모래가 흐르는 것처럼 매끈거리며 반짝이고 있었다.

공주님이 입는 드레스나 속옷 같은 것에 비단을 쓴다는 것은 들어봤지만.

—굉장하네에…….

비단이란 것은 동쪽 끝 사막을 넘어선 곳에서 오는 것이라고만 생각했다.

그런데, 누에 종족 아가씨 분들이 어떻게 해서 자아내는 것이었다니…….

"구입을……."

띄엄띄엄, 방울 소리 같은 가련한 목소리.

"……하시겠어요……?"

힐끔 아래쪽에서 올려다보는 눈매로, 누에 종족의 커다랗고 귀여운 검은 눈동자가 소치기 소녀를 보았다.

이걸로 드레스를 만들면 참으로 예쁜— 그렇다, 공주님 같은 드레스가 되겠지.

소치기 소녀의 머릿속에 그런 모습이 떠올랐지만. 안 어울릴 거야. 무심코 그것을 떨쳐냈다.

그렇지만, 예쁘다. 정말로 아름다운 비단 천이다. 꿀꺽 침을 삼킨다. 물어보는 것이라면, 무료다.

"얼마나, 하나요?"

"얼마든지 됩니다……. 좋은 가격을 붙여주신다면, 그 가격에 드리려 합니다."

"그러니까……."

"후후. 누에 종족 분들은 비단 직물 판매를 교역신님에 대한 봉납으로 삼으니까요."

옆에서 슬쩍 도와준다. 접수원 아가씨 말을 듣고서 소치기 소녀도 납득했다.

물론 확실하게 이해한 것은 아니다.

다만…….

—그런 사람들도, 있는 거구나…….

그렇게, 천천히 받아들였다. 그저 그뿐이었다.

"그러합니다……."

누에 종족 아가씨는 천천히 고개를 숙였다.

"……이것이 저의 목숨값이오니."

"그렇게 말하면, 가볍게 살 수가 없잖아……!"

목숨값. 도저히 적당한 가격을 말할 수 없다. 자신의 가격도 알 수 없는데.

"그러신가요."

소치기 소녀가 애매하게 웃으며 말하자, 누에 종족 아가씨는 그렇게만 말하면서 고개를 끄덕였다.

딱히, 가격이 붙지 않은 것을 아쉽게 생각하지는 않는 모양이다.

인파를 바라보는 눈동자는 강의 수면을 바라보는 낚시꾼 같아서, 그저 가만히 기다릴 뿐.

목장에서 소꿉친구가 돌아오기를 기다리는 자신이 길 가는 사람들을 바라보고 있을 때와 많이 닮아 있었다.

그런데—.

“그러면, 한 번 보겠습니다.”

문득 옆에서, 슬쩍 상질의 검은 옷을 입은 팔이 뻗어 익숙한 기색으로 천을 들었다.

그 팔의 주인은 훌륭한 남장을 소화하는 아름다운 아가씨였고, 눈썹을 흔들면서 눈빛을 반짝였다.

“어떤가요? 당신의 옷을 지으면 상당히 좋지 않을까요?”

“흠. 제법 나쁘지 않아. 무엇보다, 이런 귀여운 아이가 손수 지어준 것이 좋아!”

응답한 것은 그 아가씨보다도 머리 하나쯤은 커다란— 그렇다. 올려봐야 할 정도의 키를 가진, 여성이었다.

우뚝 선 귀를 흔들고, 그 눈동자에 번개 같은 반짝임을 보이며 그녀는 웃었다.

“그러면 어때? 아가씨. 이 천을 나에게 팔아주겠어?”

“……가격은 어느 정도로 하실 건지요?”

번개의 눈동자를 가진 켄타우로스의 주자는 옆에 있는 여상인이 한숨을 내쉬는 것을 무시하고 상쾌하게 말했다.

“너를 위한 승리 하나.”

§

"……오랜만입니다."

"뭐라고 해야 할까…… 훌륭해졌네……!"

송구합니다. 부드럽게 웃으며 말하는 친구의 표정에, 과거의 스산한 기운이나 험악함은 없었다.

그것이 소치기 소녀는 대단히 기뻐서 생글생글 웃으며 손뼉을 쳤다.

요리점(테르모폴리움)이었다.

왕도의 가게니까 얼마나 고급 가게일까 생각했는데, 그 정도는 아니었다.

오후에 여자들 네 명이 모여 자리에 앉기 좋은 밝은 분위기의 가게라 소치기 소녀는 안도했다.

다른 자리에 앉은 사람들도 아마 대회를 보러 사방 여기저기서 찾아온 사람들일 것이다.

잡다하고 떠들썩한 분위기는 때때로 찾아가는 모험가 길드의 주점 같았다.

차이라면 무기를 차고 갑옷을 입은 사람이 없고, 더욱 다양한 종족인 사람이 있는 것 정도.

—그는, 어디서든 분명히 그 차림 그대로겠지.

그렇지만 벽 한 면의 옻칠에 안료로 그려진 그림의 조각은 역시 왕도란 분위기였다.

—저건 지모신님, 인가?

날개를 가진 풍만하고 아름다운 여신님. 그런데 어째선지, 그 날개 부분을 천으로 덮어 가려놓았다.

—이상하네.

“그건 그렇고, 설마 이런 곳에서 만날 줄은 몰랐어요.”

“저도 그래요. 대회를 구경하러 왕도에 간다는 건, 그 애들의 편지로 읽었지만요.”

“《숙명》과 《우연》의 주사위에 감사해야겠어요.”

“네, 정말로.”

그런 식으로 소치기 소녀가 가게의 내장에 정신이 팔려 있는 사이에도, 접수원과 여상인의 대화가 이어졌다.

본래 귀족 영애들이라 그런지, 이 자리의 분위기에 익숙한 것도 당연했다.

세련된 옷을 입은 여급이 주문을 받으러 와도, 평범하게 대응해 버리니까 굉장하다.

소치기 소녀는 가슴이 두근거리고, 사실은 메뉴의 요리가 뭔지조차 모르겠다.

예를 들어 지금 그야말로 접수원이 「글리레스를 부탁할게요」라고 부탁한 요리가 그랬다.

물음표와 흥미로움. 그런 소치기 소녀의 표정을 깨닫고 「아아」 하고 접수원이 고개를 끄덕였다.

“큰겨울잠쥐에 여러 재료를 넣어서, 로스트한 거예요.”

“큰겨울잠쥐……?!”

그걸 먹을 수 있는 줄은 몰랐다.

놀라는 소치기 소녀에게 접수원이 키득키득 웃고, 여상인이 「그렇다면」 하고 메뉴를 가리켰다.

“플라밍고(홍학)의 혀 찜이 진미랍니다.”

“플라밍고……?”

라는 게 뭐지? 소치기 소녀는 고개를 갸웃거릴 뿐이다. 새라는 것은 어쩐지 알겠는데.

혀를 먹는다면 꽤 커다란 새가 틀림없을 거다. —소의 혀도 그 크기니까.

흐흠. 켄타우로스 주자가 콧소리를 내며 메뉴의 야채류를 가리켰다.

“나는 실피움 샐러드가 좋겠어. 그건 힘이 붙거든.”

“너무 많이 먹지는 마세요?”

주자가 들뜬 기색으로 주문하자, 옆에서 여상인이 똑 부러지게 못을 박았다.

“전에 천식약으로 실피움을 먹다가 검사를 통과 못한 주자도 있었어요.”

“강장 효과가 있는 건 틀림없으니까. 흄에겐 사랑의 묘약도 된다고 들었어.”

너도 한 입 먹겠어? 그만하세요. 여상인이 뭐라 말하기 어려운 표정으로 제안을 거부했다.

기린의 다리는? 오늘은 입하되지 않았어요? 그래요, 유감이네요. 접수원과 여급의 대화.

그런 대화를 들으면서, 가만히 가만히 메뉴를 보고 있던 소치기 소녀.

낙타의 혹 — 그 혹이 달린 나귀는 먹을 수 있구나?! — 이란 것에 눈을 깜박이고, 그 옆에 적힌 것.

“이건 돼지가 아니라, 생선일까? 소시지라고 적혀 있는데…….”

신경 쓰이는 요리를 가리키자, 수인(왕도에서도!) 여급이 귀를 흔들며 가르쳐 주었다.

“아아, 델피누스 말이군요. 델피누스의 소시지, 맛있어요.”

“그러면, 이걸로 해볼래.”

아무래도 생선이란 것은 그다지 먹을 기회가 없으니까, 기왕이면.

어떤 생선인지는 모르지만, 왕도에 와서 먹는 거라면 보기 드문 것이 좋다.

“마실 것은 어떻게 하실 건가요?”

접수원이 「아직 낮이긴 하지만요」라고 쑥스럽게 웃으며, 일단 응답했다.

“저는 포도주를 마실까 해요.”

“저는.”

여상인이었다.

아쿠아 물숨
“벌꿀주를.”

“어머나, 괜찮아요?”

“시골뜨기의 술이라고 불리지만, 장사로 취급을 해봤더니 이게 무척 맛있었어요.”

“포도가 잘 안 자라는 땅이 시골이라는 건 오만함이야.”

켄타우로스가 웃었다.

“그러면, 나도 벌꿀주를 하나.”

벌꿀주는 분명히 북방의 사람들이 만들었을 거다.

전에 그가 기념품으로 받아왔다는 술단지는 아주 조금씩 줄고 있었다.

백부는 어째선지 사양하니까 거의 그와 둘이서. 몰래 즐길 때뿐이지만.

—하지만, 술을 마실 기분이 아니야.

“뭔가 달콤한 거 없을까?”

“그러면 사파나, 데프루툼일까요? 포도나 과일의 시럽, 어느 쪽으로 하실래요?”

“그러면 과일 쪽…… 데프루툼으로 부탁할게요.”

“알겠습니다.”

여급이 우아하게 인사를 하고 물러나자, 소치기 소녀는 드디어 한숨 돌렸다.

—그건 그렇고…….

“왜 그러지?”

“아, 아뇨.”

번개의 눈동자를 바라보며, 소치기 소녀는 휘휘 손을 흔들었다.

“아까 『승리』라고 해서. 당신도, 토너먼트에 나가나 싶었어요.”

변경 도시에도 켄타우로스는 있지만, 그리 많지는 않다. 가까이서 볼 기회도 소치기 소녀는 처음이었다.

하물며 그녀는 물의 도시에서도 수위를 다투는 주자 중 한 명이라고 한다.

힐끔거리는 시선이 모이는 것은 분명 그 탓이 틀림없다.

그러나 소치기 소녀로서는 뭐라 말하기 어렵지만, 친해지기 쉽다

는 생각이 들었다.

그것은 분명 그녀의 하반신이 생각 이상으로 친근한 형상을 하고 있기 때문일지도 모른다.

"아니, 나는 주자(아우리가에)니까. 경쟁자(소니페스)가 아니라."

"어어……?"

"내 다리는 빨리 달리기 위해서 단련한 것이지, 창을 휘두르기 위한 게 아니야."

그래서 누에 종족의 아가씨에게 바치는 것은 어디까지나 경주의 승리다, 라고 한다.

"빨리 달리기 위해서 쌓아온, 완벽한 혈통(서러브레드)이니까요."

접수원이 살며시 보충하여 가르쳐 주었다.

경기 주자인 켄타우로스는 빨리 달리기 위해서만 피를 거듭한다고.

그 말을 듣고 보니 확실히, 소치기 소녀도 잘 이해할 수 있었다.

그도 그럴 것이 번개의 눈동자를 가진 주자의 다리를 보면 일목요연하다.

가늘고, 날카롭고, 유연하고 아름다운 그 능선은 결코 무거운 짐을 나르기 위한 것이 아니다.

섬세한— 그렇다. 유리 세공 같은 것이다. 소치기 소녀는 알 수 있었다. 무르고, 그렇지만 아름답다.

"보고 싶네—. 당신이 달리는 거."

"후후후, 그렇게 말해주니 영광이군. 대경기장(키르쿠스 막시무스)에서 달리는 날에는 초대를 약속하지."

요전에 그가 가지고 돌아온 편자를 떠올렸다. 그건 은성호란 사람

것이라고 했었지.

뭐, 「누가 더 빨라?」라고 물어보는 건 못난 짓이다. 그 정도는 소치기 소녀도 알았다.

그렇지만 어쩐지 다리 상태가 신경 쓰여서 탁자 아래로 눈길이 가버리는 것은 어쩔 수 없다.

켄타우로스의 주자는 다리를 배 앞뒤 — 라고 해야 하리라 — 에 접는 형태로 바닥에 앉아 있었다.

—다양한 사람을 위한 의자가 있으면 좋을 텐데.

"있잖아. 그거 앉기 불편하지?"

"응, 아아……."

번개의 눈동자를 가진 그녀는 살짝 몸을 틀었다.

"……뭐, 조금은."

"전에는 켄타우로스용 의자 같은 것이 있었을 텐데요……."

접수원이 어쩐지 당황스런 태도로 가게 안의 모습을 눈으로 스윽 살폈다.

날개를 등에 진 새 수인도 등받이가 있는 의자에 고생하고, 꼬리 탓에 고생하는 수인도 있었다.

"수인들만 다른 의자를 쓰는 것은, 수인을 차별하는 것이니 좋지 않다, 라고 해요."

대답한 것은 여상인이었다.

"제각각 차이가 있는 것은 당연한 건데 말이죠. 요즘은 마음고생도 많아요."

"분명히 얼마 안 가서, 켄타우로스가 경주를 하는 건 불쌍하다고 하겠지.”

좋아서 하는 건데 말이야. 흥. 주자가 코웃음을 쳤다.

말이라는 것은 기분파인 생물이니까, 켄타우로스도 그런 기질이 있는 것일까?

그녀는 분통이 터진다는 태도를 감추지도 않고, 버릇없이 팔에 턱을 괴며 불평을 흘렸다.

“해선 안 된다. 해선 안 된다. 배려를 해라. 라는군. 아무래도 요즘은 숨이 막혀서 안 좋아. 왕도는.”

“물의 도시는 대주교님이 다스리는 터라, 통풍이 잘 되고 있습니다만.”

“그 분은 사람의 법이 완전하지 않다는 걸 알고 있다고— 동료가 말했었어요.”

접수원이 자리의 분위기를 풀려고 동료의 이야기를 꺼내고, 여상인이 그것을 받아 화제를 돌렸다.

모험에 대해, 세상에 대해, 말 그대로 잡다한 이야기. 소치기 소녀는 잘 모르는 일들뿐이다.

—하지만, 혹시 이것은 좋은 생각이 아닐까?

켄타우로스를 위한 의자. 의자라고 하기보단 쿠션일까?

우리 목장에서 만들어, 팔 수 있을까? 아무래도 어려울까?

아니지…… 생각하고 있는데, 켄타우로스 주자와 눈이 마주쳤다.

“그런데.”

그녀는 눈동자를 반짝거렸다.

“너는 드레스 따위는 사지 않을 건가?”

"그게……."

소치기 소녀는 부끄러움과 쑥스러움을 얼버무리듯 볼을 긁적이고, 고개를 옆으로 저었다.

"그다지, 저기. 꾸미는 걸 잘 몰라서……."

"그러면 내가 몇 벌 마련하게 해줘."

"……괜찮을까?"

"물론이고말고."

힘차게 끄덕였다. 사양하는 기색인 아가씨의 손을 잡고서, 당장에 뛰쳐나갈 법한 미소.

"이 사방세계에서, 다 함께 즐기는 것보다 우선되는 것은 존재하지 않으니까!"

§

"어쩐지…… 숨이 막히네."

"네……."

왕도의 길을 걸으며, 엘프 궁수와 여신관은 얼굴을 마주보고 고개를 끄덕였다.

딱히 무슨 트러블이 있었다는 것은 아니다. 요전처럼 사슬갑옷이 어떻게 된 것도 아니다.

대회의 열기에 들떠 끓어오르는 거리를, 아가씨들 둘이 말 그대로 유람하며 즐기고 있었다.

물론 목적은— 공양할 꽃이나 과자를 마련한다는 것이 가장 큰 목적이었다.

그렇지만, 그건 그렇다 치고, 지금은 대회— 한창 축제 중이다.

이것을 즐기지 않을 수는 없다. 엘프 궁수가 아니라도 소녀들 사이의 암묵적인 규칙이었다.

구운 사과를 팔고 있거나, 이국의 짐승 고기 꼬치구이가 팔리고 있는 등 수많은 음식들.

이번 대회에 맞추어, 유력한 기사를 선발하여 편찬된 무사 도감.

"기껏 관전을 할 거니까, 한 권 정도 사갈까?"

"글쎄요. …………그래요. 기왕이니까요!"

『기왕』이라는 것은, 마술사의 진정으로 힘 있는 말에도 필적하는 주문이다.

거칠게 인쇄된 그것을 한 부 사서 팔락팔락 넘기고, 문장이나 기사의 내력에 소리를 흘린다.

요즘 세상에는 떠돌이 기사도 많다. 각지에서 실력을 떨친 기사들이 속속 모여든다.

그 고대의 자유기사가 아니라도, 주군과 영지가 없는 기사는 모험가의 전형(탬플릿) 중 하나다.

그렇지만…….

—기사님, 이라.

여신관이 존경하는 사람 중 한 명인 여기사는 아무래도 대회에는 참가하지 않는 모양이다.

장비와 말을 준비하고 유지하며 관리한다. 이것이 상당히 힘든 일이기 때문일까?

준비할만한 재력은 있어도, 모험가 생활을 하며 그것을 관리하려면 상당히 귀찮다.

여신관은 자신이 말 한 필을 데리고 고블린의 둥지에 가는 모습을 상상하고는 키득키득 웃었다.

늘상 여행하며 생활을 하게 되면 말은 그 생활에 맞지 않는다.

—켄타우로스 여러분이랑 같이 여행을 하는 건, 즐거웠지만요…….

어쨌든. 그저 구경을 하고 잡담을 하기만 한다면 아무 일도 안 일어난다.

일의 발단은, 그렇게 이것저것 들여다보는 가운데 매대 중 하나에서였다.

"어머……! 있지, 이거이거, 잠깐 봐봐!"

엘프 궁수의 눈길이 멈춘 것은 양털로 짜서 만든 모자였다.

콕콕 손짓을 하자, 여신관도 쪼르르 다가가서 가게를 들여다보았다.

"와, 이거…… 투구인가요?"

그곳에 죽 늘어놓고 판매하고 있는 것은— 그렇다. 동서고금의 투구를 본 딴 모자였다.

단지처럼 생긴 것도 있고, 커다란 장식이 달린 이국의 것, 면갑이 달린 것까지 다양하다.

북방풍의 뿔 투구를 보고, 여신관도 웃음을 지어버렸다. 분명히 그 사람들의 투구에는 뿔이 있다.

모험가로서 종종 무구 가게를 살펴보는 몸이 보기에도 상당히 잘 재현되어 있었다.

"아아, 아무래도 기사님의 대회니까. 이런 걸 쓰고 응원을 하는 것도 좋잖아?"

자. 노점 주인이 투구 모양 모자를 들어 면갑을 위아래로 움직여 보여줬다.

"면갑에 구멍이 뚫려 있지는 않지만 말야. 입가까지 내리면 얼굴이 다 가려져서 따뜻해지는 거야."

"와아……!"

낭비를 하지 않도록 마음먹고 있는 여신관도, 어쩐지 보기만 해도 즐거워졌다.

그것이 축제, 경사스런 날이란 것일지도 모른다.

—지모신님도, 절제하는 마음을 가지라고는 하시지만 즐기는 것을 부정하지 않으시니까요.

뭔가 하나 정도 이런 것을 사도 괜찮지 않을까—.

"아……."

그렇게 생각하면서 모자를 보고 있는데, 문득 철 투구 모양 모자 하나에서 눈길이 멈추었다.

딱히 무슨 특징이 있는 것은 아니지만. 이것은, 그렇다. 어쩐지 모르게—.

"오르크볼그랑 비슷한 느낌이네?"

"그렇죠?"

엘프 궁수도 키득키득, 방울이 울리는 것 같은 웃음소리를 목으로 울렸다.

그렇다. 『기왕이니까』. 이걸 사 버리자고, 둘이서 웃으며 고개를 끄덕였다.

"네, 감사합니다……!"

은화 몇 닢짜리 모자. 사원에 있을 무렵에는 도저히 살 수 없었던 것도, 지금이라면 살 수 있다.

—그것도, 친구랑 같이, 둘이 같은 걸로!

그저 그것만으로도, 여신관의 마음은 한껏 들뜨고 있었다.

"기왕이니까 써 버리자!"

"아, 으~음……."

그렇지만, 그렇게 제안을 하니 아주 약간 수치심이 생긴다.

그도 그럴 것이 지금은 지모신의 신관 복장을 입고 있으니까. 모자만 바꾸는 건…….

—너무 들뜬 게 아닐까, 싶은…….

마음이, 들기도 하는 것 같다. 써보고 싶기는 하지만.

"저는…… 응원할 때를 기대하도록 할까, 해요."

"딱히 부끄러워하지 않아도 되는데."

엘프 궁수가 한쪽 눈을 찡긋 감았다. 모두 꿰뚫어본 것 같아서, 여신관은 손에 든 모자에 눈길을 내렸다.

—아니, 『기왕이니까』란 말이죠…….

쓸까? 쓰지 말까? 흠이 그런 것을 고민하는 사이에도 엘프의 움직임은 재빨랐다.

그녀는 훌쩍 머리에 올린 털실모자에 어떻게든 고심하면서 기다란 귀를 밀어 넣고 내렸다.

"어때……?!"

그리고 눈빛을 반짝반짝 빛내면서, 그렇게 물어보는 것이다.

여신관은 「글쎄요」 하고 웃으면서, 열심히 진지함을 꾸며낸 어조로 이렇게 말했다.

"훌륭한 엘프의 기사님입니다. —머리는요."

"갑옷은 무거우니까. 흐흥. 오르크볼그하고는 알맹이가 다르거든, 알맹이가!"

귀는 조금 갑갑하지만. 그렇게 말하고, 엘프 궁수는 기분 좋게 앞으로 한 발 디뎠다.

아무래도 이건 공양하기엔 좀 그럴까? 그 사람은, 여러모로 엄격했었으니까.

—아아, 하지만.

그녀가 만약 지금 여기 있었다면, 분명히 쓴다, 안 쓴다, 그걸로 신나게 대화했을 게 틀림없다.

그것이 불가능한 것은 쓸쓸하지만, 그런 걸 생각하는 건 기뻐서—.

"어머, 당신! 그러지 않아도 된답니다……!"

문득 그런 새된 소리가 들리며, 여신관의 사색이 끊어졌다.

돌아보니 길 앞에서, 찌푸린 표정의 귀부인이 발 빠르게 달려오고 있었다.

무슨 일인가 싶어 여신관이 눈을 동그랗게 뜨자, 그녀는 엘프 궁수의 모자에 손을 뻗지 않는가?

"자, 잠깐, 뭐 하는 거야……?!"

"엘프라고 부끄러워할 것 없어요! 숨기지 말고, 당당하게 귀를 드러내야 해요!"

그것은 거의 「드러내라」와 같은 뜻으로 들릴 만큼, 가시 돋친 어

조였다.

귀부인이 그 기세 그대로 엘프 궁수의 모자를 붙잡으려고 하자, 여신관이 황급히 소리를 질렀다.

"그, 그만하세요……! 무슨 일이신가요? 딱히 감추는 게—."

"당신 말이죠!"

곧장 찌릿 날카롭게 찌르는 시선이 사양하지 않고 여신관의 복장을 훑었다.

여신관이 무심코 숨을 삼킨 것은 딱히 두려워서 겁을 먹었기 때문이 아니었다.

그녀의 커다란 눈은 본래 역겨운 괴물의 시선에 몇 번이고 드러난 적이 있었다.

다만, 오로지—.

"지모신의 신도 주제에 이런 일을 방치하다니, 그건 잘못된 거예요!"

—왜 이렇게, 화를 내시는 걸까……?

그걸 이해할 수 없어서, 곧장 말을 자아낼 수 없었다.

결국 귀부인은 어안이 벙벙한 여신관을 향해서 그대로 실컷 떠들어낸 다음.

"지모신의 사원에 항의를 하겠어요!"

따위로 말하고, 거친 콧김을 뿜으며 대로의 인파를 헤치듯 물러가 버렸다.

항의고 뭐고— 왜 화가 났는지도 알 수가 없어서 물음표가 떠오를 뿐이었지만.

"뭐, 뭐였던 걸까요……?"

"글쎄? 어쨌든지, 저렇게 화난 사람을 상대하는 건……."

엘프 궁수는 깊숙한 한숨을 쉬고서, 여신관과 얼굴을 마주보았다.

"어쩐지…… 숨이 막히네."

"네……."

다시 말해서, 그런 것이었다.

어쩐지 들떠 있던 기분도 날아가고, 새삼 모자를 쓸 기분도 들지 않았다.

엘프 궁수는 어쩐지 모르게 강제로 벗겨질뻔한 모자를 슥 벗고 머리칼을 손으로 정돈했다.

"……성묘, 갈까?"

"그렇, 네요……."

묘지까지 가는 길은 전에 찾아가면서 기억했으니 헤매지는 않았다.

중간에 두 사람은 노점에서 꽃 한 송이와, 튀김과자(엔퀴투스)를 세 개 샀다.

치즈와 밀가루를 섞은 반죽을 깔때기로 회오리치는 모양으로 짜내서, 기름에 튀긴 과자였다.

듬뿍 뿌린 벌꿀과 겨자 열매로 맛을 낸 그것은 참으로 향긋하고 맛있어 보였다.

"여자애라면, 이런 과자가 공양으로 좋지 않을까?"

"네. ……그다지 함께 과자를 먹을 기회도, 없었지만요."

"달콤한 걸 잘 먹으면 좋겠네."

—어째서, 일까요?

아까의 소동 탓일까? 어째서일까? 마음이 들뜨지 않았다. 마음이, 가라앉을 것 같았다.

그러긴커녕— 어째서일까? 목덜미가 따끔따끔. 욱신거리듯 아프다.

그리고—.

"어, 라……?"

그 묘지에서도, 역시 두 사람은 기이한 광경을 보게 되어 멈춰서 버렸다.

정연하게 늘어선 묘표 너머에는 본래 신들의 상이 서 있을 것이다.

지모신, 지식신, 지고신, 교역신, 전쟁의 여신. 가장 숭배를 받고 있는 다섯 신들.

그리고 《삶》과 《죽음》을 제각각 다스리는, 위대한 두 신.

그런데 모든 신상에, 마치 신들의 모습을 감추듯 검은 천을 씌워 놓았다.

"……무슨 일이 있는 느낌이네? 아, 저기, 잠깐만!"

당황하여 멈춰선 여신관 옆에서 엘프 궁수는 재빨리 움직였다.

그녀는 기다란 귀를 파르르 떨고, 가까이 있던 성묘객에게 달려가 자연스럽게 대화를 시작했다.

"있지, 어째서 이 신들을 가려버린 거야?"

"아아, 그거 말이니…… 대회가 있어서 여러 사람들이 찾아오잖니?"

허리가 굽은 노파는 아마도 병사였을, 검이 새겨진 묘표를 쓰다듬으면서 중얼거렸다.

그 목소리에는 역겨움과 향수가 뒤섞여 있었고, 적어도 그것에 기쁨은 없었다.

"이 신들이 아닌 신을 모시는 사람도 있으니까, 그걸 배려하라는 분부가 있었지."

"나는 딱히 신들을 섬기지는 않지만…… 여기에 신상이 있어도 전혀 싫은 기분이 안 드는데."

"그렇게 생각하지 않는 작자가, 목소리가 큰 거겠지."

가엾은 일이야. 노파는 천천히 고개를 옆으로 젓고, 그리고 느긋한 발걸음으로 묘지를 떠났다.

여신관은 그 등에 꾸벅 고개를 숙인 다음, 그녀가 찾아온 묘지에도 고개를 숙였다.

검 옆에 새겨진 것은 망치였다. 대장장이 신의 표식. 힘차게 살아가며, 강철의 비밀을 해명하려는 사람들.

"어쩐지, 이상한 말이네."

흥. 엘프 궁수가 마치 마음에 안 든다는 식으로 코웃음을 치고, 어깨를 으쓱거렸다.

"아까 그 사람도 그렇고, 묘지도 그렇고, 명분은 훌륭할 지도 모르지만."

"……저도, 잘 모르겠어요."

여신관도 힘없이 중얼거렸다. 어쩐지 모르게— 공기가 응어리져서 숨이 막히는 기분마저 들었다.

목덜미가 따끔거리고 뜨겁게 욱신거린다. 잿가루가 피어 오른 것처럼 먼지가 날리는 것 같았다.

작은 가슴에 한 가득 공기를 들이쉬고, 뱉어냈다. 기침을 하지는 않았지만.

—고블린 슬레이어 씨가, 말하는…….

고블린이 나오는 도시의 기척, 같은 걸까? 혼돈의 기척. 사악한,

무언가의 징조.

—기껏 대회가 열리는데.

그런 일이 있는 걸까? 여신관은 답을 찾을 수 없었다.

어쩌면, 과거의…… 최초의 동료였던 총명하고 날카로운 그녀라면 알 수 있었을까?

"어라?"

그리고 그 친구가 잠든 묘에 눈길을 내린 여신관은 눈을 깜박이게 되었다.

누군가가 공양했을 것이다. —그곳에는 이미 꽃이 한 송이가 있었다.

§

"어?! 레아 부문, 없어져 버렸어?!"

레아의 소녀 검사가 새된 소리로 외쳤지만, 소년 마술사는 표정을 찌푸리기만 하고 참았다.

왕도에 있는 투기장(콜로세오). 그 거대함은 설령 레아와 비교하지 않더라도 알 수 있었다.

투기장 주위를 빙 둘러싼 80개의 원형 아치문.

그 높이는 160피트(약 48미터)의, 거인과도 같은 위용을 자랑하고 있었다.

그러나 이 투기장이 「콜로세오」라고 불리며 거인에 비유되는 것은 그 거대함 때문이 아니었다.

외곽에, 과거에는 거인상(콜로서스)이 서 있었기 때문이다…….

그렇게, 소년은 레아 소녀가 물어보는 족족 왕도에 대한 지식을 털어주고 있었다.

그도 그럴 것이 아치 문 하나에서 대회에 참가하는 선수들의 등록이 시행되고 있었다.

그 줄이 기이하게 길어서 기다리는 시간 동안 「저건 뭐야?」라고 계속 물어보는 소녀에게 조금 지쳤다.

그러나 누더기 갑옷을 실은 당나귀, 그것을 데리고 있는 레아를 다들 빤히 쳐다보는 것보다는 낫군.

그래서 대답을 해주고 있었는데, 드디어 순서가 찾아왔다 싶었더니— 이렇다.

"아아, 위에서 분부가 내려왔거든……."

대응하고 있는 투기장 직원(허리에 목검을 차고 있다. 싸워 이긴 전직 투사다)도 난처한 표정.

"그러면, 나는 대회에 못 나가……?!"

"아니, 그게 아냐. 이번 대회는 부문을 나누지 않고, 그러니까……『무차별』이라는군."

"무차별?"

"아……."

소년 마술사가 옆에서 끼어들었다.

"흠이랑 레아가 같은 대진표라는 거야?"

"엘프도 드워프도 수인도, 그 밖의 종족도 전부다."

"그게 뭐야? 의미를 모르겠는데……."

그치? 레아 소녀도 소년과 얼굴을 마주보며 물음표를 띄웠다.

그러나 뭐, 등록을 할 수 있다면 그거면 되나? 결국, 문제는 없으니까.

그렇게 의사소통을 나눈 두 사람이 결론을 내리고 등록용 수첩에 손을 뻗었다.

그렇지만 레아 소녀보다는 자기가 하는 편이 나을 거라 생각하여, 소년 마술사가 펜을 집어—.

"어허. 학도인 마술사가 그런 견식이라니, 아직도 계몽이 부족한 모양이군."

그것을, 옆에서 불쑥 뻗은 금속 장갑이 가로막았다.

"뭐?"

붉은 머리 소년이 노려보듯 눈길을 향한 곳에, 올려다봐야 할 미장부가 있었다.

그것은 하얗고 깔끔한 갑옷을 — 도시 안인데? 그 녀석도 아니고 — 입은 기사였다.

천칭검의 문장이 있는 걸 보니, 지고신의 성당기사 같은 것일까?

"레아라고 해도 문자를 쓰지 못한다는 법이 없지. 자, 아가씨, 적게나."

"아니, 나는—."

글씨가 지저분해서. 오물오물 레아 소녀가 중얼거렸지만, 펜을 눈앞에 들이밀자 고개를 숙였다.

이렇게 많은 사람이 지켜보는 가운데, 선의를 뿌리면서 아름다운 기사가 그렇게 권한 것이다.

거절하는 것도 어려워서, 그녀는 힐끔힐끔 소년 쪽을 보며 조심조심 장부에 글씨를 적었다.

삐뚤거리고 서투른 이름은 죽 늘어서 있는 기사의 이름 안에서 지독하게 눈에 띄어 부끄러웠다.

"잘 듣게나. 종족에 대한 선입견은 편견이야. 이건 없애야 하는 것이지. 다시 말해서……."

그러나 기사는 레아 소녀가 직접 서명한 것에 대단히 만족한 기색이었다.

흠. 팔짱을 끼고 고개를 한 번 끄덕인다. 장신에서 소년 마술사를 내려다보는 시선이 박혔다.

"우리들 모두 같은 기도하는 자에게 우열은 없다. 종족으로 나눈다는 차별 없이 나란히 기술을 겨루어야 하는 것이지."

"허어……."

"평등이야, 자네. 평등한 세상, 업신여김 받는 자 없는, 모두가 마음 편한 세상에는 평등이 필요하지."

무슨 소릴 하는 거지? 나오려던 말을 소년 마술사는 목 안으로 넘겼다.

여기는 현자의 학원도 아니고, 그 지긋지긋한 늙은 레아의 암자도 아니었다.

눈앞의 남자는 현인도, 그 빌어먹을 스승도 아니며, 요컨대 이것은 논쟁 따위가 아니다.

—아니, 설령 논쟁이라고 해도…….

이쪽 이야기를 털끝만큼도 들을 생각이 없는 남자를 상대로 의논이 성립될 리 없었다.

그 정도는 과거의 자신을 돌아보고서, 소년은 이해할 줄 알게 되었다.

"아가씨도. 무리해서 흉의 검을 쓸 필요 없어. 부끄러워하지 말고, 레아용의 검을 쓰게나."

"뭐?"

그러나 레아 소녀는 달랐다. 기사의 시선이 그녀가 찬 큼직한 검을 보고 있었다.

그녀는 격노했다. 반드시, 눈앞의 이 남자를 베어버리겠다고 결심했다. 안 그러면 기분이 안 풀린다.

레아는 정치를 모른다. 레아는 마을의 목자였다. 담배를 피우고, 밭을 경작하며 살아왔다.

그렇지만 모험가가 된 레아 소녀는 경멸과 매도에 대해 남들보다 배는 민감했다.

그것은 그녀가, 깊은 산 아래(딥 언더 마운틴)에서 돌아온 할아버지에게 배운 것 중 하나였다.

설령 미친 대마도사라 할지라도, 혼을 잡아먹는 사령술사라 할지라도, 알 바 아니다.

―너를 얕보는 놈은 죽여라. 모험가는 그러면 된다.

소녀의 눈이 가늘어졌다. 차가운 빛이 번득인다. 오른손이 번개가 되어. 검의 손잡이로 손을 뻗―.

"무슨 이야기인지는 알았습니다. 아직 학식도 계몽도 부족한 몸이니, 앞으로 노력하겠습니다!"

그 손을 뒤덮는 것처럼 소년 마술사의 손바닥이 뻗고, 이어지는 말이 소녀의 기선을 제압했다.

아니, 기세를 꺾어버렸다고 해도 좋다. 자그마한 몸을 등으로 밀어내는 것처럼, 그가 눈앞에 섰다.

"오늘은, 일단 이쯤 하죠. 아직 수속도 있고, 뒤에 선 사람들도 기다리고 있으니까요."

"오오, 그것도 그렇군. 음. 노력하게나, 소년. 그럼 실례하지!"

하얀 갑옷의 기사는, 이번에도 또 다시 혼자서 뭔가 납득하고 박차를 울리며 돌아섰다.

그 경쾌하게 걸어 물러가는 뒷모습을 레아 소녀가 그을리며 날뛰는 짐승처럼 으르렁거리며 노려보았다.

그리고 다음 순간, 칼로 베는 것처럼 소년 마술사를 노려보며 소리쳤다.

"왜 막은 거야……!"

"지금 해치우면 이쪽이 나쁜 놈이 되잖아……."

"상관없어! 저놈은 나를 바보 취급했어! 레아 주제에 커다란 검을 쓴다고!"

바짝 다가서자, 레아 소녀의 체구에 비해 풍만한 가슴이 소년의 몸을 밀어냈다.

—아니, 그럴 때가 아냐……!

그 부드러운 감촉과 무게를 최대한 의식 밖으로 쫓아내고, 그는 필사적으로 할 말을 찾았다.

뭔가 잘못되어, 이 자리에서 날붙이를 꺼내 칼부림을 벌이면 대소동이 일어난다.

"저 녀석도 기사라면 이 대회에 참가할 거잖아. 거기서 해치워주라고."

"나오는 거야?!"

결국, 설득을 한 게 아니라 방향을 틀어주기만 한 것이지만.

빙글 한데 묶은 뒷머리가 흔들리며 돌아본 레아의 압력에 투기장 직원이 크게 끄덕였다.

"그, 그래. ……저 사람은, 일단 왕도에서도 나름대로 지위가 있는 기사님이니까……."

"이름 적혀있지! 보여줘……!"

—숙달된 검사가 위축될 정도라면, 이 녀석은 진짜로 실력이 있단 말이지.

이렇게 새삼 파트너인 소녀의 담력을 평가하면서, 소년도 그녀의 어깨너머로 장부를 들여다보았다.

주르륵 무사 도감처럼 늘어선 기사 귀족의 이름 중 하나를 직원이 거뭇한 손가락으로 가리켰다.

"이 녀석이구나……."

"대회……뿐 아니라 투기장에 대한 것도, 이것저것 간언하는 분이거든."

부모의 원수처럼 그 이름을 노려보는 레아 소녀의 모습에 한숨을 한 번 쉬었다. 직원도 지긋지긋하게 중얼거렸다.

"옛날에는 그렇지 않았어. 검투사들도, 싸우는 방식으로 부문을 나눴었는데……."

요즘엔 대체 어떻게 된 건지. 숨이 막힌다니까.

아무도 그런 것을 바라지 않는데. 잘못됐다. 악이다. 계속 말해대면 버틸 수가 없다.

절절하게 한숨을 내쉬는 직원에게 「동정해줄게」라고 소년이 중얼거렸다. 직원이 힘없이 웃었다.

"그래서, 그쪽 아가씨는 무슨 경기에 나갈 거야?"

"아아."

소년은 지팡이를 든 손을 뻗어, 직원 뒤에 매달려 있는 몇 가지 방패에서 둘을 찔렀다.

방패에 그려진 그림은 마상창, 그리고 교차하는 검. 두 종목이었다.

"알았다. 무운을 빌지."

"고마워."

직원이 다음으로 기다리는 참가자에게 「서류 주시오(페이퍼 플리즈)」라고 말했다.

그것을 흘려보면서, 소년 마술사가 레아 소녀의 머리를 손바닥으로 두드렸다.

"자, 가자. 등록은 끝났으니까. 더 이상 소동을 피우고 싶지도 않아."

"……응."

말수 적게 고개를 끄덕인 레아 검사는 태평한 당나귀의 고삐를 끌고 터벅터벅 걷기 시작했다.

그 옆에 선 소년 마술사는 왕도의 소란과 혼잡함을 바라보면서 멍하니 말을 걸었다.

"신경 쓰지 마…… 라고 하면, 신경 안 쓸 수 있어?"

"될 리가 없잖아."

"그렇겠지."

소년 마술사가 묵직하게 고개를 끄덕였다.

오늘 아침, 투기장을 찾아오기 전에 누나의 묘에 갔을 때도 생각했다.

만약에— 만약에, 다.

만약에 이 순간, 누나의 죽음을 비웃은 놈들이 모조리 나타나 고개를 숙인다면 어떨까?

울분이 어느 정도 풀릴까? 그렇게 생각해보면, 절대 그렇지 않았다.

놈들은 그걸로 전부 끝났다고 생각할지도 모르지만, 그래도 납득할 수 있을 리 없었다.

놈들을 모두 때려눕히고, 머리를 깨부수기라도 하지 않는 한, 제대로 알려줬다고 생각할 수 없으리라.

그리고— 그런 일은 절대로 불가능하다.

첫째로 그런 짓을 저지르면 누나에게 혼날 거고, 그 지긋지긋한 늙은 레아도 비웃을 것이다.

폭력에 호소하자마자 피해자 행세를 하는 것은 놈들이고, 이쪽은 가해자. 손해가 막심하다.

—그렇지만.

소년 마술사는 문득 들어본 적 있는 목소리를 들은 것 같아서, 흠칫 몸을 긴장시켰다.

기분 탓이다. 혹은 환청. 그렇게 생각한 머리가, 멋대로 착각을 일으키는 그런 것.

자신에게 들려주면서 주변을 둘러보자, 현자의 학원 로브 차림이 드문드문 보였다.

당연하다. 여기는 왕도이며, 지금은 대회 직전. 누구든지 온다. 아는 사람도, 그렇지 않은 녀석도.

어쩐지 모르게 그들과 떨어지도록 걷는 속도를 올리면서, 소년은 거듭 자신을 향해 중얼거렸다.

"……짜증이 나도, 삼키는 수밖에 없단 말이지."

"납득 안~ 가……!"

"그렇지."

한 번 더 절절하게 중얼거리고, 소년 마술사는 거리에 늘어선 노점이나 매대를 보았다.

레아는 하루에 대여섯 번 밥을 먹는 법이다. 뭔가 적당한 과자라도 사주자.

—이럴 때는.

얼른 다른 일을 해서, 전환해 버리는 게 좋다.

흄의 머리라는 건 간단해서, 그렇게 오래 화를 낼 수 없다. 레아도 그렇겠지.

그렇지만, 어째서일까?

거리의 풍경이— 세계가, 어째선지 잿빛으로 빛바래 보였다.

생각해보면 아까 그 남자의 갑옷도 그랬다. 하얀 갑옷인 주제에 잿빛 기운이 떠돌고 있었다.

모든 것을 뒤덮어가는 잿빛 사람들. 그런 광경이 뇌리를 스쳤다.

한 조각도 재미가 없는, 빛 바래고 모두 타버린— 재다.

"그러고 보니, 말야."

그렇게 생각하는데, 훌쩍 바로 아래에서 레아 소녀의 얼굴이 이쪽을 들여다보았다.

"그 사람, 켄타우로스나, 거인이 참가하면 어떡하려는 걸까……?"

마상창 시합에서 켄타우로스는 낙마를 할 수 있을 리가 없고, 거인은 기술을 겨루기 이전에 체격이 너무 다르다.

그래서는 다른 종족이 불리하고— 그리고 이겼다고 해도 거인이나 켄타우로스도 기쁘지 않으리라.

아니면 기뻐할까? 소녀는 그것을 도무지 알 수 없는 모양이었다.

"그야 뻔하지."

소녀 마술사는 코웃음을 치며, 재미없다는 기색으로 말했다.

"이번에는『불공평하다』라면서 소란을 떨 거야."

§

그렇게, 노호 같은 왕도의 하루가 지나가고 있었다.

여신관과 엘프 궁수는 왕도 구경을 상당히 즐긴 것처럼 보였다.

소꿉친구인 그 아이는 접수원 아가씨와 함께 장을 보거나 식사를 즐겼다고 한다.

드워프 도사와 리자드맨 승려가 데려가 준 가게에서 잘 모르는 술과 식사를 먹었다.

—나라는 놈은.

그러나 그런 시간의 흐름에 밀려나 덩그러니 자유로워졌을 때.

여전히 휴일이라는 것을 어떻게 보내면 좋을지 짐작도 못하는 자신을 발견했다.

아니—.

숙소 바깥. 익숙지 못한 주정의 열이 투구 안에 담겨 있는 것 같아서 밤바람의 시원함도 그다지 느끼지 못했다.

도시의 불빛은 주황색으로 반짝이고, 오가는 사람들의 술렁거림. 떠들썩함이 밀려들어온다.

내일은 대회다.

그 전야는 온 거리가 기사들을 칭송하고, 누가 이길 것인지를 토론하는 성대한 연회 같은 것이 되는 모양이다.

숙소 안에서도 떠들썩한 대화가 이어지고 있었다.

엘프 궁수가 여신관과 소꿉친구인 아가씨, 접수원의 손을 잡고서 1층의 주점으로 나섰다.

리자드맨 승려와 드워프 도사도 마찬가지이리라. 그 두 사람이 있으면, 아가씨들도 안전할 거라 생각했다.

그는 그 안에 몸을 담그는 것을 피하고 있었다. 소란을 떠는 것은 서툴렀다.

그렇지만 모두가 소란 떠는 것을 바라보고 듣는 것은 좋다고 생각했다.

그래도 그는 이렇게 왕도의 밤길을 바라보고 있었다.

—아니, 짐작도 안 가는 것은…… 어제오늘 일이 아니다.

언제부터, 였을까? 훨씬 더 예전일지도 모른다.

적어도 미궁 탐색 경기의 감독관 의뢰를 받았을 때는 이미 그런 생각이 있었다.

그렇다면, 계기는 사막에 갔을 때일까?

뭐가 어떻든— 결론은 오로지 하나.

—고블린 퇴치 말고는, 아무것도 없는 것이군.

동방의 사막에 갔다. 북방의 빙해에도 여행을 했다. 초원에서 켄타우로스들과 얽혔다.

모두 마음이 들뜨는 체험이었다고 생각한다. 그렇게 생각하지만…… 그래도 된다고는, 생각할 수 없었다.

지금도 그렇다.

그저 왕도에서 홀로, 축제를 바라보고 있다.

그 안에, 자신이 있는 것이 아니다.

그것에 불안도, 불만도 없다. 그저 그들이 만든 고리 안에 없는 자신을 발견했을 뿐이지…….

"술 깨시려고요?"

그래서 문득 누가 말을 걸자, 그는 약간 당황한 것 같았다.

숙소 입구. 축제의 떠들썩함을 멍하니 바라보고 있는 남자에게 누가 말을 건단 말인가?

어색하게 철 투구를 돌린 곳, 그곳에 서 있는 것은 접수원이었다. 볼이, 빨갛다.

"그래."

고블린 슬레이어는 다른 대답이 떠오르지 않았다.

"그렇다, 고. 생각한다."

"그런가요."

"그래."

뭐가 우스운지 접수원은 키득키득 웃고 그의 옆으로 걸어갔다.

그리고 버릇없게도 길옆에 앉아 버렸다.

숙녀다운 태도가 아니다. 길드 직원의 행동도, 귀족 영애의 태도도 아니다.

고블린 슬레이어는 무슨 말을 해야 할지, 말을 밤거리에서 찾았다.

"……집에."

그렇다. 분명히, 그랬을 거다.

고블린 슬레이어의 그다지 회전이 빠르지 않다고 스스로 인정하는 머리가 드디어 기억을 끌어냈다.

"인사하러, 안 가도 되는 건가?"

"어머, 해주시는 건가요?"

접수원의 눈동자가 장난스럽게 반짝이고, 그가 무슨 대답을 하기보다 먼저 「농담이에요」 하고 중얼거렸다.

"뭐…… 딱히 안 해도 괜찮지 않을까. 해서요. 그렇게 생각한 것뿐이에요."

"……그런가."

"네. 사이가 나쁜 건 아니지만요. 돌아가면 잔소리가 시끄러울 테니까요."

고블린 슬레이어는 딱히 아무 생각이 없었다. 그런 것일까? 그렇게 생각했을 뿐이었다.

가족이란 것에 대해 그는 10년 정도의 경험밖에 없었다. 그 이상은 알지 못했다.

그러나 접수원은 어쩐지 부끄러운 기색이었다. 사치스런 일이라고 생각하는 모양이었다.

"저기."

접수원이 말했다.

"조금, 걸으실래요?"

고블린 슬레이어는 딱히 거절할 이유가 없었다.

—아니…….

그는 정정했다. 자신에게는, 없을 뿐이다.

"나라도, 상관없다면."

"상관없으니까, 권하는 거죠."

접수원이 살짝 볼을 부풀렸다.

고블린 슬레이어는 그 앞에서 「그런가」라는 말밖에 못했다.

접수원은 그 대답에 만족했는지, 그 늘씬하게 뻗은 다리를 흔들며 일어섰다.

가요. 그녀는 밤에 미소 지었다.

학원의 학생들이 밝힌 가로등이 마법의 빛을 뿜어내고, 접수원의 옆모습을 살짝 파랗게 채색하고 있었다.

아마도 그녀 옆을 가는 이 싸구려 철 투구도 가로등의 빛을 받고 있을 게 틀림없었다.

—누군가와, 함께 걷는다.

낯선 거리. 평생 올 일이 없을 거라 생각했던 장소.

그러나, 왕도를 찾아온 것은 이걸로 두 번째다.

기묘했다. 자신보다 누나가 훨씬 어울리는 장소다.

자신이 있는 것은 이상한 일이라고 느꼈다.

그러나…… 동시에 생각했다.

"그다지, 쳐다보지 않는군."

"커다란 도시니까요."

그리고 축제잖아요?

접수원에게는 그것이 모든 것에 대한 이유가 되는 모양이었다.

열심히 꾸민 영애 옆에 지저분한 갑옷 차림의 소귀 살해자가 있어도…….

—문제가, 안 된다.

과연 정말로 그런 걸까? 생각했다.

"……."

"……."

"…………에잇."

"음……."

정말로 기습적이었다.

접수원이 달라붙어, 혹은 뛰어들어서 그의 팔을 잡은 것이다.

청초한 블라우스 가슴팍에 지저분한 금속 팔이 묻혔다.

감촉이나 온기 따위는 전해질 리 없었다. 그저 무게가 느껴질 뿐이다.

평소에 고정하고 있는 방패보다도 무게가 있는 무언가. 결코 조잡하게 다룰 수 없는 무게.

—더럽혀버린다.

그런 조바심과 비슷한 마음이 마음속에 있었다.

"더러워진다."

그는 신음했다.

"지저분하니까."

"신경 안 써요."

접수원은 그 갑옷의 팔을 끌어안고 앞을 보면서, 승리를 뽐내듯 웃었다.

"몇 년을 알고 지냈다고 생각하는 건가요?"

"……그런가."

"그렇다니까요!"

—아아, 정말. 정말이지. 이 사람은.

그야 소꿉친구인 그 아가씨에게는 못 이길지도 모르지만, 몇 년을 봤다고 생각하는 걸까?

모르는 것도, 눈치 못 챈 것도 있지만, 이렇게 보고 있으면 알 수 있는 것도 많다.

은 등급. 흔들림 없는 일류 모험가가 됐다.

그것이 얼마나 굉장하고, 훌륭하고, 호평을 받고 있는 것인지…….

—알고 있는 건지, 아닌지.

아마도 모를 것이다. 그리고 딱히 그렇기에 이 사람을 좋아하게 된 것도 아니고.

나는 멋대로 행복해지는 거야.

이 사람이 이 사람 자신을 어떻게 생각하든, 어떻게 할 수가 없더라도.

이 마음은 나 자신의 것이며, 나 자신이 몇 년에 걸쳐 키워온 것이며, 내 인생이다.

다른 누군가라거나 그런 것은 전혀 상관없다— 이 사람조차도 상관없는 일이다.

나는 멋대로 행복해진다. 누가 뭘 해줄 필요는 없다.

그러니까, 그래. 사랑을 하는 것 정도는. 이 정도는—.

"……이 정도는, 괜찮겠죠?"

"그래도 좋다면……."

고블린 슬레이어는 생각했다. 얼마나 시시하고, 하찮은 말일까.

그녀에게 그런 말밖에 하지 못하는 자신의 텅 빈 알맹이가, 참으로 지긋지긋했다.

몇 년이나 가까이 지내며 보살펴주고 도움을 줬는데, 그런데 해줄 말이 이 정도였다.

"……그래도 좋다."

"네."

그렇게, 두 사람은 잠시 동안 왕도의 소란을 구경하러 다녔다.

뭔가 하는 것도 아니고, 별 것 아닌 대화를 하고, 노점을 둘러보고, 인파를 바라보고, 숙소에 돌아갔다.

이것은 그저— 그뿐인 밤이었다.

막간 「죽는 것은 놈들이다」

"정말이지, 폐하는 무슨 생각을 하시는 겁니까!"

타앙. 손바닥으로 원탁을 두드리는 소리에, 어전 회의에 모인 자들은 「또군」하면서 표정을 찌푸렸다.

그것은 위대한 신들에게 바치는 대회의 운영에 연관된 신관들에게 있어선 안 될 표정이었다.

거친 목소리로 외친 것은 지고신의 표식을 목에 건, 미장부 성당기사였다.

대회의 운영에 기염을 올리는 이 젊은이의 존재도 딱히 처음부터 꺼렸던 것은 아니다.

이상에 불타는 혈기왕성한 젊은 기사라는 것은 오히려 환영해 마땅한 것이었다.

고난과 장애를 뛰어넘고자 한다면, 그것을 도와주고자 생각하기도 했다.

그러나, 하지만.

"지하제국에서 온 방문자에게 《센스 라이(거짓말 감지)》로 적의를 확인하는 것은 다크 엘프에 대한 차별입니다!"

—**이걸로 대체 몇 번째일까**?

지금까지 치른 회의를 통틀어서, 가 아니다. 물론 그것도 있다.

그러나, 오늘만해도 벌써 다섯 번째다.

각 신전의 대표, 최고 대리인이란 형태로 출석한 신관들의 인내에도 한계가 있는 것이다.

도무지 회의가 진행되지 않는 가운데, 젊은 국왕이 홀로 표정에 피로의 색을 보이지 않고 말했다.

"……다크 엘프가 사악하다고 말하는 것이 아니다. 지하제국에서 온 밀정들이 위험하다고 하는 것이다만."

"이야기를 돌리지 말아 주십시오!"

―돌리고 있는 건 저쪽이 아닐까……?

그러면서, 어째선지 지모신 사원의 대표가 되어 버린 왕매는 하품을 죽였다.

다크 엘프가 사악한 종족이 아니란 것은 다소 계몽이 있다면 모두 아는 사실이다.

전설적인 다크 엘프의 탐색자(레인저)가 길을 개척한 이래, 선한 다크 엘프는 종종 사방세계에 나타난다.

그러나, 하지만 그것과 다크 엘프의 지하제국이 가진 위협에 대해서는 완전히 다른 문제이리라.

아직도 호시탐탐 송곳니를 갈면서 질서의 영역을 날카롭게 찌를 틈을 살피고 있다.

위협인 것은 지하제국이지, 다크 엘프가 아니다. 그런 것은 어린애라도 알고 있다.

"그러나…… 경의 말을 들으면『다크 엘프를 대회에 내보내지 마라』라고 말하는 듯 들린다만?"

"현재 상황에서는 다크 엘프를 구경거리로 만드는 거나 마찬가지이기 때문입니다. 이러면서 출장을 인정하는 것은, 실례가 아닙니까!"

―그거 하는 말과 행동이 정반대 아닐까……?

왕매는 멍하니 생각하면서, 하품에 마무리를 짓지 못하고 「하후」 하고 숨을 흘렸다.

―다크 엘프들도 엘프들과 같아서 굉장히 예쁘다고 하는데…….

다행인지 불행인지. 왕매는 아직 다크 엘프와 연관된 일이 없었다. 그림 동화로만 아는 것도 많았다.

밤의 어둠 속에서 빠져 나온 것 같은 색의 피부에 육식 짐승이 연상되는 유연한 근육질의 몸.

과거의 그다지 떠올리기 싫은 소동에서, 왕매는 상고의 엘프와 친구가 될 수 있었다.

그 가련한 요정 같은 거동과 태도와 다크 엘프는 비슷하면서도 다른 아름다움을 가졌다고 한다.

―아, 하지만.

미궁탐색 경기의 시찰로 찾아갔던 변경 도시에는 암표범처럼 단련된 여자 엘프도 있었지.

여성 마술사와 소란스럽게 대화하는 것을 힐끔 본 기억이 있었다.

결국, 그런 법이다.

종족이 뭐다 뭐다하는 것은, 고작해야 타고난 능력(스테이터스) 정도의 이야기.

다크 엘프가 사악하지 않다는 것은 충분히 납득할 수 있는 것이다. 멋지다고 생각하기도 한다.

―그러나 이 사람, 이대로는 다크 엘프가 세운 사악한 지하제국의

존재마저 부정해버릴 것 같은데…….

다크 엘프가 사악한 게 아니니까. 사악한 지하제국도 있을 수 없다. 같은 말을 하면서.

뭐 흄께서 다크 엘프의 역사를 뭐라고 말씀하셔도, 다크 엘프는 신경 쓰지도 않겠지만.

신화 시대부터 피를 이어온 불사의 그들은 필멸자인 흄과 모든 것이 다르니까.

"우리들은 다크 엘프와 손을 잡고 살아가야 합니다. 그것을 이해해 주시지요!"

"그에 대해서는 경의 말을 부정할 생각이 없다만, 나 또한."

……다르지만, 젊은 성당기사는 걸핏하면 이렇게 소리를 높인다.

그건 틀렸다. 올바르게 고쳐야 한다고 정의를 내세우면서.

몇 번씩이고 듣다 보니 이제 슬슬 지긋지긋할 지경이다.

묵묵히 듣고 있기만 하는 것도 질리기 시작했다.

그보다도, 이대로는 끝이 없다. —그렇게, 생각했으니까.

"……저기."

왕매가 결심하고서, 이름만 의논인 규탄 사이로 끼어들어 목소리를 냈다.

빙글 성당기사의 형형하게 빛나는 눈동자. 시선이 이쪽을 찔러 들어오자, 왕매는「으」하고 숨을 삼켰다.

그러나, 여기서 입을 다물면 안 된다.

—무섭지는, 않으니까요.

적어도 그《죽음의 미궁》에 있던 고블린이나 변경 도시 지하에 있던 고기덩어리보다는.

뭐, 그것들과 그를 똑같은 기준으로 보는 것은 대단히 실례가 된다고 생각하지만!

“오늘은 신전의 대표로서 몇 가지 묻고자 하는 것이 있습니다.”

있단 말이죠. 어흠. 작고 귀여운 헛기침을 하고, 왕매는 용기를 짜내 말했다.

“지모신님의 모습에서 날개를 감추라는 지시는 어떤 의도가 있는 것인지요……?”

“그것은 우리들의 신이지 새 종족의 신이 아닙니다. 날개를 그리는 것은 새 종족들에게 실례입니다.”

“네에……?”

그리고 무심코 목소리가 흘러나왔다.

—아니 지금까지 누가 그런 말을 한 적이 있었나……?

뭐 어쩌면 마음에 안 든다고 생각하는 사람도 있을 수는 있지만.

하지만 지모신의 신자인 새 종족 분들도 수없이 많은데요.

애당초 우리들이라는 건 흙을 말하는 거겠지만, 딱히 흙만 섬기는 신도 아니다.

왕매는 자기 머리 위에 물음표가 난무하는 기분마저 들었다.

“실례인지 아닌지 말하자면, 숨기거나 덧칠하는 게 더 실례가 아닌가요……?”

“그러면 지모신 사원은 새 종족 분들에게 전혀 배려할 생각이 없다고 받아들여도 괜찮겠습니까?”

“아니, 괜찮지 않아요.”

애당초, 그런 이야기가 아닙니다. 하려던 말을 삼켰다.

성기사는 그것을 아무래도 자기 말에 납득했다고 편의적으로 받아들인 모양이다.

의기양양하게, 그야말로 연설이라도 하는 것처럼 팔을 휘두르며 높은 소리로 말을 이었다.

"신전의 분들은 너무나도 생각이 부족합니다. 개회식에 음란한 차림으로 연무를 하는 것도 그렇지 않습니까!"

"우리 신의 전투 의상이 음란하다니, 무슨 말인가……!!"

믿을 수가 없다. 비명처럼 소리를 지른 것은 하프 엘프 소녀— 전쟁의 여신을 모시는 신관이었다.

얇은 비단 안에 속옷 같은 갑옷을 입은 그녀는 전쟁의 여신 신전장의 대리로 참석했을 거다.

본래는 — 지금도? — 모험가였다고 하는데, 방 바깥에서 대기하고 있는 경비들 중에는 그녀의 동료도 있었을 거다.

일단 시선에서 벗어난 왕매는 무척 커다란 한숨을 내쉬고 의자 등받이에 몸을 맡겼다.

땀이 흐르고, 심하게— 그렇다. 심하게, 지친다.

"여성에 대한 배려가 부족합니다. 첫째로, 그것은 검노의 복장이 아닙니까? 야만의 상징입니다."

"노예 신분에서도 환난신고를 뛰어넘어, 신의 자리에 이른다! 그 증거가 아닙니까!"

그 동안에도 지고신을 섬기는 — 정말로? 왕매는 도무지 믿을 수 없었다 — 성기사의 독무대가 이어졌다.

"노예를 칭송하는 이야기가 많은 것이 애당초 문제입니다. 예를 들어 북방의 만족왕……."

—아, 이 자리에 그 애가 없어서 다행이야.

왕매는 반사적으로 생각했다.

요전에 받은 친구의 편지에서 북방의 전사들에 대해 절찬하고 있었으니까.

"죽이고, 범하고, 영토를 확장하고, 왕이 되는 서사시. 그러한 저열한 이야기는, 배척해야 합니다."

"바보 같은 소리군."

한숨이 섞인 나른한 목소리로 말한 것은— 지식신의 신전에서 보낸 대표자 소녀였다.

"당신은 그 영웅의 이야기를 살육과 능욕이 찬미되는 것으로 받아들인 거로군?"

"그렇게 받아들일 수도 있는 것을, 퍼뜨려선 안 된다고—."

"애당초 그 영웅의 출신은 기학신과 대장장이 신의 신앙이 두터운 땅이다. 폭력에 대한 인식이 다르지."

조용하고 차분해 보이는 그녀의 발치에 하얀 짐승의 모습이 슬쩍 보였다.

왕매와 눈이 마주친 그 기묘한 작은 동물은 재주 좋게 한쪽 눈을 감으며 입가에 앞발을 대었다.

—아니 뭐, 말 안 해요. 안 그래도.

저 성기사님이 또 시끄럽게 소란을 떨 테니까, 말 안 한다. 응.

"그렇게 말씀하시지만, 그 땅도 지금은 우리 왕국의 우방이 아닙니까. 인식을 고쳐줘야 할 것입니다."

"지식, 문화를 제한하고, 역사를 거슬러 올라가 심판한다니. 당신이 얼마나 잘났는지, 나는 상상도 할 수가 없겠어."

도리가 없다. 그 지식신의 총애를 받은 그녀가 고개를 옆으로 젓고, 왕매는 고개를 세로로 끄덕였다.

아니 정말로. 마음 속 깊이, 그 말에 동의했다.

"저도 괜찮을까요?"

그리고 그런 대화를 묵묵히 바라보고 있던 교역신의 신관 자리에서, 서늘한 목소리가 들렸다.

얼음 같은 미모를 가진 은발의 여성이 문득 왕에게 눈짓을 하고 유유히 손을 들었다.

"네. 말씀드리고픈 것은 산더미처럼 있습니다만, 우선 하나."

왕이 씨익 입가에 웃음을 지으며 고개를 끄덕이는 걸 왕매도 알 수 있었다.

—오라버님의 지인?

인 걸까? 굉장히 예쁜 사람이지만, 아무래도 왕매는 그녀의 얼굴을 기억하기 어려웠다.

바람처럼 문득 나타나 훌쩍 사라질 것 같은, 그런 식으로 인상이 희미한 것이다.

"수인에게 급사를 시키는 것을 금지하라. 그들을 구경거리로 만들어선 안 된다고, 말씀하셨다고요?"

"당연한 일입니다."

젊은 성기사는 콧김을 거칠게 뿜으며 긍정하고 당당하게 말했다.

"도박장 따위에서 토끼 수인을 본뜬 복장을 입고 있는 모습을 보십시오. 그것은 그야말로 착취 아닙니까!"

"좋아서 하는 분도 많이 있습니다. 떠들썩하고, 재화의 움직임도 격해요. 저도 즐깁니다."

성기사의 눈길이 경멸을 담은 것으로 바뀌었다. 그러나 그녀의 태도는 태연했고, 웃음을 지우지 않았다. 웃음이 무너지지 않았다.

"그러면 직업을 잃은 수인들의 일거리는, 어쩔 셈인가요?"

"자유롭게 좋아하는 일을 하면 됩니다! 그것이야말로 자유라는 것입니다!"

"아무래도, 재화도 직업도, 구름이나 안개처럼 생겨나는 것이라 생각하시는 모양입니다."

그것은 코웃음치는 조소였다.

"바람조차도, 무에서 생겨 불어오는 것이 아닐진대."

성기사가 멈칫거리는 걸 신경 쓰지 않고, 교역신의 성녀는 우아한 움직임으로 의자에 고쳐 앉았다.

자, 계속하시죠? 손바닥을 내밀어 재촉하자, 지고신의 성기사는 짜증이 난 듯 신음했다.

왕매가 그의 입장이었다면, 도저히 말을 할 수 없었겠지만—.

"애당초 종족…… 종족이라는 것이 이상합니다. 다들 같은 사람입니다. 흄으로 다루어야—."

—아, 말하는구나.

"이래서는, 내 후임도 여성으로 해야 한다고 말할 것 같군."

"……와."

무심코 소리를 낼뻔한 것은, 문득 등 뒤에서 낮고 매력적인 속삭임이 들렸기 때문이다.

힐끔 등받이 너머로 눈길을 돌리자, 그곳에 남자 한 명이 그림자처럼 서 있었다.

기겁할 정도로 몸에 착 달라붙어 선이 드러나는 검은 예복(턱시도)을 입은, 단정한 생김새의 남자.

집사 같은 사람이라 해도 납득할 수 있지만, 이 멋쟁이의 태도는 자기주장이 너무 강하다.

그의 역할을 충분히 알고 있는 왕매는 기가 막힐 지경이었지만—.

"……그렇게 미형이면, 너무 눈에 띄지 않아요?"

"그만큼 능력이 높아서 말이다."

오라비, 다시 말해서 국왕의 등 뒤에 대기하는 은발의 시녀가 날카로운 눈초리로 이쪽을 노려보았다.

폐하의 여동생에게 수작부리지 말라고 말하는 것 같았다.

물론 그녀의 표정은 변화가 희박하지만, 왕매도 읽어낼 수 있는 건 있었다.

"어이쿠, 보스가 화가 나셨군. 물의 도시에서 초특급으로 돌아온 참인데."

"수고했어요."

"덤으로 근무 중에는 수면도 없었지."

거의 연극 한 편이 될 만큼의 대활약을 한 게 틀림없었다.

스르륵. 누구도 눈치 못 채는 움직임으로 — 교역신의 성녀는 눈치 챘나? — 남자가 걸었다.

분명히 오라버님에게 뭔가 보고할 것이 있는 거겠지.

만날 때마다 얼굴이 다른 그 남자의 정체가 무엇인지는 생각할 것도 없는 일이었다.

"……하후……."

왕매는 몇 번째인지 모를 하품을, 드디어 살려서 밖에 내보내주기로 했다.

지독하게 지쳤고, 몸이 무겁고, 머리가 둔하다. 심지부터 열이 올랐다가 금방 식는 것 같았다.

—아무래도, 지쳤어.

응. 당연히 그런 거다. 이런 쓸모없는 대화를 하염없이 하고 있으면 그것도 당연하다.

그래서 왕매는 자신을 짓누르는 권태감을 그저 그걸로 정리하고 잊고 말았다.

하염없이 계속 흔들리는 회의가 끝날 때까지— 앞으로 얼마나 걸릴지 짐작도 안 된다.

그저, 심하게— 재의 냄새가 난 것 같은 기분이 들었다.

제2장 『다들 이렇게 부른다』

Goblin Slayer
He does not let anyone roll the dice.

열기가 가득하다. 그야말로 이걸 가리키는 말이다.

결투장을 원형으로 둘러싼, 키가 큰 관객석. 햇살막이용 천막도 쳐놓은 그 수는 대략 9만.

치밀한 계산과 설계로 배치된 좌석은, 어디서든지 싸우는 광경을 놓치지 않는다.

그래서 관객들 또한 어느 좌석에 배당되어도 불만을 토하지 않는다.

그보다는 오히려, 입장권(테세라)을 산 행운을 교역신에게 감사할 것이다.

80개의 원형 아치 문 중에서, 관객용으로 배당된 아치 문은 76개.

입장권에는 1부터 76까지의 번호가 적혀 있고, 관객은 그 지정된 문으로 입장한다.

게다가 열과 좌석 번호도 적혀 있어서 그걸 보면 길을 잃지 않고 자기 자리에 도착할 수 있다.

지참한 깔개에 앉아, 틈새로 돌아다니는 판매원에게 먹을 것 마실 것을 사서 언제 시작되나 기다린다.

그들은 하얀 모래를 깔아서 정돈한 원형 결투장을 주목하고 있었다.

이곳에서 매일 검투사들이 칼을 맞대고, 수많은 결투가 펼쳐지고 있었다.

모든 것은 오랜 옛날, 이 땅에서 싸웠다고 전해지는 전쟁의 여신에게 바치는 봉납이다.

어째선지 최근에는 전쟁의 여신상에 대한 풍파가 강하지만—.

오늘은 그렇지 않았다. 전쟁의 여신상은 숨김없이 우뚝 서서 투기장을 내려다보고 있었다.

오오, 전쟁의 여신님이여 보소서!

그러나 주목할 것은 그런 콜로세오의 외견뿐이 아니다.

여차하면 이 결투장에 물을 가득 채워서 배를 띄우고, 수상전마저도 할 수 있었다.

지하에 통로와 대기실이나 승강기를 증설하면, 더 이상 모의 해전은 못하게 된다고 하기도 했었다.

그렇지만 드워프들의, 말 그대로 물샐 틈 없는 시공기술이 얼마나 훌륭한지 보라!

탁월한 그 기술은 훌륭하게 돌을 쌓아 올리고, 모든 기구를 유지한 채 개축을 이룩했다.

전쟁의 여신이 귀히 여기는 것이 곤경과 불가능에 도전하는 마음가짐이니, 그들 또한 용사라 할 수 있으리라.

그리고 오늘, 이 때에 또 한 명— 용사가 되고자 하는 아가씨의 모습이 지하 통로에 있었다.

"우, 와아…… 기, 긴장되기 시작했어……!"

부들부들 떨고 있는 그녀는, 여기저기서 끌어 모은 갑옷과 투구를 입고 당나귀 위에 탄 레아 소녀였다.

자그마한 체구에 안 어울리는 금속 장비와 손에 든 경기용 기병창은 참으로 우스꽝스러울 만큼 커다랗다.

물론 부서지기 쉬운 목제 창의 가벼움을 고려해도 소녀는 가볍게 창을 들고 있었다.

"겁먹은 건 아니지?"

그 당나귀의 고삐를 쥐고 있는 소년은 힐끔 곁눈질로 파트너의 얼굴을 보았다.

솜이 들어간 눈이 드러나는 모자를 쓰고, 그 위에 철 투구를 쓴 그녀는 숨이 막히는지 면갑을 올리고 있었다.

드러난 얼굴은 뭔가를 참는 것처럼 꼬옥 이를 악물고, 눈동자가 좌우로 흔들리고 있었다.

"아, 아니지만…… 모, 몸이, 떨려버려……!"

"그건 좋은 징조야."

아마도. 라는 말은 뇌리에만 떠올리고, 소년은 손바닥으로 그녀의 허벅지를 가볍게 두들겼다.

갑옷을 입지 않았다면 이럴 수 없다. 혹은, 이런 상황이 아니었다면.

같은 세대 — 나이 자체는 꽤 다르지만 — 의 소녀와 침식을 함께 하는 건 익숙하지 못하다.

누나하고는 완전히 다르다.

"머리랑 몸이란 건, 따로 떨어져서 멋대로 움직이는 일도 있어. 네 몸이 싸울 준비에 들어간 거야."

"저, 정말……?"

배운 지식을 그대로 말한 것에 대해, 레아 소녀가 매달리는 눈으로 이쪽을 보았다.

막판에 와서 불안해진 것이리라. —몸이 떨리는 것은 그 계기에 지나지 않는다.

소년은 머릿속에 떠오른 잡다한 논리를 혀에 올리지 않고 삼켰다.

필요한 것은 논리나 이론이 아니란 것을 지난 몇 년의 단련을 통해 제대로 배우고 있었다.

“그러니까, 준비 체조를 해. 스스로도 몸을 조금 움직여둬라.”

“그렇구나……. ……응.”

소녀는 그의 말에 순순히 따라서 안장 위에서 팔을 빙글빙글 돌리고 몸을 흔들었다.

철컥철컥 쇳소리가 울린 다음, 그녀는 다시 「어떡하지」 하며 걱정스럽게 그를 보았다.

“어깨가 좀 안 올라가, 려나?”

“그러면 마상창에는 그렇게 상관없어.”

소년 마술사는 딱 잘라 그 불안을 쳐냈다.

불안이라는 것은 말이며, 다시 말해 주문이다. 진정으로 힘 있는 말이 아니라도 말에는 힘이 있다.

“검술 시합 전에 조정하면 괜찮아.”

“아, 알았어…….”

잠시 지나— 직전의 시합이 끝났으리라.

통로 안쪽, 빛이 들어오는 결투장 쪽에서 와아아 하는 환성이 들렸다.

레아 소녀가 심호흡 하는 걸 알 수 있었다. 소년은 등을 가볍게 두드려줬다.

응. 그녀는 고개를 끄덕였다. 창을 든 손이, 투구의 면갑을 내리기 위해 움직였다.

"자, 오세요. 당신 차례입니다."

그리고 때를 봐서, 중요한 부분만 가리고 피부 대부분을 드러낸 갑옷을 입은 여자가 말을 걸었다.

전쟁의 여신을 모시는 신관이다. 급소만 갑옷으로 지키면, 다른 부분은 자력으로 대처할 수 있는 위대한 전사들.

"무운을 빌게요!"

"응, 고마워……!"

레아 소녀는 결심하듯 대답하고, 철커덕 갑옷의 고정구를 건 다음 숨을 내쉬었다.

"가자!"

"그래."

그에 응하여, 소년 마술사는 고삐를 잡고 당나귀를 끌었다. 발굽 소리와 함께 기사가 나아간다.

결투장으로 이어지는 빛이 점점 커지고, 강해지고, 이윽고 시야가 새하얗게 물들어—.

"와……앗?!"

머리 위에서 귀가 찢어질 것 같은 대환성이 호우처럼 소녀의 온몸을 때렸다.

그러나 그것은 결코 그녀를 환영하는 것이 아니었다.

관중의 목소리는 한결같이, 그저 시합에 대해서만 논하고 있었다.

생각한 것 이상으로 자그마한 계집아이 따위엔 도저히 기대를 걸 수가 없다.

화려하게 날아가거나, 그렇지 않으면 열심히 버티기만 해도 좋겠다.

그러한— 레아 소녀의 모든 것을 경시한, 무자비한 무관심이 가져온 열광이었다.

"으, 아……앗."

딱딱 소리가 날 법한 치아를, 소녀는 꾹 어금니를 악물어서 억눌렀다.

그러나, 그렇지만…….

—오지 말 걸 그랬어.

잘못 왔다. 그저 창피를 당할 거다. 그만두는 편이 좋을 거다.

그런, 상당히 옛날에 몇 번인가 듣고서 계속 반발해온 말이 빙글빙글 머리 위를 맴돌았다.

진작 옛날에 떨쳐냈을 그것들이 이제 와서 다시 짓눌러오고 깔아뭉개려 든다.

왜냐면, 보면 안다.

대전 상대…… 결투장에 만들어진, 평행 두 줄기의 마장 너머에 선 기사의 모습을.

중후한 투구와 갑옷. 올라탄 것도 군마일 것이다. 장식이 과다한 것은 마상창 시합이니까 당연하다.

그렇다. 저 장식만 해도 지금 자신의 꼴과 딴판이다.

덤으로 곁에 선 종자는 귀족도 이러랴 싶을 훌륭한 모습이 아닌가?

소녀는 문장관이라는 직위를 몰랐다. 파트너인 소년이 나서줄 때까지 몰랐다.

그래서 진짜 기사와 진짜 문장관 앞에서 어떡하면 좋을지 알 수가 없어졌다.

"에~ 여기 계신 분은 서방 초원의 기사이시며, 부친은 《죽음》과 싸우며 무훈을 세우고, 조부는……."

그 문장관을 보니, 두루말이를 펼치고 자기 주인의 내력을 기나길게 말하고 있었다.

길게 6대 전까지 거슬러 올라가는 지루한 무훈담이었다.

물론 레아 소녀는 그걸 듣고 있을 정신이 아니었다. 무슨 말을 하는 건지 도무지 알 수가 없었다.

그래서 주위 관객의 환성이 잦아든 것도 자기 탓이라고 생각 못했다.

"뭘 모르네."

바로 옆에서 조용히 중얼거린 말에 흠칫, 몸을 떨었다.

소년 마술사였다.

투구를 철컥철컥 울리면서 그를 보자, 소년은「보고 있어」라며 한 마디 하고 앞으로 나섰다.

아니, 한 마디가 아니다. 《확대》라고, 세 번 중얼거린 것을 레아 소녀는 깨닫고 있었다.

" 여기 있는 것은! 레아 마을의 제일검!!! "

쩌렁쩌렁 대기가 흔들렸다.

소년의 커다란 음성은 뇌명처럼 투기장 전체에 울려 퍼지고, 관객들의 입을 한 번에 꿰뚫어 닫아 버렸다.

한순간의 정적, 침묵. 자리의 공기를 한 호흡에 삼킨 것처럼, 소년 마술사는 팔을 크게 흔들었다.

" 시작의 스승은 깊은 산 아래 미궁에서 귀환한 위대한 모험가, 레아의 대검호! "

기억하고 있었구나. 레아 소녀는 투구 안에서 살짝 입을 벌렸다.
아주 조금 이야기했던 옛날 일. 마을을 싫어하지는 않지만, 즐거운 추억은 적었다.
괴팍하고 별난 할아버지에게 검을 배웠다. 하염없이 숨이 차오르고 쓰러질 때까지 막대를 휘두르는 수련.
모든 것이 거기서 시작됐다. 할아버지에게 검을 배우지 않았다면, 그녀는 지금 여기에 없었을 것이다.

" 아침 저녁으로 검을 휘둘러, 천일의 수행으로 단련하고, 만일의 수행으로 단련한 서슬 퍼런 기술! "

그래서, 이어지는 말에 아주 약간 웃어 버렸다.
그 정도까지 연상은 아냐. 이런 말이 레아 소녀의 입에서 작게 흘렀다.
그저 그것만으로도, 굳어 있던 턱이 풀리고 몸에 숨이 돌았다.

" 그 지르기는 번개와도 같은 속도로 적을 파헤치나니! 부디 여러분들, 지켜보시길! "

소년이 우아한 움직임으로 인사를 하자, 약간의 공백 있은 뒤에 와아 대환성이 피어올랐다.

그래도 아직 레아 소녀를 향한 것은 아니었다.

어쩐지 재미있을 것 같은데. 그저 그뿐인, 제멋대로의 열광과 흥분.

그러나 하지만, 레아 소녀에게는 상당히 커다란 차이였다.

"있지, 그런 건 어디서 배웠어……?"

커다랗게 숨을 내쉬고 돌아온 그의 소매를 장갑으로 잡아끌면서 조용히 물었다.

"영감한테서."

아마도 스승을 말하는 것이리라.

"마술사라면 시가(詩歌) 하나 정도는 익혀두라더라."

소년 마술사는 지긋지긋하다는 것처럼 말하더니, 마지막으로 다시 한번 그녀의 등을 가볍게 두드렸다.

"자, 상대를 봐. 내가 말한 거 잊지 말고."

"아, 응……!"

레아 소녀는 심호흡을 반복하며, 당나귀의 고삐를 끌어 앞으로 몰았다.

마을에서 하던 거랑은 전혀 다른, 정비되어 다져놓은 흙의 마장.

저 멀리 보이는 너머에는 번쩍이는 기사가 승리를 뽐내듯 서 있었다.

아니, 멋대로 그렇게 생각해 버리는 것뿐일까? 알 수 없다. 상관없는 일이다.

—그렇지. 내 지르기는 번개야.

펄럭 커다랗게 휘둘러서, 심판이 깃발을 흔든다. 당나귀의 옆구리에 박차를 가했다.

"야, 아아아아……앗!!"

"오오오오오옷!!"

첨벙. 물속에 뛰어든 것처럼 공기가 끈적이고, 시간의 흐름이 느려지는 느낌이 들었다.

시야가 쭈욱 좁아지고, 상대의 한 점밖에 안 보이게 된다.

오른팔을 들어올린다. 고정구에 창을 걸어야 한다. 아니야. 그렇지. 맞다. 그게 아니라.

—뭐 됐어.

여기까지 오는 도중에, 언제나 그 소년이 들려준 말이다.

그것이 드디어, 이제 와서 머릿속 상자에서 굴러 나왔다.

—위력이라는 건, 이치야. 속도랑 무게랑 힘, 이 셋에서 나오는 거지.

그리고 전달이다. 그렇게 중얼거리며, 소년은 표정을 찌푸리고 『넷』이라고 말을 고쳤다.

—이 전달이라는 건, 세 개의 점이야. 지점, 역점, 작용점.

—의미를 잘 모르겠어. 어려워서.

진지하게 들어도, 알 수 없는 일은 있다.

—체격이 떨어지는 너는 절대적으로 불리해. 힘도 뭐, 약하지. 사실이 그래.

—응.

마지못해 소녀는 고개를 끄덕였다. 피아의 체격 차이는 알고 있었다.

싸우기 전에 유리함과 불리함을 계산하는 약삭빠름은 겁쟁이가 하는 짓이다. 그런 이야기도 뇌리에 스쳤다.

그러나 소년은 그는 이기기 위한 방법을 가르쳐주는 것이다. 그러니까 긍정했다. 그래서, 들었다.

—하지만 속도는 상대가 멋대로 내준다. 그렇다면, 이제부터는 전달이 문제야.

—다시 말해서?

—낙마하지 마. 정면으로 받지 마. 창을 단단히 겨누고, 올바른 곳에 먼저 맞춰라.

모든 것이 딱 들어맞는 것처럼, 창이 고정구에 걸리는 것을 느꼈다.

레아 소녀는 몸을 있는 힘껏 앞으로 눕혔다. 가슴 갑옷에 밀린 가슴이 굉장히 괴롭다.

카악. 귓가 위, 철 투구를 창끝이 스쳤다. 나무가 부서지는 소리. 충격. 흔들린다. 상관하지 마.

"키이, 에에에에에에에에에에에……에!!"

그리고 함성과 함께, 그녀는 창을 있는 힘껏 아래에서 들불이 타오르는 것처럼 내질렀다.

오른팔이 돌 벽을 때린 것처럼 떨리고, 저리고, 창의 끝이 부서지고 터져 날아갔다.

시간의 흐름이 단숨에 돌아왔다.

물속에서 수면으로 뛰쳐 올라온 것처럼 공기가 흐르고, 소리가 되살아났다.

"하, 아……악."

레아 소녀는 숨 막히는 철 투구 안에서, 뭍으로 낚여 올라온 생선처럼 신음했다.

그러나, 쉬고 있을 틈은 없다. 빙글 피가 도는 머릿속에서 조바심만 부풀어 올랐다.

"검의 시합……!"

그렇게 한 마디 외치고, 레아 소녀는 자신의 당나귀에서 뛰어내렸다.

묵직한 갑옷 탓에 휘청 몸이 기울었다. 아니, 숨을 제대로 못 쉬었기 때문일까? 알 수 없다.

넘어질 것 같았지만, 급하게 옆에서 뻗은 가는 팔이 지탱해주었다.

"고쳐줘, 갑옷! 어깨, 빨리……!!"

"진정해."

철커덕 투구가 빠져 나가고, 눈이 드러난 모자를 잡아서 쓱 벗겨냈다.

땀이 차고 열기를 띤 볼과 이마에 바람이 흘러서, 레아 소녀는 「후앗」 하고 소리를 흘렸다.

"지, 진정했다니까! 하지만 시간이—!"

"그러니까, 진정하고 상대를 봐."

"어……?"

그 말에 돌아본 시선 끝에, 드러누워 쓰러진 갑옷 차림의 기사가 있었다.

아니, 딱히 그만 그런 게 아니다. 투구가 덜컹덜컹, 소리를 내면서 마장을 굴러다녔다.

황급히 문장관이 달려가서 물을 뿌리기도 해보고 있지만—.

"한 방에 기절한 모양이야."

씨익 웃은 소년의 말에, 레아 소녀는 드디어 제정신을 차린 모양이었다.

지금 그녀는 투기장에 가득 찬 관객의 시선이 자신의 한 몸에 박히고 있다는 것도 깨달았다.

으, 라거나. 아, 라거나. 당황과, 수치와, 흥분과, 당혹.

감정이 휘몰아치는 가운데, 가는 것치고 힘찬 소년의 팔이 그녀의 팔을 잡고 높이 들었다.

" 보라, 이것이 레아의 찌르(스팅)기라! 어둠의 거미도 해치우는 일격이도다!! "

이번에야말로, 소녀를 위한 대환성이 울려 퍼졌다.

§

"와아……! 이겼어요! 이겼어요……!"

"그래."

여신관이 천진하게 손뼉을 치며 기뻐하자, 고블린 슬레이어는 팔짱을 끼고 짧게 고개를 끄덕였다.

우레 같은 갈채 속에서 몇 안 되는 예외가 있다면, 그 중 하나가 이 관람석일 것이다.

일반객이 앉는 자리와 조금 격이 다른, 귀족들을 위한 개인실 같

은 공간.

여신관도, 엘프 궁수도, 접수원 아가씨도, 소치기 소녀도, 처음부터 지기의 승리를 바라고 있었으니까.

“설마 저 애들이 나올 줄은 생각 못했어.”

훌륭해졌는걸. 엘프 궁수가 손뼉을 지면서 중얼거리자, 「그래」 하고 다시 한번 고개를 끄덕인다.

그녀는 키득키득 방울소리가 울리듯 웃음소리를 굴렸다.

“오르크볼그, 그 말밖에 안 하네.”

“그런가?”

“그래.”

그러나 뭐, 나쁜 일은 아니리라. 엘프 궁수는 천진하게 그런 결론을 내리고 눈웃음을 지었다.

이 남자가 보기 드물게 — 그렇지도 않은가? — 신경 써주는 후배 중 한 명이다.

흄의 세상에 있는 명예와 영달은 잘 모르지만, 대회에서 이기는 것은 순수하게 좋은 일일 것이다.

—오르크볼그한테 저 애 같은 절찬의 말은 무리일 테니까.

이 지저분한 모험가가 느닷없이 시가 같은 것을 읊으면, 하이 엘프라도 경악하지 않을 수가 없으리라.

엘프 궁수는 그렇게 결론을 내리고, 재빨리 흥미를 다른 쪽으로 돌렸다.

신경 쓰이는 일은 그 밖에도 많이 있다. 예를 들어서…….

“세 판 승부라고 했는데, 지금 그건 투구를 맞춰서 낙마시켰으니까 이겼지?"

예를 들어, 지금 그야말로 모두가 열광하고 있는 이 마상창 시합의 규칙 같은 것이 그렇다.

엘프 궁수는 검지를 척 세워서 빙글 돌리며, 옆에 있는 거한에게 질문을 던졌다.

"낙마를 안 했으면 어떻게 승패를 정하는 거야?"

"흠. 창이 부서진 것은 보셨을 거라 생각하네만."

천천히. 함축적인 말투로 리자드맨 승려가 기다란 목을 들었다.

"봤어봤어. 둘 다 파앙, 하고 산산이 부서졌지."

"창이 부서졌다는 것은, 명중을 했다는 것. 따라서 부서진 쪽이 한 판을 따는 것일세."

낙마하지 않으면, 잘 맞춰서 창이 부서진 쪽이 한 판. 둘 다 부서지거나, 부서지지 않았다면, 무승부.

물론 양자가 낙마를 하거나, 혹은 세 번을 겨루고 동점일 경우도 있지만…….

"검의 시합도 있으니, 창을 섞기만 해서 끝나지는 않는 법이라네."

합법화된 모의 전쟁은 참으로 존귀한지고!

그가 다리에 꼬리를 감아오자 간지러운 기색으로 치우면서, 엘프 궁수가 수긍했다.

"그래도 저건 진짜 창이 아니잖아. 부서지도록 만들었다고 해도, 너무 무르지 않아?"

"무르게 만든 게다."

드워프 도사다.

"그만큼, 갑옷 안으로 크게 타격이 들어가질 않음이야."

드워프가 무구에 일가견이 있는 것은 당연한 일이다. 술과 대장장이 일에 대해 말하기 시작하면, 드워프의 입은 멈추지 않는다.

가라사대 **총**의 돌격에 필적하는 충격이라고 하거나.

가라사대 부서진 창의 파편이 박혀서 죽은 왕도 있다거나.

그런 지식을 엘프 궁수는「흐응」하고 흘려들으면서 힐끔, 옆으로 눈길을 주었다.

"그래서 그렇게 두꺼운 갑옷을 입는 거구나. 흠은 허영을 부리고 싶어 하는구나 라고 생각했었어."

"분명히, 색이 선명하고 화려한 갑옷이었으니까요."

이렇게 맞장구를 쳐주는 여신관도, 곁눈질로 지저분하고 싸구려 투구와 갑옷 차림의 모험가를 본다.

내려다보이는 결투장, 드높이 소녀의 팔을 들어 올린 소년을 바라보며, 팔짱을 끼고 만족스럽게 끄덕이는 남자.

—완전히 다르다.

그런 생각이 스치는 것도 어쩔 수 없는 일이지만, 딱히 탓할 일이 아니다.

우리 파티의 리더는 이렇게 뭔가 이상한 모험가이며, 그것에 불만이 없으니까.

"낙마도 말과 함께 쓰러지면 말 탓이라고 해서 기사의 패배가 되진 않으니까, 무효예요."

어쨌거나 기절해버렸으면, 그걸로 끝이다.

접수원이 약간 주저하듯, 그렇게 짧게 덧붙였다.

그렇다. 주저하듯. 그것이 소치기 소녀는 살짝 의문이었다.

어젯밤에 단 둘이 어디 산책을 다녀온 모양인데…….

—그래도, 뭐.

그건 그거대로, 지금은 내 차례라고 생각하면 되는 거지. 소치기 소녀는 결론을 내렸다.

어쨌든 그녀는 아침부터 기분이 좋았다.

기껏 대회 구경이고, 기껏 어제 산 옷이다.

그렇게 잘 꾸미고 선보인 모습에 대한 감상이 「잘 어울린다고…… 생각한다」였으니까.

“역시, 기뻐?”

그리고 무엇보다. 그가 대단히 만족스러워 보이는 것은 무엇보다도 기쁜 일이었으니까.

그래서 그의 옆으로 쓱 다가가, 아래쪽에서 올려다보며 철 투구를 들여다보았다.

“음…….”

그가 흘린 목소리는 말의 의미를 미처 이해 못했다는 식이다.

그것이 뭐라 말하기 어렵게 유쾌하단 생각이 들어서, 소치기 소녀는 느슨해진 볼에 힘을 주기가 어려웠다.

“저 애들이 이기고 있는 거.”

후배잖아? 어쩔 수 없네. 가르쳐 줘야지.

“흐음…….”

그는 그렇게 말하고 고개를 끄덕이더니, 한 차례 입을 다물고서 조용히 중얼거렸다.

"……그렇군, 그랬었지."

나는 아마, 기뻐하고 있는 것 같다. 그는 수긍했다.

그것은 분명히, 단순히 소년 마술사와 레아 소녀가 『이겼기 때문』이 아니리라.

고향을 벗어나 변경 도시에서 훈련을 받고 있을 무렵, 그들은 범용한 모험가였다.

그런데 세상에 나서서, 지금 이렇게 왕도의 대회에서 관중들 앞에서 있다.

그 사실이야말로 분명히 그에게는 기쁜 일일 것이다.

―너도 은 등급인데 말야.

소치기 소녀는 모험가의 등급을 잘은 모르지만, 어중간한 일이 아닐 것이다.

"그러고 보니, 다른 은 등급 분들은 안 나가는 건가요? 창 쓰는 사람이나, 대검 쓰는 사람."

"아아, 그 분들은 그다지 이런 것에는 흥미가 없으신―."

문득 옆에서 들린 접수원의 말이 어중간하게 끊어졌다.

아니, 사실 말하자면 그 직전에 들린 말도 소치기 소녀에게는 낯선 목소리였다.

응? 생각하여 눈길을 돌리자, 그곳에 낯익은 지모신의 신관 복장이 보인다.

그래서 한순간 소치기 소녀는 여신관이 질문한 거라고 생각했다. 그러나, 아니다.

몸집도, 머리의 길이도, 혹은 표정까지. 여신관하고 비슷하면서 다른 소녀.

그런 그녀가 소치기 소녀와 눈을 마주치고, 생긋. 먹구름에서 나온 태양처럼 웃음을 지었다.

"실례합니다~아."

"저, 전하……?!"

들썩. 접수원이 허리를 들썩이며 황송해했다. 소치기 소녀는「전하?」하고 고개를 갸웃거렸다.

"어 언제 오신 건가요……?! 그것이, 이거 대단히 실례를—."

"아, 괜찮아, 괜찮아. 잠행이라고 할까, 빠져나왔다고 할까, 그런 느낌이니까."

왕매 — 라는 걸 소치기 소녀는 몰랐지만 — 는 깔깔 웃으며, 손을 휙휙 흔들었다.

그 눈동자가 장난스럽게 반짝이고, 스윽 움직여서 많이 닮은 모습의 소녀에게 향했다.

"오랜만이에요. 건강하게 지냈나요?"

"아, 네!"

이쪽은, 꽃이 피는 것처럼 웃는 여신관.

—그래. 역시 닮기는 했지만, 다르네.

꼭 닮은 소녀들이지만, 두 사람 중 한 명을 알고 있다면 차이가 명백했다.

어쨌거나 여성진이 늘어나서 떠들썩해지고 화사해지는 건 좋은 일이다.

무엇보다, 친구 관계가 된 그녀를 거부하는 자는 이 자리에 없었다.

리자드맨 승려가 느릿하게 거구를 움직여서 엘프 궁수를 따르고 자리를 내어주자, 그녀가 자연스럽게 끼어들었다.

접수원은 뭔가 불편한 기색으로 몸을 꼬고 있지만, 상관하지 않고 드워프 도사는 껄껄 웃었다.

"뭣이냐, 공주님."

(소치기 소녀는「공주님?」하고 고개를 갸웃거렸다.)

"사보타주란 겐가?"

"네. 정말로, 회의가 너무너무 길어서……. 빠져 나와버렸어요."

왕매는 미안한 기색도 없이 혀를 내밀며 웃었다. 접수원이 배에 손을 대고서 딱딱한 웃음을 지었다.

―어라?

그것을 보고 여신관이 살짝 눈을 깜박였다.

안색이 나쁘다. 아니, 접수원이 아니라 왕매쪽이 말이다.

물론 그녀는 자신보다도 피부가 하얗고 피부도 좋지만, 그것뿐이 아니다.

혈색이 안 좋은― 지쳐 있는 것하고도 다른 것 같은데.

"저기, 괜찮으세요……?"

그래서 깨달았을 때, 여신관은 자연스럽게 물었다.

목덜미가 따끔따끔 쑤시는 것 같은 감각. 불길한 예감을 도저히 떨쳐낼 수 없었다.

"응, 괜찮아, 멀쩡해요. 아마 조금, 지친 것뿐일 테니까."

그렇게 말했지만 엘프 궁수도 다소 신경 쓰인 모양이다.

아니면 그것은 역시 비슷한 입장에 있는 몸으로서 공감한 것일까?

그녀는 왕매의 얼굴을 들여다보고, 어쩐지 타이르는 것 같은 입술로 말했다.

"흄의 수명이 짧다고는 해도, 그렇게까지 서두르지 않아도 되지 않아?"

"엘프 여러분과 같은 척도로 생각할 수 있으면 좋을 텐데 말이죠~."

아하하. 그렇게 웃은 왕매의 몸이, 문득 크게 기울였다.

아. 생각할 틈도 없이 그 가녀린 체구가 휘청 무너졌다.

"앗……?!"

"자, 잠깐……?!"

반사적인 움직임. 이럴 때 하이 엘프의 민첩함은 놀라울 정도다.

여신관이 손을 뻗는 것보다 빠르게, 엘프 궁수의 가녀린 팔이 그에 걸맞지 않은 힘으로 안아 받쳤다.

축 이완된 왕매의 안색은 하얀색을 넘어 파랗고, 하히, 하히, 호흡도— 얕았다.

"위험해, 이거. 열도 있어."

"전하……?!"

무심코 접수원이 소리를 질렀다. 소치기 소녀 또한 자리에서 일어섰다. 이것은 아무리 봐도 좋지 않았다.

호칭에 대한 의문 따위는 완전히 머리에서 날아가 버렸다.

소치기 소녀는 재빨리 곁으로 다가가 한쪽 무릎을 꿇고 소녀의 옷깃으로 손을 뻗었다.

"일단 옷을 조금 풀어주자! 또 뭘 하면 돼?!"

"마실 것— 물이 있었죠! 땀을 닦고……."

엘프 궁수가 지탱하는 사이에 소녀들이 솜씨 좋게 간호를 시작했다.

그것을 멍하니 보고 있던 접수원에게 여신관이 「의사님이요!」 하고 소리쳤다.

"제 치유의 기적으로는 병을 어떻게 할 수 없어요……!"

"아, 어어. 알았어요……!"

헉. 제정신을 차린 접수원이 고개를 끄덕이는 것을 막고, 고블린 슬레이어가 낮은 목소리로 말했다.

"그러면, 나도 가지."

그가 말하고 재빠른 움직임으로 일어서서, 주저 없이 방패와 허리춤의 가방을 풀어 몸을 가볍게 했다.

"안내해다오. 그리고, 불러야 할 상대를 불러라. 나는 잘 모른다."

그 무뚝뚝한 말투의 의미를 짐작 못할 접수원이 아니었다.

그녀는 우수한 두뇌를 금방 회전시켜 감사와 함께 「알겠습니다」 하고 응했다.

—이제 괜찮아. 저는 냉정해요. ……할 수 있어요.

접수원이 끄덕이는 것을 보고, 고블린 슬레이어도 고개를 끄덕였다. 철 투구가 빙글 돌아갔다.

"미안하지만, 여기를 부탁할 수 있겠나."

"부탁이고 뭐고, 말이다."

응답한 드워프 도사와 긴 목을 흔드는 리자드맨 승려 또한, 이미 의자에서 일어서 있었다.

아니, 단순히 일어선 것이 아니다.

드워프 도사의 손은 촉매 가방에 가 있고, 리자드맨 승려는 손톱이 돋은 손발을 이미 풀고 있었다.

누가 쓰러졌는지를 생각해보고서, 신속하게— 착실하게 주도권(이니시에이티브)을 쥐기 위한 모습이었다.

"관객들에 취한 거라고 말해두마."

"그렇지. 귀부인에게는 다소 자극이 강했던 모양일세."

괜히 마땅한 일이라는 말투. 접수원도 감사하는 수밖에 없고, 작게 눈인사를 했다.

"됐으니 어서 가버리거라. 썩 좋지 않은 상황이구먼."

드워프 도사의 손짓에 접수원이 「아, 네!」 하고 응답하는 것보다 빠르게, 몸이 훌쩍 떠올랐다.

"히야……악?!"

"달린다."

그 목소리는 그녀의 옆구리 부분에서 들렸다. 어깨에 들쳐 맨 거라고, 그걸로 알 수 있었다.

"안내를 부탁하지."

"에, 아, 와……앗?!"

그 다음은 순식간이었다. 투기장의 복도로 뛰쳐나가 쉬지 않고 달린다. 운반된다.

—이래서는, 제가 환자라고 생각해버리지 않을까요……?

혼란과, 조바심과, 수치. 엉망이 된 머리에 문득 그런 사고가 일어났다.

그러나 그래도 그녀는, 마지막으로 인식한 것을 잊지 않았다.

왕매 전하의 목덜미, 그곳을 들여다본 여신관이 떨리는 목소리로 중얼거렸다.

“이, 낙인은—.”

사방세계에 모험의 씨앗은 끝이 없다.

그렇다면 모험이 있는 곳에 모험가가 있는 것도, 또한 사방세계의 진리인 것이다.

§

“상황은, 썩 좋지 않아.”

《전이》를 한 것 같은 기세로 달려온 미장부는 냉정침착함 자체인 태도로 말했다.

의무실이라 부르기에는 다소 호화로운, 왕매가 잠든 방에서 장소를 옮겨 귀빈실이었다.

접수원은 대단히 긴장한 기색이며, 소치기 소녀는 단순히 높은 사람일 거라고 생각하는 모습.

그것이 아마도 보통이겠지만, 여신관은 전에도 만난 분이었다.

—그보다도, 왕이나 왕비님을 만나는 건…….

이걸로 세 번인가, 네 번째.

엘프의 왕비, 북방의 안주인, 그리고 켄타우로스의 공주님도 포함하면, 이제 슬슬 익숙해지는 법이다.

—익숙해지는 법이다, 라니!

그런 생각을 하는 자신의 뻔뻔함에 웃음이 떠올랐지만, 상황은 물론 이해하고 있었다.

"그냥 병은, 아니라고 생각합니다."

전혀 익숙해지지 못하는 부드러운 긴 의자 위에서, 여신관이 작은 엉덩이를 띄우며 말했다.

"전에 어느 영애에게 찍혀 있던 것을 본 적이 있습니다. 그 낙인은, 아마도—."

"저주."

그녀의 말에 이어서, 젊은 국왕이 수긍했다.

"라는 것이군."

네. 여신관이 소리 없이 고개를 끄덕이고, 힐끔 동료들 쪽을 보았다.

모두 제각각 팔짱을 끼고 창가에 서 있거나, 긴 의자에 앉아서 이야기를 듣고 있었다.

리더인 지저분한 차림의 남자는 입을 다문 모습으로, 우두커니 서 있는 것처럼 보이기도 했다.

어느샌가 교섭을 맡게 되어 있다는 것에 여신관은 참으로 낯간지러운 기분이었다.

언제쯤부터, 였을까?

그렇게 맡겨주는 것이 기쁘기도 하고, 동시에 불안하며, 쓸쓸하기도 했다.

자신의, 이제 곧 취옥으로 승급할 법한 인식표가 도금이 아닌가 하는 불안이다.

그러나 잘 해내야 한다는 것은 제멋대로인 생각이다. 자기중심의 생각인 것도 알고 있었다.

무엇보다 지금 저주를 받은 것은— 그녀 자신의 소중한 친구였다.

"사실은, 짚이는 곳이 있다는 의미에서, 없지는 않다."

나라의 왕. 용사를 모아, 그리고 말한다.

그런 오랜 노래처럼, 젊은 국왕은 모험가들을 내려다보며 묵직하게 말했다.

"내가 아직 모험가였을 무렵, 왕도에서는 불사왕이란 흡혈귀가 위세를 떨치고 있었다."

불사왕을 따르지 않는 자는 무시무시한 비극을 당했다고 한다.

"그 거점이 어디였는가 하면."

그리움과 회한과 무자비할 정도의 냉철함을 담아서, 왕은 자신의 발끝으로 바닥을 가볍게 두드렸다.

"왕도의 지하에, 고대의 마혈(魔穴)이 있다. 한 번은 봉했지만, 그 봉인이 느슨해지고 있지."

그것은 지난번— 아니, 과거 《죽음의 미궁》에서 있었던 싸움과 연관된 전설의 한 장면이다.

위대한 여섯 영웅(올 스타즈)이 미궁의 심연에서 마신왕을 토벌한 것과 같은 때.

젊은 왕자와 동료들은 마혈을 지배하는 마신, 불사의 왕을 멸하고 왕도를 구해 왕이 되었다.

그리고 그가 이끄는 군세가, 죽은 자의 군세(아미 오브 다크니스)와 맞서 싸운 것이다.

어렸던 여신관은 이제 기억 못하지만, 그것은 참 익숙한 서사시에 나올 법한 무훈이었다.

"그러면, 마혈이란 곳에 들어가 다시 봉인을 하면 저주도 해결이야?"

엘프 궁수가 자연스럽게 그 아름다운 목소리로 끼어들었다.

같은 왕족이라는 입장 탓에 가벼운 태도인지, 하이 엘프의 드높은 기개인지, 그녀가 타고난 붙임성인지.

혹은 그것이 모두 혼연일체가 된, 친구에게 말을 거는 것 같은 어조였다.

무심코 접수원의 볼이 파르르 떨리는 것을 여신관은 보았지만, 왕은 신경 쓰지 않고 고개를 옆으로 저었다.

"반은 맞았지만, 가야 할 곳은 마혈이 아니다. 봉인의 요체는 다른 곳에 있지."

"지도를 준비했습니다."

—와.

왕의 곁에 은발의 시녀가 대기하고 있는 것을, 여신관은 그녀가 말을 할 때까지 눈치 못 챘다.

마치 그림자 같다고 생각이 드는 옅은 존재감은 어쩐지 요정과 닮아 있었다.

그렇다. 하이 엘프인 엘프 궁수하고 비슷하면서도 다른, 바람 같은 가련함이 있었다.

어쨌든지.

탁상에 펼쳐둔 양피지에는 고풍스런 지도가 그려져 있었다.

그리고 젊은 국왕이 가리킨 한 점을 보고, 여신관은 또 다시 「아」의 형태로 입을 열었다.

"이 산에, 지모신의 오랜 사당이 있다. 그곳에 있는 지모신의 지팡이가 바로 봉인의 요체다."

"들어본 적이 있어요."

여신관은 목소리를 떨면서 고개를 끄덕였다.

"잃었다고, 생각했는데—."

"그렇게 해두는 편이, 여러모로 사정이 편했다."

지모신의 지팡이라면 사악한 것을 가로막는 결계를 칠 수 있는, 신기 중 하나였다.

잃어버린 그것의 소재에 대해, 국왕은 별 거 아니란 듯 미안한 기색도 없이 말했다.

—아니.

분명히 지모신 사원의 상층부는 모두 알고 있었을 것이 틀림없다.

말단인 그녀가 모르는 것뿐이지…….

"그러나 문제가 하나 있다. 이 사당에 혼돈의 세력이 침입해 버린 모양이야."

시녀가 한순간 국왕을 툭 친 것처럼 보이는 건 기분 탓이리라.

왜냐하면 왕은 표정 하나 바꾸지 않고, 담담하게 말하며 설명을 계속 했으니까.

"정찰을 보낸 자가, 그 사당에서 고블린을 봤다고 하더군……."

"그것은 이상한 말씀이구려."

느릿하게. 긴 잠에서 눈을 뜬 용처럼 리자드맨 승려가 긴 목을 들었다.

"도시의 수호하는 요체가 되는 것이, 혼돈의 손에 들어간 것이외까?"

솔직한 의견에 국왕의 표정이 「너무 그러지 말아다오」하며 살짝 풀어졌다.

"대회의 개최에 더해서, 시도 때도 없이 주변을 휘젓는 일들이 있었다. 거기까지 손이 닿지 않았다."

"뭐, 어느 곳이든 망치(해머)와 약병(플라스크)은 유한한 게로다."

드워프 도사가 마땅한 기색으로, 수염을 매만지며 고개를 끄덕였다. 뿐만 아니라, 왕 앞에서 허리의 술병을 한 모금 들이켰다.

접수원으로서는 살아 있는 기분이 안 들었지만, 국왕은 탓할 생각도 없는 모양이었다.

드워프에게서 술을 빼앗을 수 있는 것은 드워프의 왕이나 존귀한 상고의 엘프 숙녀뿐이다.

"어쨌든지, 그 지모신의 지팡이를 가지고 오면 되는 거구나."

대강 알았다고 말하듯, 엘프 궁수가 기다란 귀를 흔들며 작은 가슴을 쭉 폈다.

정말로 알고 있는 거냐며 드워프 도사가 의심스런 시선을 보냈지만, 그녀는 여신관의 편을 들었다.

"그야말로 딱 맞는 역할이잖아!"

"그런…… 걸까요?"

"그럼!"

어쩐지 불안한 기색의 여신관을 격려하듯, 엘프 궁수가 소리를 높였다. 그러나—.

"아니."

국왕이 처음으로 말을 머뭇거렸다.

그는 눈을 감고서, 낮게 숨을 들이쉬고 내쉬더니, 담담한 목소리로 말을 이었다.

"저 소녀는, 남아주면 좋겠다."

어…… 여신관이 당황하여 눈을 깜박였을 때, 국왕의 표정에서 주저가 사라져 있었다.

"몇 가지 이유가 있다. ……경은 전에도 일을 잘해 주었지."

국왕의 시선이 한 남자를 보았다.

벽 앞에 하릴없이 서 있는, 싸구려 철 투구와 지저분한 가죽 갑옷의 남자에게.

"소동이 일어나는 것은 적들이 바라는 바야. 따라서 그 사당에 금 등급을 보낼 수는 없다."

왜냐하면.

"……고블린인가."

지독하게 무기질적인, 사람의 목소리라고 생각하기 어려운 차갑게 식은 목소리였다. 그렇다고 왕이 응답했다.

"깊은 산 속 사당에 고블린이 나타났다. 이것에 금 등급 모험가를 보낸다. 뭔가 있다고 선전하는 꼴이지."

그러나.

그러나, 하지만.

"경이라면 다르다. 경이, 이 사당에 둥지를 튼 고블린 놈들을—."

"기, 기다려 주십시오……!"

접수원이 떨리는 목소리를 내며 일어섰다.

안색이 파랗고 땀을 흘리면서, 공포와 긴장으로 몸이 경련하면서도 그녀는 말했다.

"소, 송구, 하오나…… 송구하오나……. 저, 저는, 그를 담당하는, 길드의 직원, 이옵니다."

목소리가 높아지고, 갈라진다. 목에서 히이, 히이. 숨이 막히듯

소리가 났다.

“그러하오니, 저기. 그러한, 의뢰는………… 중개—.”

할 수 없다고. 그 한 마디가 도저히 목에서 나오지 않았다.

왜냐면, 그렇다.

그는 지금, 착실하게, 훌륭하게, 은 등급 모험가로서 걸어오지 않았는가?

몇 년이나 걸렸다. 그 걸음을 계속 보았다. 드디어였다. 드디어, 여기서부터다.

그런데 또, 고블린 퇴치의 전문가라고 해서 계속 고블린 퇴치를 시킬 수는…….

—되돌리고 싶지, 않아.

왜냐면, 그는 훌륭한 은 등급 모험가니까.

—그러나.

그러나, 그렇기에, 달리 어쩔 수 없다는 것도 접수원은 알고 있었다.

달리 누가 갈 수 있는가? 이 자리의, 그를 제외한 다섯 명— 아니 네 명의 은 등급일까?

그래도 좋을 것이다. 그러나 이것은 왕의 어명이다. 그것을 그가 거부하게 되는 것이다.

정규 기록이 남는 것도 아니다. 그러나, 남지 않기에 오점이 되기도 한다.

그리고 무엇보다, 고블린을 죽이는 일에 대해서 그가 아닌 누가—.

“상관없다.”

낮은 목소리였다.

"에……?"

"상관없다고. 말했다."

나는 말이다. 짧고, 조용조용한 말. 철 투구 안에서, 먹먹한 목소리.

어째서? 접수원은 딱히, 말로 물어본 것이 아니었다.

그러나 그는 철 투구의 면갑을 꿰뚫어 그녀를 보고, 고개를 끄덕였다.

"전에."

그가 한 번 말을 끊었다.

"도와줬으니까."

그것이 어느 때를 말하는 건지, 접수원은 한순간 알 수 없었다.

그리고 금방, 벌써 몇 년 전 일인, 그 고블린 대군의 소동에 생각이 미쳤다.

그 자신이 어떻게 할 수 없었던 그 때, 그녀가 반사적으로 재치를 발휘했었다.

딱히 감사를 받거나, 은혜를 입히려고 생각한 것은 아니다.

"아, 아뇨. 그건, 딱히 그럴 셈이었던 게……!"

아니었다는 말도, 역시 목에서 나오지 않았다.

그는 일어서서, 접수원을 감싸듯 서서 국왕과 대치해줬으니까.

"고블린이라면, 내가 가지."

"……받아주겠나?"

"그래."

그는— 그는 드디어, 온갖 톱니바퀴가 찰칵 맞물린 마음이 들었다.

—결국, 자신은 이단자(아웃사이더)인 것이다.

왕도를 찾아와 축제를 바라보고, 대회를 구경하고, 마음이 뛰는 부분이 있었다.

그렇지만, 그곳은 자신이 있을 곳이 아니라고도 생각했다.

이러한 상황이라도 아닌 한, 나설 차례가 없다.

그리고 나설 차례가 없다는 것은 기뻐할 일이다.

—그러나 상관할 것 없다.

그래도 된다고 정하고, 그러고자 걸어왔다.

눈앞의 고블린을 처치하고 다음으로 나아간다. 그걸로 충분하다.

그걸로 충분히, 그는 보답 받고 있었다.

"잘은 모르겠지만."

조용히. 소꿉친구인 소녀의 목소리가 귀에 닿았다.

그녀는 상황을 그다지 이해하지 못했을 것이다. 그 자신도 그렇다.

정치에 대해, 나라에 대해, 왕에 대해. 아무것도 잘 모른다.

그러나 자신이 필요하다. 그렇다면 할 일은 하나다.

"모험에 가는…… 거지?"

"아니."

그는 천천히 고개를 옆으로 저었다.

이것은 모험이 아니다.

"고블린 퇴치다."

따라서 그를, 다들 이렇게 부른다.

—소귀 살해자(고블린 슬레이어).

막간 「모험가, 왕도에 가다」

커밍 투 어드벤처

Goblin Slayer

He does not let anyone roll the dice.

"저, 정말 고맙습니다……."

폴짝 마차에서 내린 검은 머리 소녀는 꾸벅, 힘차게 고개를 숙이면서 등의 가방을 흔들었다.

"아니, 이쪽으로서도 길동무가 있어서 살았어요."

응답한 것도 역시 검은 머리의 소녀였다. 한데 묶은 긴 머리칼에 장미의 꽃잎을 달았고, 허리에는 만도를 찼다.

언뜻 소녀와 같은 세대로 보이지만, 맨발인 것을 보니 이쪽은 레아인 모양이다.

"우리 파티는 네 명입니다만, 모두 전사와 술사를 겸업하고 있으니까요……."

전업 전위가 있어주면 안심이라고 하자, 소녀는「에헤헤」하고 볼을 붉혔다.

"당신도 대회를 구경하던가요?"

"에, 아, 그게."

시원의 소용돌이, 폭풍의 이름을 가진 소녀는 끄덕끄덕 고개를 움직였다.

"그리고, 저기, 왕도도……."

보고 싶어서. 그것은 조금 창피해서, 희미하고 사라질 것 같은 목소리였다.

"그런가요."

그러나 레아 여검사는 그것을 비웃지 않고 온화하게 받아주다.

"사실은 저희들도, 왕도에는 처음이에요."

"어……."

"만약 또 만나는 일이 있으면, 잘 부탁해요."

소녀가 황급히 몇 번이고 고개를 위아래로 흔들자, 레아 소녀는 「그럼」 하고서 걷기 시작했다.

와아. 소녀가 무심코 눈길을 빼앗겨 버릴 법한 신관 여성과, 리자드맨 노인, 엘프 청년.

그런 동료들과 함께 왕도의 혼잡함에 뒤섞여 가는 그녀의 등을 배웅하고 호오, 한숨을 쉰다.

—드디어, 혼자가 됐어.

덩그러니. 왕도의 무시무시한(!) 소란 속에 서 있는 자신을 소녀는 발견했다.

딱히 무슨 명백한 목적이 있었던 건 아니다.

그저 왕도에서 대회가 열린다는 말을 듣고 가보고 싶다고 생각해서다.

문득, 딱히 가도 누가 뭐라고 하지 않는다는 것을 깨달았다.

마을에 있으면 주변 사람들이 뭐라뭐라 잔소리를 하겠지만, 지금은 이제 그런 일도 없다.

그녀는 한 명의 모험가이며, 자유인이었다.

급하게 지갑 안을 확인하고, 길드 사람에게 여비를 물어보고, 조금은 용돈도 필요했다.

이것저것 혼자서 할 수 있을 법한 모험을 거듭하고 돈을 모아서, 그리고 지금.

"…………와 버렸다."

믿을 수 없다고 생각했다.

자신이 절대로 오는 일이 없을 거라고, 보는 일이 없을 거라고 생각한 장소에. 지금 있었다.

눈앞에는 꿈에도 본 적이 없는, 전혀 생각도 못한 광경이 펼쳐졌다.

소녀는 무심코, 그 자리에서 폴짝폴짝 작게 뛰어서 땅을 밟아보았다.

—왕도의 땅바닥 감촉이야……!

올려다보니 높은 건물이 오려냈을 텐데, 어째선지 하늘이 상당히 낮게 느껴졌다.

들리는 소리도, 떠도는 냄새도, 수많은 사람도, 모든 것이 모르는 것뿐이다.

—현기증 날 것 같아…….

소녀는 흔들리는 검은 호마노(오닉스)의 부적을 꼭 쥐고서, 콩닥거리는 심장을 억눌렀다.

마차의 호위 일을 하며 동승한 덕분에 교통비도 상당히 절약했다.

—어떡하지?

뭐에 쓸까? 밥. 과자. 옷. 장식. 무기나, 방어구.

아, 애당초 대회 관람료도 내야 하던가? 내야겠지. 어떻게 할까……?

"어, 그게……."

소녀는 우물쭈물하면서, 살며시 길가에 물러나 가만히 길을 바라보면서 생각했다.

멈춰 서서 생각하는 것은 중요하고 특기다.

왕도에 왔다. 대회를 본다. 여기저기 놀러 가거나, 혼자서 해보고 싶다. 그러면.

—숙소를 잡아야지.

혼자서 왕도의 숙소에, 방을 빌려서 묵는다!

그런 건 처음이었다. 해본 적이 있는 사람의 이야기도 들어본 적이 없었다.

기왕이면 커다란 곳에 묵고 싶지만— 커다란 곳…… 그러니까.

"……그렇지."

소녀는 새삼스레 들떠서, 종종걸음으로 살며시 대로의 가장자리를 걷기 시작했다.

—성을, 봐야지!

그도 그럴 것이 왕도 아닌가. 왕께서 계시는 장소인 것이다. 그것을 안 보면 어쩌겠는가?

소녀는 대혼잡의 인파에, 오른쪽으로 밀리고 왼쪽으로 밀리면서 성을 향해 달려갔다.

다행히 성은 왕도에서 가장 눈에 띄는 건물이다. 어떻게 해도 헤매지 않는다.

군중에 파묻혀버릴 만큼 조그마한 나도 고개를 들어 올려다보면 보이는걸.

잠시 지나 도착한 왕성은 경기장(투기장하고는 다르다고 했다!) 바로 옆.

소녀의 눈에 그것은 복잡한 기둥과 회랑이 조합된 거대한 저택 같은 것으로 보였다.

그것은 실제로 틀리지 않았다.

이 나라를 세우기 전보다 훨씬 오래 된 옛날 왕의 궁전을, 도읍을 이은 왕가가 개수한 것이다.

수도교를 비롯하여 왕도의 갖가지 설비 모두가 그렇게 이어져온 것들이다.

궁전의 위용 또한 마찬가지라, 소녀는 이렇게 커다란 건물을 태어나서 처음으로 보았다.

"정말로 나갈 셈인가요?"

"그야 검술만 따지면 나는 꽝이지만, 말을 탄다면 다르니까~!"

"말려도 소용없어. ……말을 꺼내면 안 들어."

비슷하게 유람을 하는 여행객들도 많고, 성 앞은 상당히 혼잡하게 붐비고 있었다.

밀리고 밀리며 성을 올려다보고 있던 소녀는 문득 그 중 한 명과 눈이 마주쳤다.

그것은 역시 검은 머리의 소녀로, 교역신의 표식이 그려진 녹색 옷을 입고 철창을 들고 있었다.

그녀는 옆에 선 두 명의 동료와 대화하고 있었지만, 소녀와 눈이 마주친 것을 깨달은 모양이다.

씨익 하얀 치아를 보이며 태양처럼 웃고, 엄지손가락을 척 세워서 이쪽에 보여줬다.

"……!"

소녀는 그 의미를 알 수 없었지만, 그저 멋있다고 생각했다.

눈빛을 반짝반짝 빛내면서 가만히 보는 태도에 만족했는지, 녹색 옷의 소녀는 콧대를 높이고—.

"와……!"

문득 주변 사람들이 술렁거리기 시작했다.

성에서 나오지 않아도 경기를 볼 수 있도록 설치된 남쪽 발코니에 사람이 보였다.

어떻게든 얼굴을 보려고, 소녀는 폴짝폴짝 그 자리에서 뛰어 보았다. 안 보인다.

"저거, 누구지?"

"공주님 아닌가요?"

"그런가……?"

방금 전 세 명의 대화가, 환성에 뒤섞여 귀에 닿았다.

—공주님!

꼭 보고 싶다. 소녀는 영차, 영차, 몸을 숙여서 인파에 파고들었다.

"……아니, 분명히 조금 분위기가 다르군요."

"거리가 멀어서 잘못 본 걸 수도 있어."

"그럴까……???"

—후, 하…….

드디어 인파 너머로 빠져나가, 드디어 소녀는 무대를 올려다볼 수 있었다.

확실히, 그곳에 하얀 드레스를 입은 금발의 아름다운 공주님이 서 있었다.

있기는, 한데…….

—표정이 어쩐지 딱딱한 것은, 왜일까?

제3장 『정도신의 가호(쿨 러닝) 있으라!』

그곳에 지팡이 한 자루가 있었다.

유구한 세월 너머, 신들의 대전(워 게임)이 있던 때, 이 지상에 내려진 위대한 신기 중 하나.

이것을 손에 넣은 자는 영웅(히어로 유닛)으로서, 질서를 지키는 기수가 되었으리라.

다만— 그것도 지금은 옛날 일이다.

지모신의 이름을 받은 그 지팡이는 잠든 지 오래다.

10여년 전 왕도를 뒤덮은 사악과 죽음을 떨쳐내기 위해 휘둘러졌지만, 그것은 불과 한순간.

지모신의 지팡이는 오랜 신전— 유적의 가장 깊은 곳에, 사방세계의 안녕을 위해 봉인되어 있었다.

지나친 힘은 누구든지 파멸로 이끈다. 사람의 세상이 나아갈 행방은 신들의 힘으로 정해져야 할 것이 아니다.

그것은 신들이 사방세계를 지켜보기로 하면서 정한 황금의 약정 중 하나였다.

따라서, 지모신의 지팡이는 잠들었다.

설령 신전이 혼돈의 세력으로 점거 당했다 해도, 그 신위는 전혀 쇠하지 않았다.

"GOROGB……."

"GOBB! GRBB."

고블린 따위는 만지는 것도 용납되지 않는다.

물론 고블린들은 어째서 만질 수 없는지를 생각도 않고 짜증을 낼 뿐이다.

그렇지만 그것은 어떤 의미로 행운이었을 지도 모른다.

만약 설령 만질 수 있었다면, 틀림없이 무시무시한 재앙이 쏟아져 내렸을 테니.

"GBBR?"

그래서 그것이 일어난 것은 결코, 그 고블린이 짜증을 토하려고 제단을 걷어찼기 때문이 아니다.

처음에는 작은 돌멩이였다.

벽에서 후두둑 굴러 떨어진 그것을 고블린은 분명히 눈치 못 챘음이 틀림없다.

고블린이란 것은 결코 눈이 안 보이는 종족이 아니지만, 주의력이란 의미에서는 무척 시력이 나쁘다.

수동지각이 떨어지는 고블린은 아마도, 아무리 발버둥 쳐도 감지 못했을 것이다.

물론 돌멩이가 떨어지는 것에 이어, 벽의 돌이 살짝 떨리기 시작한 것을 깨달았다고 해도…….

"GRGB?!"

고블린 따위가 뭘 할 수 있었을까?

일단 와르르 무너지듯 튀쳐나온 석벽에 깔려 한 마리가 죽었다.

아무리 고블린 놈들이라도 그것은 깨닫고, 얼빠진 동료를 비웃을지 도망칠지 한순간 망설였다.

"고블린 넷! 아니 셋! 무기는— 에잇 이제 직접 봐!!"

"GOROGBB?!?!!?!"

그것이 치명적이었다.

말이 똑바로 고블린의 구개부터 후두부까지, 하나의 화살과 함께 관통했다.

몸부림치며 굴러다니는 동포의 시체에 눈길도 안 주고, 고블린 놈들은 격분했다.

—엘프다!

—엘프 여자다!

—끌어내려 자빠뜨리고 울부짖게 해줘라!!

향긋한 암컷 고기의 향기를 맡게 되자 머릿속을 자기들 좋은 망상으로 채우고, 고블린이 달렸다.

암컷 한 마리쯤이야 몰려가서 곤봉으로 두들겨 패면, 그거면 된다. 누가 죽는다 해도.

"GROG! GOOROGB!!"

"GOBBGR!!"

그렇기에 고블린은 그 정도 존재에 지나지 않았다.

"하나……!"

"GOOB?!"

엘프 궁수의 뒤에서 뛰쳐나온 볼품없는 갑옷 차림의 남자가 날카롭게 오른손의 검을 던졌다.

틀림없이 목에 박힌 그것은 단박에 숨통을 끊어놓았고, 고블린은 목을 긁어대면서 뒤집어졌다.

곧장 그곳에 뛰어든 고블린 슬레이어는 고블린의 시체를 걷어차고 검을 뽑아냈다.

나머지 둘. 무슨 문제가 있으리. 옆에서 뛰어든 상대의 공격을 방패로 튕겨냈다.

"GROGB?!"

"음……!"

그리고 한순간의 주저도 없이 앞으로 굴렀다. 동료의 일격을 미끼 삼아서, 또 한 마리가 뛰어들었으니까.

녹슨 철검이 돌바닥을 때리는 메마른 소리를 내고, 두 마리 고블린이 바닥 위에서 몸부림치며 뒤엉켰다.

서로를 매도할 틈 따위 줄 생각이 없다. 너무나도 결정적인 틈이다.

"이이이이야아아아앗!!"

괴조음과 함께 뛰어든 거대한 그림자는 꿈틀대는 꼬리로 고블린의 목을 치고, 발바닥으로 또 한 마리의 척추를 부수었다.

결국 충분히 가속된 질량을 이길 무기는 없는 것이다.

불과 한 턴도 안 되는 전투로, 그 방에 모여 있던 고블린 놈들은 유린당했다.

콰악. 흙먼지를 피우면서 착지한 모험가들에 이어, 작은 형체가 느릿하게 벽의 커다란 구멍에서 기어 나왔다.

"허허, 참. 《터널(땅굴)》로는 벽을 뚫을 수가 없다고 했더니 《웨더링(풍화)》과 조합하는 녀석이 어디 있느냐?"

"이게 가장 빠르다고 생각했다."

마지막으로 구멍에서 불쑥 내려선 드워프 도사에게 고블린 슬레이어가 단적으로 대답했다.

드워프 도사는 정도신(르타)이 기뻐하실 법한 일이라며, 칭찬인지 불평인지 모를 말로 답했다.

보다 빨리, 보다 좋은 결과를 추구하는 그 신의 신도라면 취할 법한 수단이었다.

물론 이번처럼 유적의 구조를 알고 있지 않으면 도저히 불가능한 일이기도 했다.

세상 모험가들이 정면으로 유적에 도전하는 것은 당연히 그에 걸맞은 이유가 있기 때문이다.

"하여."

짓밟은 고블린에게 마무리를 지어주면서, 리자드맨 승려가 말했다.

"그 지팡이는?"

"고블린 놈들이 집어갔을 리는 없을 거다. 이 근처에 있겠지."

고블린 슬레이어의 철 투구가 사방을 둘러보았다. 그리고 그의 시선이 제단을 발견했다.

돌 제단 위에, 낯익은 날개 달린 여성을 상징으로 삼는 의장이 새겨진 지팡이가 한 자루.

언뜻 보기에 빛바래서 삭아가는 강철의 석장처럼 보인다. 그러나, 다르다.

시간의 세월을 거쳐서도 더욱이 그 존재를 유지하는 것은 틀림없이 범상한 것이 아니리라.

담겨있는 마력, 기적 따위를 재어볼 수는 없겠지만, 그 소재는 볼 수 있었다.

정복되지 않는 금속, 부서지지 않는 강철, 다시 말해서 아다만타이트가 틀림없으리라.

"있다."

물론 고블린 슬레이어는 짤막하게 말하고 아무렇게나 손을 뻗었지만.

"잠깐 기다려봐."

그러나 그 지저분한 장갑을 가로막고 가는 팔이 지팡이에 닿는 것이 빨랐다.

"네가 쥐면, 분명히 지모신 님도 화낼 거야."

"그런가."

엘프 궁수가 매정하게 말하자, 고블린 슬레이어는 담담하게 대답했다. 리자드맨 승려는 눈을 돌렸다.

"그걸 따지자면 우리들 모두가 걸맞지 않은 자가 아니겠는가?"

"이런 무기는 신자만 쓸 수 있는 게 많은 법이니라."

드워프 도사가 술술 자연스럽게 닫히는 구멍으로, 사례의 과자를 던져 넣으면서 투덜거렸다.

오랜 모험 끝에 손에 넣은 마법 무기가 드워프 전용 도끼라서 머리를 감싸 쥐는 모험가.

그런 이야기는 드문 것도 아니다.

"딱히 우리가 쓰려는 건 아니니까 상관없잖아."

애당초 무기도 아니고 말야. 엘프 궁수 말로는 그저 그뿐인 일이다.

아리따운 손가락이 지팡이를 쥐고, 재빠른 움직임으로 제단에서 그것을 들어올렸다.

긴장의 한순간.

—아무 일도 없었다.

"하지만, 정말 그 애를 데리고 오고 싶었다니까."

후우. 작은 가슴을 위아래로 움직이며 숨을 내쉬더니, 엘프 궁수가 농담을 하는 것처럼 말하고 지팡이를 어깨에 짊어졌다.

"역시 여기 데리고 오는 게 좋지 않았을까?"

"그래서는 국왕의 의뢰를 달성 못한다."

고블린 슬레이어가 방심하지 않고 사방을 둘러보았다.

고블린의 낌새는 없다. 지금의 전투는 깨달았을까? 모르겠다. 그러나, 서둘러야 한다.

그는 머릿속으로 계획을 정리하면서 의식적으로 담담하게, 완전히 평이한 목소리로 말을 이었다.

"있는 것을 모두 동원해 밀어붙일 수는 있어도, 도시의 모험(시티 어드벤처)은 나에게 안 맞는다."

"딱히, 너한테 하라고는 안 했어."

"모루도 못할 테지만 말이다."

드워프 도사가 휘젓는 것처럼 말하고, 소리 죽여 웃었다.

"아무리 봐도 너는 말이다. 공주님에 어울리지를 않지 않느냐."

"뭐야아?!"

시끌벅적. 하이 엘프와 드워프의, 신화시대 무렵부터 이어지는 말다툼이 일어난다.

그렇지만 평소라면 이것을 난처한 — 익숙한 — 기색으로 바라보는 소녀의 모습이 없다.

오히려 두 사람의 대화도 그녀의 존재를 보충하기 위한 떠들썩함이 아닐까?

그러나, 리자드맨 승려는 굳이 그것을 지적하는 못난 짓은 하지 않았다.

그는 기다란 목을 쓱 움직여, 호전적으로 턱에서 혀끝을 보이며 리더에게 말을 걸었다.

"허면, 소귀 살해자 선생. 이 다음은, 역시 예정대로 가는가?"

"그래."

고블린 슬레이어가 말했다.

"이대로 전진하여, 놈들을 배후에서 친다."

"고블린 놈들은 자신들이 기습을 받는 것은 생각도 못하니 말이다."

"이쪽이 만든 구멍을 통해서 바깥으로 나가도 문제다. 단번에 처리한다."

단적이면서 결단적인 말. 왕도에서 대회를 구경하고 있을 때하고는 전혀 다르다.

말다툼을 하고 있던 엘프 궁수의 기다란 귀가 파르르 떨렸다.

—생생해졌다니까아…….

그러나, 그것은 결코 기뻐할 일이 아니었다.

엘프 궁수가 참으로 우아한 태도의 한숨을 흘리자, 그것을 철 투구가 들었다.

"왜 그러지?"

"별 거 아냐."

하이 엘프의 기다란 귀가 쫑긋 흔들렸다.

"그 스승에 그 제자란 느낌이 들어서."

"바보 같은 소리."

마음에 안 드는 대답이었다.

엘프 궁수의 아름다운 눈동자가 위로 쭉 올라가고, 빙글 춤추듯 몸을 돌렸다.

다음 순간에는 고블린 슬레이어의 투구에 하얗고 가느다란 손가락을 내밀고 있었다.

"뭐? 설마, 스승이 아니라고 할 셈이야?"

"다소 교도는 했다. 그러나……."

그러나.

"그 애가 이룬 일은, 모두, 그 애의 성과겠지."

고블린 슬레이어가 중얼중얼 말한 대답은 아무래도 엘프 궁수의 마음에 든 모양이다.

"흐응."

그녀는 기분 좋은 기색으로 눈을 고양이처럼 가늘게 뜨더니 「뭐, 합격이라고 해줄게」 하고 말했다.

"그러면 그 애가 시간을 벌어주는 사이에, 이쪽은 이쪽 모험을 얼른—."

그때였다.

고, 고. 돌이 스치고, 바위가 삐걱대는 소리가 울렸다.

모험가들의 반응은 신속했다.

그들은 제각각 무기를 들고, 몸을 숙이고, 신속하게 다음 사태에 대비하여 태세를 정비했다.

그리고— 보았다.

방의 장식, 그 중 하나라고 생각했던 석상. 천장까지 우뚝 선 그것이 움직이고 있었다.

"————MA……!!!!!"

가오. 포효를 울리며, 그 강완을 들어올리는 것이—.

"이거 신기를 가져가려는 벌을 받는구먼."

"내 탓 아냐!"

태평하게 중얼거리는 드워프 도사에게 엘프 궁수가 외쳤다.

"벌을 받을 거면 오르크볼그가 받아야지!"

"움직이는 석상이란 것인가……!"

그것이 골렘이라고 불리는 종류의 괴물이란 것을 고블린 슬레이어는 몰랐다.

그러나 석재에 대해서는 이 자리에서 누구보다도, 무엇보다도 잘 아는 자가 있다는 걸 알고 있었다.

"……어떻게 보나?"

"검은 안 들을 게다."

드워프 도사가 날카롭게 말했다.

석상은 고, 고. 관절을 삐걱대면서 착실하게 움직이기 시작했다.

팔을 뻗고, 다리를 움직이고, 주먹을 들어올렸다.

방의 바닥에 망치를 내려치는 듯한 그 일격을, 모험가들은 커다랗게 뛰어서 회피했다.

후두두둑 흩어지는 돌과 자갈이 쏟아지는 가운데, 드워프 도사가 지긋지긋하단 기색으로 외쳤다.

"해머나 모울(maul)이 있다면 한 방이다마는!"

"타격 무기로군."

고블린 슬레이어는 발치에 흩어진 고블린 놈들의 잡다한 무기를 보고, 낮게 으르렁거렸다.

"흠."

그리고 훌쩍 엘프 궁수의 손에서 지팡이를 집어, 주저 없이 그것을 하늘로 던졌다.

지모신의 영험함이 깃든 지팡이가 하늘을 날자, 비늘이 덮인 거대한 손이 단단히 붙잡아 쥐었다.

"때려라……!"

"알겠네!"

방금 전의 일격에 절대 뒤지지 않는 호쾌한 타격이 작렬했다.

거대한 석상은 정강이에 받은 일격으로 크게 몸이 무너지고, 쿠웅 벽에 부딪혔다.

"하!"

리자드맨 승려가 뜨거운 숨결을 코에서 뿜어냈다. 꼬리도 없이 2족 보행을 하다니 어리석은지고!

"그러나, 무기를 쓰는 것은 바라던 바가 아닐세!"

"애당초 그거 무기가 아니잖아……!"

구, 구. 온몸에 힘을 넣어 일어서려 하는 돌 거인을 곁눈질로 보며 엘프 궁수가 외쳤다.

저 녀석한테 화살은 안 통하리라. 그렇게 판단한 그녀는 방에서 뻗은 통로를 경계하고 있었다.

이 굉음, 이 소동이라면 고블린 놈들이 눈치 챘다고 해도…….

—뭐 그 녀석들 겁쟁이니까.

이쪽으로 달려올 리가 없다고는 하지만.

"부러지면 어떡할 거야?!"

"신기가 이 정도로 부러진다면, 놈들이 진작에 파괴했다."

"그건 그렇네……!"

고블린 슬레이어는 나중에 걷어차 줄 거야. 엘프 궁수가 마음속으로 다짐했다.

하늘을 우러러봐도 지모신의 천벌이 떨어질 것 같지는 않았으니까.

어쨌든 그 여신님은 요즘 들어 얼굴을 가리는 일도 늘어났다.

"뭐…… 아다만티움 지팡이라면, 부수기엔 딱 좋을 게다."

드워프 도사가 포기한 것처럼 중얼거리고, 리자드맨 승려가 지팡이를 휘두르는 모습을 보았다.

거듭해 말하지만, 충분히 가속된 질량을 이길 무기는 없다.

오랜 석상을 완전히 부수는 고생은, 여신관이 지금 하고 있는 고생하고는 비교도 되지 않으리라.

다시 말해서— 참으로 쉬운 일이었다.

§

쉬운 일이 아니었다.

"역시 결국 이렇게 되잖아……!"

레아 소녀는 투기장 구석에서 아무도 못 듣게 매도를 하며 철 투구와 눈이 드러난 모자를 벗었다.

푸아. 흘러나오는 숨과 함께, 소녀가 흘린 땀의 달콤한 냄새가 떠돈다. —그러나 소년 마술사는 눈길도 주지 않는다.

물론 지금은 그럴 때가 아니기 때문이다.

그는 서둘러서 수건을 준비해 안장 위의 소녀에게 던지면서 지긋지긋하다는 기색으로 중얼거렸다. 시선은 앞으로.

"낙마를 안 하니까. 저 녀석들은."

열기가 휘몰아치는 투기장. 마주보며 부러지고 부서진 창을 교체하고 있는 것은— 켄타우로스 기사였다.

아니, 저것을 기사라고 불러야 하나, 소년 마술사로서도 고민스러웠다.

차별이 아니라 정의로서, 켄타우로스는 **기승한 기사**가 될 도리가 없었다.

그리고 그것이 마상창 시합에서 어떤 이점을 가져오는가 하면—.

"이쪽이 낙마를 안 한 것만 해도 잘했어. 득점은 비등하잖아?"

—켄타우로스와 다른 녀석들이 같이 싸워야 한다고 생각한 놈의 멍청함이 맺은 결실이군.

낙마를 안 하는 이상, 압도적으로 보통 기사가 불리하다. 그것이었다.

이 작은 체구로 버티고 있으니 그녀의 노력은 어마어마하지만, 그것은 득점과 상관없었다.

켄타우로스 쪽도 미안한 기색을 보이면서도, 봐줄 생각이 전혀 없는 것이 무문의 습성이었다.

그건 좋다. 한정된 규칙 속에서 승리 조건을 채우려는 상대에게 분노는 없었다.

따라서 레아 소녀와 소년 마술사의 짜증은 오로지 이 상황을 허용한 자에게 향하고 있었다.

역사를 거슬러 올라가면 젊은 사자의 무훈과 연관된 전쟁의 노래에서도, 켄타우로스와 창을 나누는 장면이 있다고 하지만.

“무엇보다도 짜증나는 건 말야.”

창을 한 합 섞은 뒤의 휴식(인터벌) 시간.

땀을 닦고, 목을 꿀꺽꿀꺽 울리면서 물을 마시고, 몇 번째인가의 점심으로 말린 고기를 깨물고 그녀는 말했다.

“이걸로 내가 이기면, 그 기사님이 잘났다고 웃을 거라는 거야!”

그 광경을 생생하게 상상했는지, 소년은 의식적으로 평정을 꾸미고 웃어줬다.

“그러니까, 질 생각은 없는 거지?”

“당연하지!”

“좋았어.”

소년 마술사로서는 그것을 들은 걸로 충분히 고마운 일이었다.

싸우기 전부터 포기할 거라면, 체력 소모를 최소한으로 억누르고 검술 승부로 끌고 갈 셈이었다.

그러나, 그게 아니라면…….

"이기러 가자. 할 수 있지?"

"작전 있지?"

힐끔 이쪽을 본 그녀는 마치 태양처럼 웃었다.

"할 거야!"

그 똑바로 박히는 시선에서 소년 마술사는 살짝 고개를 돌리고 헛기침을 했다.

그리고 다시 한번 눈을 감고, 숨을 크게 심호흡을 시킨 다음 되도록 담담한 어조로 말했다.

"네가 낮으니까, 낮은 위치에서 창을 뻗는다. 이건 절대 조건이야."

"응."

"다시 말해서, 상대도 낮은 위치를 노려야 한다는 거지. 사이의 울타리 위에서."

다시 한번, 소녀는 「응」 하고 고개를 끄덕였다. 소년은 「그러니까」 하며 한 박자 넣고서, 자기 작전을 말했다.

"…………괜찮은 거야?"

비겁하지 않을까? 그런 의문과 불안을 보인 물음에 소년은 「설마」 라며 단언했다.

"장수를 잡으려면 말부터 쏘라. 이건 동방의 시가에도 있는 거야."

켄타우로스 녀석들은 동방의 초원 쪽 출신이니까, 뭐 그 정도는 들어본 적이 있을 거다.

그렇게 말하자 레아 소녀는 「그렇구나」라면서 눈빛을 반짝거리지만, 이건 뭐 방편이다.

어쨌든지 자신감을 주지 않으면 이길 수 있는 승부도 이기지 못한다.

그리고 그녀는 이길 수 있다고 말하고, 이길 셈이었다.

괜한 참견을 하는 녀석은 그야말로 말 뒷발에 채여 버려라.

"애당초, ……저 녀석은 말이 아니잖아?"

"아, 그건 그렇네."

한 마디 더 덧붙이자, 레아 소녀는 천연덕스레 말하고 손뼉을 쳤다.

"그러니까 아래쪽에서, 이렇게."

이렇게. 레아 소녀는 몸짓과 손짓을 하며, 철컥철컥 갑옷을 입은 채 몸을 틀었다.

그 움직임의 의도는 무술에 어두운 소년 마술사로서는 확실히 이해할 수는 없었지만.

"찌르면 되는 느낌?"

"그래."

소년 마술사가 수긍했다.

"딱히 부상을 입히고 싶은 게 아니잖아."

"그것도 그렇네."

"다음은 기합이야. 큰 소리로 외쳐. 뱃속에서부터."

"응……!"

소녀가 고개를 끄덕이는 것을 보고, 소년은 눈이 드러나는 모자를 건네고, 투구와 함께 씌워줬다.

그리고 마지막으로 면갑을 내린 그녀의 머리를 가볍게 두드리고, 당나귀에 올라타는 걸 도운 뒤 배웅한다.

일이 여기까지 진행되면, 이제부터는 지켜보는 것밖에 할 수 없는 것이— 자신의 입장이었다.

—이게 모험이었다면…….

당나귀를 몰아, 교환된 창을 손에 들고 마장으로 가는 레아 소녀.

그 등을 배웅하면서, 소녀 마술사는 「아니」 하고 짧게 고개를 옆으로 흔들었다.

아니.

—이것 또한 모험이라는 걸까?

그 욕심 많은 레아 노야가 무슨 생각을 하는지는 이해불능이지만, 그 견식은 눈여겨봐야 한다.

가라사대, 용의 동굴에서 보석을 훔치는데 레아 혼자 던져 넣는 녀석은 박정한 거냐?

동료를 믿고 배웅하지 못하는 녀석은 어지간히 오만하거나 동료를 동료라고 생각하지 않는 것이다.

그 레아가 보석을 가로챌 거라고 조금이라도 생각한다면, 우르르 몰려가서 전멸했을 게 틀림없다.

—나는 그런 얼빠진 짓은 안 해.

따라서 소녀은 꼬옥 주먹을 쥐고, 투기장에서 켄타우로스와 대치하는 레아 소녀에게 눈길을 보냈다.

자그마한 몸으로 당나귀를 탄 그 모습은 용맹하면서도 우스꽝스럽다.

아무리 지난번 시합에서 레아 소녀가 이겼다 해도, 우연(플루크)일지도 모른다. 다음은 없으리라.

그도 그럴 것이 마주보고 있는 것이 켄타우로스의 기사다. 풍차에 도전하는 가여운 노인과도 같은 낙차다.

—하지만, 알 게 뭐야!

철 투구 안에서, 레아 소녀는 작게 코웃음을 쳤다. 기사도에 미친 노인을 어찌 비웃는단 말인가?

그 노인은 마지막까지 기사도가 있다고 믿지 않았는가? 그리고 네 팔의 거인에게 도전했다.

이 사방세계가 넓다 해도, 오로지 홀로 거인과 맞서는 기사가 몇 명이나 있을까!

레아 소녀는 그런 노인의 이야기를 스승에게 들을 때까지 알지도 못했다.

스승은 말했다. 그 노인을 바보라며 비웃는 녀석이 있지만, 그냥 바보의 이야기가 이토록 전해질 리가 없다.

—이러하고 싶다.

그런 마음을 담아서, 레아 소녀는 있는 힘껏 당나귀의 옆구리에 박차를 가했다.

"야, 아아아아아아앗!!"

몸이 날아가 버릴 것 같은 충격과 함께, 기수가 가속하여 앞으로 뛰쳐나간다.

켄타우로스 기사도 그것을 따랐다. 발굽 소리. 폭포 — 본 적은 없다 — 가 떨어지는 굉음.

흙먼지가 피어오르는 가운데, 레아 소녀는 단단히 창의 자루를 걸어서 고정했다.

승부는, 한순간.

눈을 부릅떴다. 면갑 너머를 꿰뚫어 본다.

빠르다. 피아의 속도. 사소한 계산은 알 수 없다. 그래도 거리는 눈앞에서 줄어든다. 앞으로 찰나.

—잘 들어.

소년은 그렇게 말했다.

속도도, 질량도, 용력도, 모든 면에서 상대보다 떨어진다.

위치를 따지면 아래에서 위로 찌르는 것과, 위에서 아래로 찌르는 것은 위치의 힘에서도 떨어진다.

그렇다면.

—그런 승부에 **굳이 응해줄** 필요가 없다!

"오오오옷!!"

머리 위에서 내리치는 것처럼 뻗어오는 창. 열화 같은 기합. 절대 안 져. 배에 힘을 주었다.

"키이에에에에에에에에에에엣!!!!"

짐승의 절규 같은 소리와 함께, 레아 소녀는 몸을 틀었다. 켄타우로스가 눈을 부릅뜬다. 웃어 주었다.

위에서 아래, 아래에서 위. 교차하는 것처럼 창끝이 뒤섞였다. 무승부? 아니, 다르다.

켄타우로스의 창 끝은 레아 소녀의 방패와 비비면서, 스쳐서 옆으로 흘러갔다. 그 순간에, 소녀의 창이 통과했다.

그야말로 켄타우로스 기사는 스스로 뛰어든 것처럼 창과 충돌했다.

그 궤도는 아래쪽에서 들불이 솟아오르는 것 같았다. 그렇지만,

거의 바로 옆.

켄타우로스가 가진 방패를 왼쪽에서 있는 힘껏 강하게 때리듯, 창이 직격했다.

그리고 사람 기사와 달리, 켄타우로스 기사는 말 머리가 없다. 다시 말해서. 다시 말해서…….

—놈은, **몸이 앞으로 기울어** 있거든.

나무 조각이 산산이 흩어지고, 맹렬한 충격에 레아 소녀의 작은 손이 벼락을 맞은 것처럼 저렸다.

—그게, 어쨌다고!

레아 소녀는 꾸욱 등자를 발로 짓밟아 버티고, 작은 체구를 반쯤 젖히면서 기승을 유지했다.

그 등 뒤에서, 뒤로 날아가 버리듯— 켄타우로스가 마장에 옆으로 쓰러져 있었다.

관객의 술렁거림.

당나귀의 머리를 돌린 레아 소녀는 멍하니— 아니, 승리를 확신하지 못한 기색으로 숨을 내쉬었다.

황급히 종자가 켄타우로스 쪽으로 달려간다. 죽지는 않았으리라. 심판이 서로 마주보고 있었다.

그렇다. 낙마는 안 해도 넘어지지 않는 건 아니다.

그리고 넘어진 책임은 말에게 있으니 불문이라고 하지만, **인마일체**인 경우는 기사에게 있으리라.

저쪽이 반칙이 아니라면, 이쪽도 반칙이란 말을 들을 이유는 없다.

따라서.

『넘어뜨려버려』라고, 저쪽에서 달려오는 소년이 그녀에게 책략을 내려준 것이다.

후(後)의 선(先), 상대의 공격을 보고 대응하여, 서로 때리는 와중에 이쪽의 일격을 먼저 때려 박는다.

언제나 선수. 선수필승을 추구하는 소녀의 본래 유파에 안 어울리는, 이른바 사도(邪道)의 검이다.

그러나— 과거 레아 소녀에게 막대기 휘두르기를 가르친, 발을 다친 노야가 보면 어떨까?

그리운 찌푸린 표정으로, 너치고는 잘했다. 그렇게 말하지 않을까?

—안 하겠지.

그 할아버지도, 지금의 스승도, 도무지 그녀를 칭찬해주지 않는다. 업신여기지도 않지만.

솔직하지는 않지만, 똑바로 자신을 칭찬해주는 것은…….

"해냈구나……!"

얼굴이 사과처럼 빨개져서 달려오는 저 소년 정도다.

"응, 해냈어!!"

소녀는 철 투구를 벗어 던지고, 당나귀 위에서 뛰어내리듯 소년에게 몸을 던졌다.

속도와 질량. 우와아 비명을 지른 소년이 미처 받아내지 못하고 넘어져, 소녀와 엉켰다.

그 너머에서, 심판이 레아 소녀를 향해 커다랗게 깃발을 드는 참이었다.

§

“후, 훌륭한 승부로군요…….”

여신관은 관객석에서 어색하게 손뼉을 치며, 어떻게든 미소를 유지하고 있었다.

모든 것이 지독하게 갑갑하고 진정이 안 된다. 자리가 불편하고, 양 어깨를 누군가 붙잡고 있는 것 같았다.

화장 때문에 얼굴이 간질거리고, 땋은 머리칼이 이마와 볼을 잡아당겨서 얼굴이 긴장해 버린다.

특히 이 의상이. 두툼하게 천을 넣어 키운 가슴은 답답하고, 꽉 조인 허리는 삐걱대면서 아프다.

공주님은 용케 이런 모습으로 매일 지낼 수 있구나. 진지하게 생각했는데—.

“왜 그래? ……아니지, 왜 그러세요?”

“무슨 일 있으면, 바로 말씀해 주세요.”

“아, 네…….”

—이건 조금, 치사한 거 아닐까요?

등 뒤에 있는 붉은 머리 시녀와 금발의 시녀를 보자, 아무래도 그런 생각이 나 버린다.

귀족 아가씨인 접수원 아가씨는 그렇다 치고, 목장의 딸인 그녀가 태평한 것은 어째서일까?

여신관은 도무지 알 수가 없었고, 그렇다고 겉으로 드러낼 수도 없었다.

결과적으로 마치 인형처럼 몸을 경직시키면서, 덩그러니 앉아 있는 수밖에 없었다.

"이야아, 이것이야말로, 그야말로!"

그리고 무엇보다, 옆에서 손뼉을 치고 있는 인물— 지고신의 성기사라고 하는 남자.

"이것이야말로 평등이란 것입니다. 멋지다고 생각하지 않으십니까?"

"아, 네에. 그렇네요……."

그 남자가 이쪽의 일거수일투족에 눈빛을 빛내며, 빤히 감시하고 있는 것 같았기 때문이다.

들어보니 지고신 사원의 대표, 대리인이라고 하는데, 왕매 전하하고도 아는 사이라나.

들키지 않도록 꾸며내야 한다는 것은 그저 그것만으로 대단히 지친다.

지치는 일이지만…….

—대주교님하고는, 상당히 다른 사람이네요…….

그렇다기보다, 여신관이 아는 어느 지고신의 신자하고도 달랐다.

변경 도시에서 친하게 지내는 성녀하고도, 길드의 감독관하고도 다르다.

오만불손한 태도는 그 여기사와 비슷하기도 하지만, 절대 같지는 않은 느낌이었다.

뭐라고 해야 할까요……. 그렇지.

올바르고자 하려는 사람과, 자신이 옳다고 생각하는 사람은 역시 다른 것이다.

"대단히 불리한 승부였다고 생각했습니다만……."

"그럴 리가요!"

예를 들어 여신관의 의문에 대해 그는 자신만만하게 자기 공적인 것처럼 말한다.

"각자가 타고난 힘을 마음껏 발휘했습니다. 지모신의 신도가 그래서는 안 됩니다."

이 사람은 생선을 뭍에 올려 달리도록 하면서도 같은 말을 할 수 있을까?

여신관은 의문스럽게 생각했지만, 그것을 굳이 말하지는 않았다.

그러지 않아도 이런 사람은 멋대로 말을 한다고 짐작했기 때문이다.

"그런데 공주 전하…… 공주 전하?"

"어, 아."

여신관은 눈은 커다랗게 깜박였다.

"왜 그러시죠?"

"이렇게 수많은 사람이 모이는 축제를 보면, 역시 지모신의 행사는 고치는 편이 좋겠습니다."

"무슨, 말씀이신지?"

"수확제의 춤을 말하는 겁니다."

고개를 갸웃거리는 여신관에게 지고신의 기사는 딱 잘라 단언하여 말했다.

"그것은 여성의 피부를 드러내는 것입니다. 성직자로서, 공적인 자리에 보일 것이 아닙니다."

"아아……."

여신관은 그것에 어려운 목소리를 흘리고, 어느 쪽으로든 해석할 수 있는 애매한 표정을 지었다.

그도 그럴 것이, 그 공적인 자리에 내놓으면 안 된다는 꼴을 직접 했던 사람 중 한 명이니까.

그것은 어엿한 역할이었다고 몇 년이 지난 지금도 생각한다.

그렇게 생각하는 한편, 부끄러운 마음도 없었던 것은 아니다. 그래도 긍지가 앞서고 있었지만 말이다.

—생각해보면, 그 무렵은 아직 미숙했었죠…….

물론 지금도 결코 숙달되었다고 말할 수는 없지만.

—그건 멋진 모험이었어요…….

지고신의 기사라는 남자의 지론은 여신관이 회상하는 사이에도 계속되었다.

성직자로서 공적인 자리에 내놓는 것은 괜찮은가 하는 논리는 순식간에 비약되었다.

그 신사(神事)는 춤추는 인물의 품성이 의심스럽다. 그것을 보는 신도의 욕망을 부추긴다.

다시 말해서 지모신을 헤프고 음탕한 신으로 업신여기는 것으로, 모든 여성에 대한 모독이다. 라고.

그리고 그 말의 칼끝은 이른 수확의 포도를 밟는 처녀들의 복장에까지 이르렀다.

피부를 드러내는 것이 그렇다는 이야기인데, 맨발로 포도를 밟는 것이 음란하다고 한다.

“그러한 행위를 좋다고 하는 여성이 있을 리 없습니다. 시급히 개

선을—."

반쯤 흘려듣고 있던 여신관은 자신의 피가 머리에 쭈우욱 오르는 소리를 들은 것 같았다.

그것은 그, 자신에게 소중한 가족이 모욕을 받은 과거의 사건을 떠올리기 때문이다.

간신히 몰아내고 쫓아냈던 시시한 음모가 또 그 사람을 업신여기려 한다.

그러나 그녀는 부글부글 뱃속에서 끓어오르는 것 같은 감정을 꾸욱 억눌렀다.

—아뇨, 아뇨…….

여신관은 있는 힘껏 숨을 들이쉬고, 가능한 조용하게 숨을 내쉬었다.

그때처럼 감정에 휘둘려 소란을 피우거나, 술을 마시는 일은 삼가야 한다.

그렇지만…….

힐끔 등 뒤의 두 사람 표정을 살피자, 두 사람 다 난처한 미소를 지으며 이쪽을 보고 있었다.

—그야 뭐. 공주님을 대신해서 무슨 말을 하는 건 무리겠지만요.

그걸 해야 하는 자신의 입장이 되어보라고, 여신관은 조금 토라졌다.

그렇다. 그녀는 토라져 있었다.

—다들, 딱히 저를 두고 가지 않아도…….

아니, 물론 상황은 알고 있었다. 어쩔 수 없는 일이다.

이걸 할 수 있는 건 자신뿐일 테니까, 맡은 이상은 열심히 해야지.

그래도 남겨두고 간 것은, 조금 납득이 안 된다.

그것은 자신도 어엿한 모험가라는— 그런 자부가 생긴 탓에 느끼는 마음이었다.

물론 여신관은 자신이 그 고귀한 보물을 키워온 것을 아직 깨닫지 못했지만.

"그런가요."

그래서 한차례 떠들어대는 걸 들은 다음, 여신관은 고개를 끄덕이며 응답했다.

단 한 마디를, 한껏 미소를 곁들여서.

"당신은 그렇게 생각하는 거군요."

"……그것뿐입니까?"

"—? 네. 그것뿐입니다만……."

갸우뚱 고개를 기울인 여신관에게 지고신의 기사는 잡아먹을 것처럼 몸을 내밀었다.

머릿속에서 자신이 지금 어디에 있고, 상대가 누구인지도 날아가버린 모양이었다.

"그렇다면, 지모신의 사원은 그러한 불평등을 고칠 생각이 없다는 것입니까!!"

"어째서인가요?"

"어째서, 문제를 지적하지 않았습니까……!"

"네, 들었습니다."

"그렇다면, 어째서 그것을 고치려 하지 않는 것입니까!"

"저와 당신은 다른 사람이니까요."

지고신의 기사는 입을 다물었다.

그 귀인다운 하얀 얼굴은 핏기를 잃고서 더욱이 색을 잃은 것처럼 보였다.

여신관은 마치 잿더미 같다고 문득 생각했다. 모조리 불타버린, 새하얀 재의 색.

"그러면."

남자가 메마른, 재가 부스러지는 것 같은 목소리를 목에서 짜냈다.

"이 흐트러질 대로 흐트러진 사방세계를, 당신은 이대로 둬도 된다고 생각하는 겁니까?"

"그러니까……."

여신관은 입술에 검지를 대고서 생각했다.

"잘, 모르겠어요."

그것 봐라.

남자의 입가가 추악하게, 승리를 뽐내듯 올라갔다.

생각이 얕고, 견식이 없다. 시야가 좁다. 손가락질하며 비웃는 그런 웃음이었다.

그렇지만 여신관은 그런 상대의 모습에 집착하지 않고, 웃으며 대답했다.

"왜냐면, 제 친구 중에는 엘프도, 리자드맨도, 드워프도…… 켄타우로스도 있어요."

모험가도 있고, 공주님도 있다. 귀족, 상인. 목장의 딸. 주점의 여급.

그것을 흐트러졌다거나, 한데 묶어야 한다거나. 좋다 나쁘다 따위를 생각해본 적도 없었다.

"그리고 동쪽 사막은 덥고, 북쪽은 추워요. 초원은 넓지만, 밀림

속은 좁아요.”

언제였던가 커다란 바다뱀을 퇴치했을 때 만난 어인들은 육지에서 살기는 힘들어 보였다.

그렇지만 고블린 슬레이어를 따라서 갔던 주점에는 인어의 바메이드가 있었다.

예쁜 용모의 여성이, 그 딱 맞는 옷을 입고 술을 만드는 모습은 참으로 멋있었다.

아아, 그리고 술을 만드는 거라면, 포도를 밟았을 때 선배도 포함하여 다들 예쁜 의상을 입고 있었지.

눈앞의 인물은 이래저래 떠들어대지만, 자신이 보아왔던 그들은 다들 진심으로 기뻐했었다.

아무래도 맨발을 드러내고서 들뜨는 것은 좀처럼 경험할 수 없는 거니까.

사막 쪽에서는 반대로, 너무 피부를 드러내면 뜨거워서(더운 게 아니다!) 고생도 했었지만.

그리고 아무리 껴입어도, 북방의 빙해까지 갔더니 추워서 어쩔 수 없었다.

—생각해 보면, 정말로 여러 장소에 가서, 여러 사람들과 만났네…….

여신관은 느긋하게 생각하면서도, 설레설레 머리를 좌우로 흔들었다.

“이것을 전부 하나로 모으는 것은 무리이고…… 아아, 아뇨. 그러니까, 그게…….”

그렇다. 하나로 모으는 것은 무리가 있다. 그러나 딱히, 그녀 안에서 그것에 우열은 없었다.

그것을 깨달았을 때, 여신관 안에서 하나의 해답이 딱 맞아 떨어진 것 같았다.

"그러니까 아마도, 다들 제각각 다른 걸 좋아한다고, 받아들이는 일이 중요한 거군요."

그래요. 여신관은 자신의 말에 납득하여 고개를 끄덕였다. 분명히 그런 것이리라.

자신이 좋아하는 것을 싫어하는 사람이 있는 것은 당연하고, 자신이 싫어하는 것을 좋아하는 사람도 당연히 있다.

북방의 안주인은 말을 배우려고 했었고, 켄타우로스의 주자는 수많은 종족을 열광시켰다.

그렇지만 북쪽의 문화에는 현기증을 느꼈고, 마령 공녀는 모험가를 이해 못하겠다고 했다.

다르다는 것은 서로에게 다가갈 수 없다는 의미가 아니고, 다가간다고 모두 하나로 모이는 것도 아니다.

"그런 것이라고, 저는 생각합니다."

그렇게 말하고, 여신관은 조금 부끄럽게 쑥스러운 기색으로 볼을 긁적였다.

왜냐하면 너무나 두서없이, 그저 생각나는 대로 늘어놓기만 한 것에 지나지 않으니까.

그것은 도저히 설법 같은 것이라고 할 수는 없었다.

그보다도, 왕매 전하로서는 다소 문제가 있는 게 아닐지…….

“……고블린에게도 선이 있다고, 말할 것 같으십니다.”

여신관은 한순간 움찔 몸이 굳어졌다.

무심코 남자의 얼굴에 눈길을 보내자, 그는 기가 막힌다는 것처럼 코웃음을 치고 있었다.

—안, 들켰지?

힐끔 등 뒤의 두 사람을 보자, 역시 두 사람 다 고개를 좌우로 흔들었다.

그렇죠. 여신관은 살며시, 그 천을 넣어 부푼 가슴에 손바닥을 대고 숨을 내쉬었다. 그건 그렇고.

—갑자기, 화제가 확 바뀌었네.

“있어요. 좋은 고블린.”

“……뭐요?”

“모르시나요? 바다 고블린— 참 좋은 사람들이었습니다.”

의문스러워하는 남자에게 여신관은 웃으며 말했다. 무슨 말을 하는 거냐는 곤혹스런 시선이 다가온다.

“길맨(지느러미 종족) 여러분은, 그렇게 불리는 걸 싫어하셨지만요.”

그렇지만, 괜찮다.

그런 질문은, 그야말로, 모험가가 된 첫 날부터 계속 묻고 있었다.

“네. 좋은 고블린도, 있을지도 몰라요.”

여신관은 똑바로 그의 눈을 보았다.

마치 예상 못한 것처럼, 남자는 눈을 커다랗게 부릅떴다.

“그렇지만 좋은 고블린이란 것은, 사람을 습격하지 않는 고블린이죠?”

그것이 여신관을 다시 본 것인지, 그 대답 때문인지는 알 수 없었지만.

"남을 부정하고, 빼앗는 것이 악이라는 것은…… 아마도, 변치 않을 거라고 생각합니다."

사방세계는 누가 생각하는 것보다 넓고, 크고, 복잡하며, 선명한 색채로 넘치고 있다.

좋은 일도 있고, 나쁜 일도 있다. 나쁜 것은, 결코 긍정하고 싶지 않지만.

그래도— 그래도.

"세상은 제 생각대로도, 당신 생각대로도 되지 않는 법입니다."

그런 일은, 해선 안 되는 것이다.

신들마저도 《숙명》과 《우연》에 맡기고 계시니까요.

"……."

남자는 한순간 입을 다물었다. 여신관은 이를 가는 소리를 들은 것 같았다. 그리고—.

"실례하겠습니다! 당신은 아무래도, 뭐가 문제인지 알지 못하는 것 같습니다!"

—확 피어오르는, 재의 냄새.

매도 같은 소리와 함께 그런 잔향을 풍기고, 남자는 거칠게 의자를 박차고 일어섰다.

성큼성큼 — 그 사람과 다르게 난폭한 — 발걸음으로 남자는 귀빈석을 나섰다.

그 등을 배웅하지 않고, 여신관은 의자의 등받이에 무너지듯 몸을 맡겼다.

"……귀빈석에서 왕매 전하에 대한 태도로서는 낙제점이네요."

호우. 숨을 내쉰 여신관의 등 뒤에서 접수원이 표정을 찌푸리고 쓴웃음을 섞으며 말을 흘렸다.

버릇없이 몸을 뻗은 자세 그대로, 여신관은 등 뒤의 그녀를 원망스레 올려다보았다.

"안 좋았을, 까요……?"

"신학논쟁이니까요. 좋지 않을까요?"

도와주셨어도 좋았잖아요. 아뇨아뇨 그럴 수는 없어요.

무언의 대화. 그리고 「수고하셨습니다」 하고 웃으며, 소치기 소녀가 여신관에게 음료수를 내밀었다.

마법의 주전자에서 따르는 차갑고 깨끗한 물.

소치기 소녀는 물론 여신관도 처음에는 눈이 동그래졌지만, 지금은 놀랄 여유도 없다.

"잘 먹겠습니다."

말하고 잔을 받아, 꿀꺽꿀꺽 목을 울리면서 마시는 여신관.

그런 그녀에게 다시 한번 「수고했어」 하면서, 소치기 소녀가 접수원에게 물었다.

"지고신님의 가르침은 잘 모르지만, 저런 건, 아닌 거지?"

"아니고말고요."

자신 있게. 그 근원이 되는 갈고 닦은 몸을 과시하듯, 접수원이 가슴을 쭉 폈다.

무엇 하나 부끄러울 것 없다는 그 당당한 자세는 소치기 소녀도 동경하는 것이었다.

"정의란 것은 무엇이 나쁜가를 계속 묻는 것이지, 무언가를 배척하는 것이 결코 아니니까요."

이건 친구가 가르쳐준 것이지만요. 그녀는 수줍게 미소를 지었다.

―귀여운 부분도 있는 사람이구나…….

그것이 또 부럽지만, 소치기 소녀는 그저 소박한 감상을 흘리기만 했다.

"축제를 못하게 하면 즐거움이 사라지니까, 여러모로 난처하다니까."

수확제나 어신주(御神酒)로 풍요를 기원하는 것도 그렇지만, 축제란 것은 경사스런 날이다.

그런 날마저도 들뜨면 안 된다니. 그러면 이쪽은 참 난처하다.

"그건 그렇고."

물로 입술과 목을 축이면서, 여신관은 생각했다.

자신과 그녀— 지금은 푹 쉬고 있는 왕매 전하는 전혀 다른 사람인데…….

"다른 사람이라는 걸, 눈치 못 채는 걸까요?"

§

"GOROGB……?"

갑작스런 굉음과 충격은, 바보 같은 소동이 일상인 고블린 놈들이라도 이상을 깨닫기에는 충분했다.

정말이지 지긋지긋해지는 역할이란 것도 이유일지 모른다.

장난감이 될 법한 암컷도 받지 못하고, 이 재미도 없는 유적에 처박힌 것이다.

평소에 소굴로 삼고 있는 동굴보다 훨씬 낫기는 하다고 해도, 그걸로 만족할 고블린이 아니다.

고블린은 자신들에게 잘난 듯이 명령을 하는 놈들이 훨씬 더 좋은 방에 있는 것을 부러워하는 것이다.

그리고 언젠가 끌어내려버리겠다 라는 망상도 눈앞의 그것으로 간단히 덧씌워 버린다.

그렇다. 분진 속에서 유적 안에 떠도는— 향긋한 천상의 향기.

—엘프다!

—엘프 여자다!!

밤에 불빛을 보게 된 날벌레 같은 것이다.

고블린 놈들은 자신을 잊고서, 동료를 짓밟아 따돌리는 것을 생각하면서 한달음에 달려갔다.

몰려들어서 장난감으로 삼는 건 확정이다. 그리고 자신이, 나 혼자만 제일 많이 즐긴다.

오로지 그것을 위해 고블린 놈들은 가장 안쪽의 방으로 이어지는 통로로 달려가 모여든다. 그리고—.

“GAAAAOOOOOOOOOOOOOOOOOOONNNNN!!!!!!!”

무시무시한 용의 포효 한 번에 원형으로 팍 날아가 버렸다.

“전진!”

호령과 함께, 탁 트인 유적의 광장에서 맨 먼저 뛰쳐나간 것은 지저분한 갑옷 차림의 모험가.

그러나 가장 빨리 일어선 고블린은 그 모습을 인식하지도 못했으리라.

소리도 없이 무정하게 목숨을 빼앗은 투척 나이프는 소이비도에는 미치지 못해도 고블린 따위에게는 충분하다.

"GOORGB?!?!?!"

피거품을 뿜으며 익사하듯 목을 긁어대는 동포의 죽음을 보고서야, 드디어 고블린 놈들의 인식이 현실을 따라잡았다.

"GOGB?!"

"GGGRGGBO?!?!?!"

"정말이지, 엘프가 보는 평생 분량의 고블린은 이미 다 본 기분이야!!"

암녹색(그린 스킨) 피부의 대군 앞에서 표정을 찌푸리며, 선명한 녹색의 바람이 소귀 살해자 뒤를 따랐다.

눈에 보이지도 않을 빠른 기술로 메긴 화살을 세 대. 순식간에 쏘아내자, 세 마리 고블린이 꿰어진다.

"《프로텍션》이 있으면 좋겠어!"

"그보다 《홀리 라이트》다."

불평처럼 외치는 소리에 돌아오는 것은 무감정한 목소리.

고블린 슬레이어가 고블린을 죽일 때 감정을 섞을 리가 없다.

"물리적으로 거리를 두고 싶은 소녀의 마음을 알아주면 좋겠는데."

흥. 시시하다는 기색으로, 그렇지만 우아함 그 자체인 동작으로 엘프 궁수는 코웃음을 쳤다.

그 뒤를 따르는 거한의 리자드맨, 드워프의 움직임하고는 하늘과 땅 차이다.

물론 선두에 선 고블린 슬레이어도 하이 엘프와 비교할 바가 못 되지만.

"속도 좀 적당히 내거라, 길쭉귀야!"

헐레벌떡 달리면서 드워프 도사가 소리쳤다.

"너랑은 달라서, 이쪽은 팔다리가 짧지 않느냐!"

"드워프는 체조나 운동을 해야 한다니까!"

"지금 하고 있지 않느냐!!"

신화시대 무렵부터 이어지는 싸움 친구의 대화를 유쾌한 기색으로 들으며, 리자드맨 승려가 눈을 돌렸다.

"이이야앗!!"

그는 그 양손과 양발, 꼬리에 송곳니, 타고난 무기를 종횡무진으로 휘둘러 고블린을 쓸어버리고 앞으로 날았다.

"뭐, 없는 것을 논해봐야 어쩔 수 없는 일일세. 소승도 개종할 생각은 없는 일이고!"

"상상하니까 웃음만 나오네. 자비 깊은 리자드맨!"

모험가 파티는 그야말로 초원을 베어내는 검처럼 고블린 놈들의 녹색 무리를 파헤쳤다.

그렇지만 고블린의 강점은 그 악랄한 지혜나 다른 요소들보다도, 단순명쾌하게 수가 많다는 것이었다.

어슴푸레한 유적의 어둠 속, 몇 겹으로 갈라져 있는 분기로 안쪽에서 속속 고블린 놈들이 모여든다.

피 냄새, 엘프의 냄새. 자신들이 날뛰어 유린하고, 이기는 것밖에 고블린의 머리에는 없다.

"아앙, 정말……!"

엘프 궁수가 앞으로 달리면서, 문득 몸을 비틀어 몸 옆으로 등 뒤를 쏘았다.

"GBBORGB?!!?!"

지금 그야말로 리자드맨 승려의 옆을 빠져나가 덤벼들려던 고블린이 척추에 꼬치가 꿰인 듯 땅에 떨어졌다.

병적으로 경련하는 그 말로의 움직임을 드워프 도사가 가차 없이 손도끼로 처치하면서, 앞으로, 앞으로.

"지모신님이든 신에게든 부탁할 수가 있든 없든, 수가 영 많구나, 카미키리마루야!"

"오늘은."

그는 단검을 던지고, 아무것도 아닌 것처럼 고블린을 처치하고 말했다.

"상관없나?"

누구에게랄 것 없이 던진 질문에 엘프 궁수가 대답하기를.

"상관있어!"

그러나 물어뜯을 것처럼 짖은 그녀는 다음 나무 눈 화살촉의 화살을 꺼내며 말을 이었다.

"하지만, 허락할게!"

"좋다."

고블린 슬레이어의 행동은 빨랐다.

그는 가방에서 꺼낸 작은 병을 재빨리 후방으로 던져 드워프 도사에게 건넸다.

"착화다."

"오냐!"

박자가 딱 맞는 대답. 드워프 도사는 촉매가 든 가방에서 부싯돌을 꺼내 한 번 중얼거렸다.

"《춤추거라 춤을 춰, 불도마뱀(샐러맨더). 꼬리의 불꽃을 나눠주거라》!"

곧장, 작은 병의 입구에서 삐쳐 나온 끈에 불똥이 튀었다.

그리고 타오르는 그것을 드워프 도사가 주저 없이 옆길로 던졌다.

"GORGBB?"

"GGOBBGRGBB!!"

그것을 보고, 처음에 고블린 놈들은 무엇을 한 건지 몰랐던 게 틀림없다.

데굴데굴 자신들 앞으로 굴러온 그것을 집어 들고 비웃을 정도였으니까.

저 얼빠진 드워프는 물건을 제대로 던지지도 못하는 것이다. 하면서.

다음 순간, 그 고블린 놈들은 통로의 벽과 천장과 동포 열 마리 정도를 끌어들이며 터져버렸다.

쿠웅. 뱃속까지 울리는 소리와 함께, 검붉은 불꽃과 바람이 부풀어 오른 것이다.

"불의 비약을 잔뜩 사들였을 때, 불길한 예감이 들기는 했다만!"

카미키리마루, 파티의 리더는 잔돈을 모아두는 것치고 무척 씀씀이가 좋다.

체념과 포기. 아니 오히려 기회가 드문 불의 대량 활용에 기쁨을 조금 드러내면서, 드워프 도사가 외쳤다.

다음이니라. 내민 손에 작은 병을 던져서 건네며, 고블린 슬레이어는 고개를 끄덕이고 말했다.

“역시 이 방법이 제일이다.”

“제일 아냐!”

엘프 궁수는 소귀 살해자가 걷어차 쓰러뜨린 고블린을 지근거리에서 쏘아 죽이고, 짓밟아 화살을 뽑아냈다.

그 춤추는 듯 아름다운 동작과 그에 걸맞지 않은 매도에, 리자드맨 승려가 껄껄 송곳니를 드러냈다.

“병참이 윤택하다는 것은 참으로 기쁜 일이로소이다!”

소승도 언젠가는 《퓨전 블래스트》의 숨결을 토하리라고 말하는 그의 등에는 지모신의 지팡이와 함께 가방이 흔들리고 있었다.

물론, 그것은 보관 가방(홀딩 백)이었다.

마법의 가방. 얼마든지— 라는 것은 과장이지만, 상상을 훨씬 넘어서는 용량을 가진 가방.

조금 이름 있는 모험가라면 가지고 있는, 무척 편리한 마법의 도구 중 하나다.

“차라리 드워프도 그 안에 넣어서 운반하면 좋겠어! 이쪽도 신경 안 쓰고 달릴 수 있으니까!”

“바보 같은 소리를 하는구나. 생물은 넣을 수 없다고 하지 않더냐!”

“드워프는 바위나 마찬가지잖아……!”

그렇지만, 파티에 속한 면면은 지금까지 이것을 다룬 적이 없었다. 필요 없기 때문이었다.

자연이 있으면 화살을 얻을 수 있다. 자연이 있으면 그곳에 정령이 있다. 자신의 육체에 의지한다.

이 자리에 없는 여신관은 언젠가 언젠가는, 이라고 생각하여 동경하며 수수하게 저축.

그리고 리더인 고블린 슬레이어를 보자면—.

"고블린에게 빼앗기면, 큰일이다."

이거다. 엘프 궁수는 고블린을 쏘는 것보다 먼저, 얼굴을 감싸고 하늘을 우러르고 싶어진다.

"그렇다고, 하니까. 떨어뜨리지 마!"

그것을 버티면서 화살을 네 대 메기고, 그녀는 말 그대로 전후좌우로 고블린의 머리를 날려버렸다.

"떨어뜨려서 터지기라도 하면, 그야말로 큰일이니까!"

"알고말고, 암."

"전에 해본 적이 있다."

"GBBOGB?!"

"GOOGB! GOOBBGRGB?!"

오른쪽 고블린에게 어느샌가 빼앗은 창을 때려 박고, 왼쪽 고블린을 원형 방패로 비껴냈다.

비껴낸 고블린의 처리를 후속에게 맡기고, 고블린 슬레이어는 굴러 떨어진 곤봉을 회수.

부러진 창보다는 도움이 된다. 그는 그것을 기계적으로 들어 전방으로 투척.

"GBOGB?!"

고블린의 두개골이 부서져 흩어지는 둔탁한 소리를 확인하면서 그는 담담하게 말했다.

"수는 벌었군."

"너는 그걸로 만족이겠지만!"

엘프 궁수가 고블린 슬레이어에게 발걸음을 맞추면서, 일부러 옆에 나란히 서서 입술을 삐죽거렸다.

"여기가 귀중한 유적이라는 건 아세요?!"

"안다."

고블린 슬레이어가 고개를 끄덕이고, 말했다.

"구조를 알지 못했다면, 안 한다."

그때도 탈출에는 고생을 했었고, 시간도 부족했다.

—그러나 지금이라면 어떻지?

여신관에게 《홀리 라이트》를 부탁하면…… 아니, 드워프 도사에게 《터널》을 파게 해서 대피하는 수도 있다.

보관 가방이 없어도 리자드맨 승려의 용력이 있다면, 불의 비약을 대량으로 옮길 수 있다.

—아니.

거기까지 생각하고, 그는 철 투구를 좌우로 흔들었다. 좌우의 통로를 확인하기 위해서다. 고블린의 수를.

그렇다. —이것은 고블린 퇴치이고, 그걸 위해 의뢰인이 경비를 부담해주기에 할 수 있는 일이다.

빠르게, 많이, 정확하게. 고블린을 죽이기 위해서만 하는 행동.

싸움.

사전에 지형을 알고 있는 유적을 하염없이 나아간다. 그것뿐인 이야기가 아닌가?

그것을 어찌 모험이라고 하겠는가?

동료 — 라고 부르는 것에, 생각만 하는 것에도 한순간 주저가 있었다 — 들이 함께 와주고 있었다.

그렇다면, 자신이 할 수 있는 일에 주력해야 한다.

이것은 고블린 퇴치이고, 자신은— 고블린 슬레이어니까.

"오른쪽 통로에서 무리가 오는군. 왼쪽은 소수. 그러나, 어느 쪽이든 수가 많다."

"혼돈의 세력이란 것도, 제법 본격적으로 움직이는 모양일세!"

사방팔방에서 밀려드는 고블린 놈들을 쓸어버리면서, 리자드맨 승려가 외치듯 소리를 올렸다.

어쨌거나 고블린 놈들은 그야말로 구름처럼 몰려든다. 손을 멈추면 그대로 휩쓸린다.

엘프 궁수가 아니라도, 보통 모험가가 평생 보는 것보다 많은 수 같다고 생각하는 것도 무리가 아니다.

물론— 그런 수는 이 자리의 모두가 진작 옛날에 보았었지만.

"그렇다면. 지휘관이 있다는 게로구나!"

드워프 도사가 옆의 분기로에서 뛰쳐나오는 고블린의 두개골에 손도끼를 박으며 응답했다.

평소보다 주문 — 기적이다 — 이 줄어들어서 리자드맨 승려는 둘인가 셋, 자신도 둘을 썼다.

—정말이지. 절약을 해야 한다는 것은 귀찮은 일이로구먼!

"그 녀석도 고블린 아냐?"

"아니."

고블린을 뛰어넘자마자, 돌아보지도 않고 재주를 넘어 등 뒤의 두 개골을 화살로 꿰뚫은 엘프 궁수.

그 바로 아래를 달려 고블린을 쓸어버린 고블린 슬레이어는 목의 뼈를 차서 부러뜨리고 말했다.

"고블린 놈들이 왕가가 수호하는 유적 안까지 들어올 수 있을 거라고 생각 안 한다."

"그렇다네."

고블린의 피를 몸에 듬뿍 뒤집어쓰고, 리자드맨 승려가 무척 유쾌한 기색으로 눈을 돌렸다.

양손으로 찢어낸 고블린의 시체를 좌우로 집어 던지고, 발톱으로 바닥을 두드리며 앞으로 나섰다.

전쟁은 좋다. 그렇지만 고블린 퇴치는 내키지 않는다. 그렇지만, 이것이 잡졸이라면 이야기는 달라진다.

다시 말해서— 지휘관이 있는 것이다.

그것은 대장의 수급이 아닌가? 영예이며, 공덕이다. 버려두는 것은 아깝다.

"그대들! 덕을 쌓을 때라는 것일세."

"그 발상만은 몇 백 년을 들여도 이해 못할 거, 야……!"

리자드맨 승려가 뻗은 꼬리를 「고마워」 하고 가지처럼 타고 올라, 돌바닥에 내려선 엘프 궁수가 다시 달렸다.

"차라리 엘프의 방식을 배우는 게 빠를지도 모르거든?"

"식성이 맞지를 않는다네."

"문제는 그거지~."

키득키득 하이 엘프의 웃음소리는 고블린의 소굴에 안 어울리는 시원스러움으로 귀를 간질인다.

방심도 아니고, 자만도 아니다. 긴장하여 말이 없어야 이길 수 있다면 누구나 그렇게 한다.

딱딱해지지 않고, 그렇다고 너무 풀어지지 않고. 좌우의 균형을 유지하는 것이 살아남는 비결이다.

몇 번의 모험을 거쳐 살아남았다면, 크게든 작게든, 그것을 이해하게 되는 법.

서로 전혀 다르니까, 당연한 일이다.

따라서— 그렇다. 말을 나눠야 하는 일과, 나눌 것도 없는 일이 있다.

"간다, 앞으로—."

고블린 슬레이어는 말했다.

"앞으로, 간다."

그렇다. 앞으로, 앞으로.

그는 신에게 기도한 적이 없다. 어떻게 기도하면 되는지 모른다. 기도할 수 있는 자는 대단하다고 생각한다.

그렇기에— 그렇기에, 지금 이 때는 정도신의 가호를 바랐다.

보다 좋은 길, 보다 빠르고, 올바른 길을 붙잡아 나아가는, 그 시행착오를 존중하는 신의 가호를.

저 너머의 어둠 속에 응어리진 어둠의 기척을 깨닫지 못할 모험가들이 아니니까.

§

그것 — 이라고 불러야 하리라 — 은 역겨운 소음을 듣고, 지독히도 불쾌한 마음으로 눈을 떴다.

잠을 방해 받은 시점에서, 불쾌한 것은 당연했다.

그러나 그것은 특히, 의도치 않게 의식에 끼어드는 무례한 소리를 싫어했다.

예를 들어, 그렇다. 모험가 놈들이 조심성 없이 내는 발소리 따위가 그렇다.

고블린 놈들의 소음도 마음에 안 들지만, 뭐 놈들은 그런 생물이니까 체념할 수 있다.

묵묵히 대기하는 것조차도 못하는 건가? 역정도 나지만, 포기는 할 수 있다.

하지만 모험가 놈들은 그렇지 않다.

버릇없이 남의 침소에 들어와서 떠들어대고, 재보를 노리며 덤벼든다.

—모험가라는 것들은 결국, 폭력적(바이올런스)인 건달들이 아닌가?

따라서 그것은 불쾌하기 짝이 없는 기색으로, 자신의 침소 뚜껑을 들어 올려 열었다.

"……대체, 무슨 일이 있었나?"

"GBG! GIBBGRGB!!"

때마침 — 아마 도망쳐서 왔거나, 게으름을 부리러 왔으리라 — 침실에 있던 고블린에게 질문을 던졌다.

키약키약 하는 변명 같은 말을 듣고, 그것은 「그렇군」 하며 수긍했다.

—정말이지, 역시 고블린 따위는 망보기에도, 경비에도, 도움이 안 되는군.

"알았다. 그렇다면, 얼른 가서 해치워라. 모험가 따위를 말이다."

"GRGBGB! GOBBGBOGRG!"

"왜 남아 있나? 네놈도 가라고 하는 거다. 못 알아들었나?"

"GORGB……."

두려움과 모멸, 아래쪽에서 흘겨보는 것 같은 눈을 한 고블린이 황급히 방에서 뛰쳐나갔다.

고블린의 태도는 정말이지 지긋지긋하다.

틈을 찔러서 이쪽을 어떻게든 해보려는 그 성질이 아니다.

이쪽의 틈을 찌를 수 있다고 생각하는 것 자체가 그것에게는 굴욕이며, 모욕인 것이다.

—그런 의미에서는.

모험가라는 것은 대개 고블린 놈들과 같은 성질이라고 할 수 있다.

"흠……."

그 생각은 그것에게 무척 유쾌한 것이었다.

모험가와 고블린이 같은 것이라면, 마찬가지로 대처하면 된다.

후려치고, 때려눕히고, 마음을 꺾어서, 자신들이 하등한 존재임을 각인시킨다.

—다시 말해서 교육하면 되는 것이다.

그것은 오래되어 곰팡내가 나는 의복을 입고서, 몸가짐을 갖추며 홀로 투덜거렸다.

—두 번 다시 눈에 안 들어오는 장소에 밀려들어가 얌전히 있으면, 이쪽도 아무것도 안 할 텐데.

그 정도도 모르기에 고블린이며, 모험가이리라.

"좋다. 그러면 할 일은 하나다."

그것은, 생긋 미소를 지었다.

"교육을 해주마, 모험가 놈들."

그 피처럼 빨간 구강에서, 날카롭고 뾰족한 송곳니를 드러내면서—.

제4장 『영웅후보담(락 유!)』

“다음이지?”

“그거 몇 번째야?”

레아 소녀의 물음에, 소년 마술사는 부자연스럽게 눈길을 피하고 짜증을 내며 말했다.

“다섯 번인가, 여섯 번?”

“알고 있으면…….”

물어보지 말라는 말을 그는 억지로 삼키고, 탐탁찮은 기색으로 대답했다.

“그래. 다음이야.”

“……좋아.”

진지한 표정으로 고개를 끄덕이는 그녀가 있는 곳은, 본래 검투사들의 대기실로 배당되는 개인실이었다.

이 대회에 참가하는 기사들을 위해서 개방되어, 그 중 하나를 그녀들이 쓰고 있었다.

천장을 끼고 저 멀리 머리 위에는 결투장이 올라가 있고, 때때로 관객들의 환성이 방을 흔들었다.

묘하게 무더운 것은 투사들의 전의를 높이기 위해서일까? 단순히 자기가 긴장하고 있는 것뿐일까?

—아아, 젠장…….

그래서, 일 것이다. 그렇기에, 괜히. 소년 마술사는 짜증을 내면서 자기 머리를 긁적였다.

짧은 휴식 시간. 장비를 벗고 안 벗고는 체력 회복의 효율이 완전히 다르다.

"……."

그러나 그렇다고 해도 바로 옆에 또래의 소녀가 땀투성이가 되어 있으면 신경이 안 쓰일 수가 없다.

젖은 갑옷용 속옷이 가슴팍에 달라붙어 우미한 곡선을 그리고 있는 것을, 그는 되도록 시야에 넣지 않았다.

—그런 게, 아니라고.

그녀가 무엇에 집중하고 있는지는 알고 있다. 알고 있기에, 방해하는 건 바보다.

—바보고, 멍청이다.

이쪽을 손가락질하며 웃는 녀석들에게 한 방 먹여주기 위해 모험가의 길을 골랐다.

그런데 놈들과 같은 짓을 하는 것만큼은 피하고 싶었다.

그렇지만 바로 옆에 완만하게 융기하여 위아래로 움직이는 부드러운 온기가, 의식 속에 어른거린다.

"……물 마셨지?"

그것을 떨쳐내기 위해서, 그는 목소리를 세워서 까칠하게 말했다.

"마셨어……."

레아 소녀는 마음이 여기 없는 식으로 말했다.

그녀는 의자의 등받이에 몸을 기대고, 의자를 뒤로 기울여 드러누운 것처럼 앉아 있었다.

그 바람에 하얀 목에 물방울이 흘러서, 갑옷용 속옷의 가슴팍에 새로운 얼룩을 만들었다.

"다음이면, 되는 거지?"

"너 말야……."

소년이, 스스로도 무슨 말을 하는 건지 모른 채 입을 열었을 때.

콩. 콩.

얌전하게 울린 노크 소리가 그를 구해주었다.

"……응."

"그래."

이심전심. 소년 마술사는 짧은 지팡이를 쥐고서 허리에 비곤을 끼고 자리에서 일어섰다.

진정한 말을 뇌리에 떠올리면서 문으로 다가가, 앞이 아니라 옆에 서서 한 마디.

"누구시죠?"

"진중 위문이라는 거 왔는데, 방해됐어?"

—들어본 적 있는 목소리였다.

소년 마술사는 안도의 한숨을 쉬면서 문을 열고— 눈을 부릅떴다.

"안녕? 열심히 하고 있네?"

"아! 목장의 언니!"

와. 레아 소녀가 소리를 지르지만, 소년은 말없이 나타난 소치기 소녀에게 길을 양보하여 안으로 들였다.

붉은 머리에 키가 크고, 가슴팍이 풍만한 게 안 좋았다.

하물며 지금 그녀는 왕도에서 유행하는 차림을 하고 있었다.

분위기도 차림새도 모든 것이 다르지만—.

—거북해…….

소년 마술사는 살짝 숨을 내쉬었다. 이래봬도 몸가짐을 신경 쓰는 사람이었으니까.

"자, 이거. 먹을 거 가져왔어. 힘내!"

"와아!!"

그 동안에도 아가씨 두 명은 화기애애하게 신이 나서 이야기를 하고 있었다.

소치기 소녀가 가져온 바구니를 받아서, 레아 소녀는 말 그대로 환성을 지르며 양손을 들었다.

레아는 하루에 대여섯 번 식사를 하는 종족이다.

다시 말해서 그만큼 시간도 필요하고, 싸울 때까지 간격도 짧아지게 된다.

불평등하다…….

그런 생각은, 안 한다. 그렇다고만 할 수 없으니까.

첫째로, 생물의 특질에 대해서 평등이라느니 배려라느니 그건 뭐야? 소년은 생각했다.

지구력이 없는 만큼 순발력이 있다는 증거이고, 소화의 힘도 흄하고는 다르다.

급속하게 열량을 보급해서 움직일 수 있다면 오히려 유리한 걸지도 모른다.

—안 해보면 모르는 거지…….

"뭐든 좋지만, 가볍게 먹어둬."

"응!"

그렇게 대답한 레아 소녀는 이미 입에 한 가득 뭔가를 집어넣고 있었다.

소녀 마술사가 바구니를 들여다보니 말린 고기와 피클을 빵에 끼운 도시락 같았다.

흄의 가벼운 점심 식사는 레아에게 다과 수준이다. 문제없겠지.

적어도 운동에 방해되는 것이 아닌 걸 보면—.

"응?"

익숙한 거겠지. 레아 소녀의 모습에서 멀어진 시선이, 소치기 소녀의 눈과 마주쳤다.

천천히 고개를 갸웃거리는 연상의 여성에게 「아무것도 아냐」 하고 소년이 고개를 옆으로 저었다.

"그 녀석도?"

무뚝뚝한 말은 짧았지만, 소치기 소녀는 뜻을 파악하고 고개를 끄덕였다.

"응, 왔어."

"그래."

지금은 자리를 비웠지만. 어쩐지 쓸쓸한 기색으로 중얼거린 말에 소년은 별로 관심을 품지 않았다.

그 남자니까. 십중팔구, 정도가 아니라 한없이 10에 가까운 확률로.

—고블린 퇴치겠지.

그럴 게 분명하다. 그 녀석이라면.

"……."

빵을 깨물어 먹는 레아 소녀가, 소년 마술사의 얼굴을 동그래진 눈으로 보고 있었다.

그리고 다음 순간「아~앗」하더니, 표정이 고양이처럼 씨익 웃는 웃음으로 바뀌었다.

"알았다. 보여주고 싶었던 거지!"

"아니야!"

무심코 소년 마술사의 목소리가 갈라졌다. 강한 어조로, 반사적인 반론.

그것이 마치 정곡을 찔린 것 같아서 꼴사납다. 그는 가볍게 헛기침을 한 번 했다.

"그런 건, 뭔가, 이게, 봐줬으면 해서 하는 거랑은, 다르잖아."

아 젠장 하면서 일어섰다. 그러나 그것은 칭찬을 받고 싶다는 것과 비슷하면서 다른 것이었다.

그래도 소년 마술사는 자신의 내면에 있는 승인욕구를 완전히 부정할 수 없었다.

구멍이 뚫린 통 같은 것이다. 물을 부어도, 새어나간다. 부족하다. 아무리 채워도.

누나가 있었다면 또 달랐을까? 이제 와서는 그것마저도 알 수 없지만.

첫째로—.

"주역은 내가 아니라 이 녀석이고."

열심히 하는 녀석을 이용만 하는 것은 아주 싫어한다.

레아 소녀는 그런 소년 마술사의 모습을 뭐라 말하기 어려운 표정으로 보았다.

낯간지러운, 미안한 것 같은, 유감스러운 것 같은.

여러 가지 감정이 혼연일체가 된 복잡한 표정에 소치기 소녀는 「흐음」 하고 숨을 흘렸다.

"있지."

귓가에 속삭이듯 말을 걸자, 레아 소녀는 「네?」 하고 고개를 젖히며 올려다보았다.

"시합 전의 소개문, 멋있었어."

"아."

금방 생각에 이른 소녀는 거창할 정도로 팔을 펼치고 소리를 높였다.

"굉장하죠! 저는 그런 식으로 소개 받은 적이 없는걸요. 처음이에요!"

소년 마술사는 「우」인지 「음」인지 모를 신음을 흘리고, 고개를 돌렸다.

왜냐면, 이런 것은 너무 뻔하지 않은가?

그런 것을 기대하고 있는 것처럼 보이는 것은 굉장히 창피했다.

어린애를 달래는 거랑 마찬가지다. 그렇지만, 거부하는 건 더 어린애 같았다.

"아니 응원을 받으면서 싸우는 것 자체가 처음일까? 해치운다! 하는 마음이 들어~."

—그런데 이 녀석은 정말.

굉장해! 하고 태평하게, 진심으로 말한다. 소년 마술사가 그녀를 노려보았다.

"그건 무슨 마법 아냐?"

그리고 드디어, 그는 깊은 숨을 내쉬었다. 항복. 졌다.

"……그러면, 둘이 해낸 거라고 하면 되는 거야?"

"될 거야!"

그러면서 그녀는 커다랗게 고개를 끄덕였지만, 그러나「아, 근데」하고 표정이 휘릭 바뀌었다.

레아는 언제나 그렇다. 자기 주위의 일을 보느라 열심이고, 그것뿐이다.

그것이 이것저것 고민스런 소년에게는 언제나 구원이었으며—.

"있지. 이제 좀, 갑옷 입는 거 도와줘!"

"푸……읍?!"

동시에, 성가신 일의 씨앗이기도 했다.

무심코 표정이 떨리는 소년을 눈치 못 채고, 레아 소녀는「그치마안!」하고 말했다.

"언제나 안 해주잖아! 이거 힘든데!"

"아……."

소치기 소녀는 아무 말 못하고, 볼을 긁적이며 눈길을 피했다.

소꿉친구를 생각해보면, 뭐라고 해야 할까, 여러모로 짚이는 부분이 없지도 않고.

"……뭐, 어쩔 수 없지. 남자애라면."

"시끄러……!"

§

우르르 몰려드는 고블린의 대군을 닥치는 대로 처치할 때, 괜한 생각을 하지 않는다.

그것을 엘프 궁수는 꽤 오래 전에(라고 생각하는 자신이 그녀는 웃겼다) 배웠다. 이건 모험이 아니다.

그러나 동시에 그녀의 예민한 지각은 아주 세밀한 변화의 낌새를 읽어내고 귀를 흔들었다.

"어쩐지, 분위기가 변했어……?"

"그럴지도 모르지."

바로 근처까지 다가온 고블린의 머리에 화살을 박아 넣고, 뽑아서 메긴 뒤 멀리 있는 고블린에게 일사.

하이 엘프의 활 솜씨를 곁눈질로 흘려 본다는 사치를 의식하지 않고, 고블린 슬레이어는 앞으로 나섰다.

그곳에 곧장, 고블린 놈들이 전진을 막듯이 뛰어들었다.

"GBRG!"

"GRG! GOOGBGR!!"

—통제가 되기 시작했군.

그러나 수는 100이 안 되리라. 그는 스물다섯 마리째 고블린의 목줄기에 검을 찌르고 시체를 걷어찼다.

"GOBBG?!"

흄이 고블린보다 명백하게 뛰어난 점이 있다면, 그것은 간격이리라.

단순하게 팔다리의 길이는 그대로 확보할 수 있는 거리를 의미한다. 고블린보다 먼저, 고블린보다 멀리.

그것을 의식하면…….

—이 정도 수는, 어떻게든 할 수 있다.

과거의 탑, 혹은 미궁에서 만난 소년과의 탐색행. 그 때 정도는 아니다.

사방팔방에서 구름처럼 밀려드는 고블린 놈들에게 대처하는 방법은 오로지 하나.

똑바로, 파고 들어가면 된다.

고블린의 위협은 악랄함도 아니고 다른 것도 아니고, 오로지 그 수일 테니까.

포위당하지 않고, 이쪽의 체력 — 집중력(HP)이 아니다 — 이 이어진다면 문제없다.

평지에서 그렇게 하는 것은 사양하고 싶지만.

"화살!"

"그래."

따라서 문제가 되는 것은 무기의 취사선택과 보충이다.

고블린 슬레이어는 갑옷의 틈에 끼워둔 단검을 뽑아 기둥 뒤의 고블린을 처치했다.

그 기세 그대로 전진, 차폐를 뛰어넘자마자 붙잡은 고블린의 화살통을 그는 공중으로 던졌다.

그 사이에 고블린의 무기— 녹슨 검을 차올려 붙잡는 것도 잊지 않는다.

"고마워!"

그리고 공중에 호를 그린 화살통을 엘프 궁수의 유연한 팔이 삭가로챘다.

완성도와 생김새, 엘프가 보기에는 그냥 뾰족한 막대라고 불러야 할 것을 화살통에 던져 넣고, 그걸로 한숨.

화살통이 비어 있는 것만큼 불안한 일도 없다. 고블린의 화살이라도 없는 것보다는 낫다.

"거 참, 길쭉귀는 불편하구먼!"

"문명적이라고 해!"

엘프 궁수는 손도끼를 휘둘러 고블린의 두개골을 쪼개는 드워프 도사에게 코웃음치면서 대꾸했다.

"동굴에 사는 녀석들하고 다르거든!"

"허! 비바람을 피하는 만큼, 엘프보다는 훨씬 진보했느니라!"

전진하여 녹슨 검을 던져 고블린을 죽이는 고블린 슬레이어, 그리고 엘프 궁수와 드워프 도사는 그의 옆구리를 지키는 것이다.

사방팔방으로 쉴 새 없이 쏘는 사격, 용력을 이용해 휘두르는 손도끼.

원근 쌍방으로 고블린 놈들이 접근하지 못하게 하면, 리자드맨 승려도 여유가 생긴다.

"늪지도 제법 쾌적하다네."

체격이 뛰어난 그는 최후 방어선. 후미를 맡아 꼬리를 옆으로 휘둘러, 고블린을 벽에 처박아 절명시켰다.

아무리 그래도 성스러운 지팡이를 고블린의 피로 더럽히는 것은 꺼리는 법이다. 석상이라면 또 모를까.

본래 다소 무리를 짓는다고 해도, 고블린 따위가 리자드맨 승려를 막을 수 있을 리 없다.

그렇다면 최전선에 있기보다, 넓게 시야를 가지고 부족한 부분을 보충하는 편이 좋다.

그도 그럴 것이— 오늘은 신관이 한 명 부족하니까.

"어떻게 보나?"

"통제가 되기 시작했다네."

돌아보지도 않고, 목이 꿰뚫린 고블린에게서 곤봉을 빼앗아 쥐는 남자에게 리자드맨 승려가 고개를 끄덕였다.

"상대 쪽 지휘관이 사태를 깨달았다고 보는 것이 좋을 걸세."

"이 규모라면 고블린의 왕은 아닐 거다."

곤봉을 오른쪽으로 휘두르며 스물여덟이라고 중얼거리고, 고블린 슬레이어는 낮게 신음했다.

"그러나 샤먼 같은 것이 있다면, 고블린 놈들이 이 정도로 순종하며 따르진 않을 거다."

"GBBG?!"

"혼돈의 세력이 위에 있다고 보는 것이 좋을 걸세. 다크 엘프, 사교도, 마신숭배자, 혹은—."

"GROG! GGORB?!"

"GBOBGR?!"

대화를 하는 틈에도 살해되는 고블린 놈들. 그런 것은 상관할 것도 못 된다.

흩어지는 피보라에 엘프 궁수가 표정을 찌푸렸다. 그러나 다음 순간, 그녀의 기다란 귀가 움찔 날카롭게 곤두섰다.

"전방, 뭔가 있어!"

"음……!"

그 순간, 붉은 빛이 어둠을 꿰뚫었다.

보였다고 생각한 순간에 옆을 빠져나가는 그 광선은 도저히 회피할 수 있는 것이 아니었다.

하이 엘프의 지각이 없었다면, 지금쯤 틀림없이 옆구리가 꿰뚫렸을 거다.

고블린이 아닌 공격을 갑옷으로 받아낸다는 것은 지금까지 생각해본 적이 없었다.

하물며— 어둠 속, 진행 방향 너머에 우뚝 선 어둠의 주인 따위라면.

"저건, 무엇이더냐?!"

"적어도 고블린은 아니겠지."

드워프 도사의 의문에, 리더의 대답은 간결하고 명확했다.

어둠 그 자체가 실체를 얻어 뭉클뭉클 부풀어 오른 것 같은 위압감은 고블린의 그것이 아니다.

그것은 소귀 살해자가 아니더라도 모르는 것이 당연한, 무시무시한 위협도의 괴물이었다.

만약 이 자리에 여신관이 있었다면.

혹은 흰 토끼 엽병이나, 아니면 곤봉 검사와 지고신의 성녀가 있었다면.

그녀들 그들이었다면, 기억하고 있었으리라.

겁먹고 떠는 것처럼 얼어붙는 냉기.

증오와 욕망이 아니라, 생명을 가진 것을 가축으로 생각하기에 오만하고 무관심한 살의.

“고블린과 한데 묶는다고? 불손하기 짝이 없는 말투로구나…….”

창백한 피부를 가진 그 남자는 번들번들 빨갛게 젖은 입을 열어 기이한 목소리를 냈다.

도저히 들릴 리 없는 혼잣말 같은 중얼거림이 모험가들의 귀에 닿았다.

그 남자는 창백한 피부, 어둠이 타오르는 눈동자를 가진, 언뜻 보기에 젊은 남자였다.

야회복 같은 말도 안 되는 것은 입지 않았다.

검붉은, 피부를 벗겨내 근섬유를 드러낸 것 같은 짐승 같은 의장의 갑옷을 입은, 한 명의 전사.

그 자는— 그 존재를 부르는 말은, 참으로 많이 존재한다.

밤의 일족. 불사자(노스페라투). 영생자(언데드).

모두 다, 이 괴물들을 이야기하기 위해서 생겨난 말들이었다.

고대의 시인(바이론)이 가라사대—.

사방에 그 자가 나타났다면
그 묘소의 유해를 파헤쳐야 하느니
아니하면 그 자, 영원한 잠을 거부하고
그대의 동포 모두의 피를 마시리라
한밤중, 딸, 여동생, 아내에게서
그 목숨의 샘물을 잃게 하리라

꺼림칙한 연회에 끌려나가
가여운 제물이 생명의 끝을 알게 될 때
그 시조가 악귀임을 이야기하리
그대가 저주하고, 그들이 그대를 저주하듯이
그 꽃은 줄기 위에서 메말라 죽으리라

“—흡혈귀(뱀파이어)!”

엘프 궁수가 비명을 질렀다.

§

그 투기장이 이렇게 조용해진 일이 과연 지금까지 있었을까?

왕도 만민이 꽉 들어차 밀고 밀리는 관객들이 그저 말도 잊고서 결투장 위를 주시한다.

귀가 아플 정도의 정적 속에서 유일하게 울리는 것은 그 숙연함 위에서 통통 튀는 경쾌한 발굽 소리였다.

사방세계에 지금까지 저토록 위풍당당하게 걸음을 걷는 당나귀는 또 없었으리라.

있었다면, 울적한 표정의 기사를 모시는 충직하고 용감한 종자의 애마인 점박이 정도.

덧붙여서 그 위에 올라탄 무사의 모습을 보도록 하라.

허리에는 칼을 차고, 손에는 방패, 창을 옆구리에 끼운 것은 서사시에서 빠져 나온 모양의 아리따운 기사.

백설처럼 한 점의 얼룩도 없는 빛나는 장비에, 투구의 장식도 하얀 깃털.

튀어 오른 투구의 면갑 안에 보이는 것은 붉게 볼이 고조된 사랑스럽고도 용맹한 아가씨 한 명.

그 갑옷이 가린 작은 체구가 부드럽고도 유연하게, 아름답게 자라난 것을 아는 자는 적으리라.

그러나, 보면 알 수 있는 법.

단련된 아름다운 강철이 하얗고 세련된 칼집에 들어가, 빠져나올 때를 기다리며 숨죽이고 있었다.

저것은 꽃봉오리다. 누군가가 말했다. 하얀 장미의 봉오리, 흐드러지기 전 잠시 나타나는 찰나의 아름다움.

불과 며칠 전 처음으로 그녀가 투기장에 나타났을 때, 조소가 일어난 것을 기억하는 자는 없었다.

모든 사람이 레아 소녀의 작은 체구와 빈약함에 소리죽여 웃음 지은 것을 잊고 있었다.

그리고 그 모든 주목을 지금 한 몸에 모으고 있는 소녀가—.

—뭐야. 그렇게 싫어했던 건 그림 연습하는 게 들킬 거라고 생각해서였구나.

하면서, 엉뚱한 생각을 하고 있음을 상상도 못할 것이다.

그러나 레아 소녀는 애마를 한 걸음 몰 때마다, 아니, 대기실을 나섰을 때부터 가슴이 크게 뛰는 것을 느끼고 있었다.

발굽 소리 한 번마다 두근두근, 심장이 크게 뛴다. 몸속이 근질거린다. 볼이 풀어진다.

소년 마술사가 마법의 물감을 이용해, 그녀의 갑옷을 채색해준 순간에 그것이 시작되었다.

사실은 결승까지 아껴두고 싶었다고, 그는 말했다. 하지만 여기서 쓰자고 말해주었다.

붓이 허공을 쓰다듬자 투구가 훌륭하게, 갑옷이 훌륭하게, 어째선지 자신까지 훌륭해진 것 같았다.

여기가 안장 위가 아니었다면 분명히 펄쩍 뛰어 그를 끌어안았을지도 모른다.

불안은 없고, 기대— 두근거리는 마음 말고는 이제 마음속에 남아있지 않았다.

해내겠다고 기합을 넣고, 레아 소녀는 상대하는 기사 쪽으로 그 눈을 날카롭고 가늘게 떴다.

—여기까지 왔다. 따끔한 맛을 보여주겠어……!

"저러한 장비는 레아다움을 해친다. 저래서는 구경거리가 아닌가? 그녀에게 실례다."

그에 비해서, 방금 전까지 우레 같은 박수 속에 있던 지고신의 기사는 가엽다는 기색으로 중얼거렸다.

애마 위에 탄 그 기사는 레아 소녀를 보지 않았다.

아니, 시선을 보내고는 있지만, 그것은 길가의 돌멩이를 보는 눈이었다.

"역시 갑옷의 양식도 통일시켜야 한다. 이 대회는, 정말이지, 추하군. 무엇보다도……."

처음으로 그가 명확하게 무언가에 시선을 돌린 것은 시선을 쓰윽 귀빈석으로 올린 그때였다.

귀빈석에 국왕의 모습은 없었다. 대신 아름다운 하얀 드레스 차림의 왕매가 앉아 있었다.

그녀는 어색한 동작으로 관객, 그리고 결투장 위의 기사들에게 얌전히 손을 흔들고 있었다.

그 등 뒤에는 왕도에서 유행하는 차림새를 한 시녀 두 사람이 새침한 표정으로 대기하고 있었다.

그녀들은 한쪽은 자신의 매력을 완전히 과시하고 있으며, 한쪽은 그 풍만함을 감출 낌새도 없었다.

기사는 그곳에 지저분한 사악이 있는 것처럼 노려보고, 천천히 고개를 저었다.

"……정말로, 떨림이 멈추질 않는군."

말 그대로 말을 토해내고서, 기사는 투구의 면갑을 내려 고정구를 걸었다.

그러나— 그런 것은 딱히 아무래도 상관없다.

레아 소녀가 상대의 모습을 관찰한 것은 이기기 위해서다. 자신을 위해서다. 상대를 위해서가 아니다.

그녀는 투구의 면갑에 손을 올리고, 그것을 내리기 전에 기대를— 그렇다. 기대를 담아서, 돌아보았다.

"……."

그 시선 끝에, 소년 마술사의 모습이 있었다.

짧은 지팡이를 만지작거리며 허리의 비곤에 손을 대고, 짜증을 내며 사방을 노려보고 낮게 신음했다.

진정 못하는 모습— 객관적으로 보면 그렇다. 레아 소녀는 알고 있었다.

저것은 그가 뭔가를 진지하게, 그녀를 위해 생각하고 있을 때의 태도다.

어려운 것은 잘 모르겠지만, 하지만 그것만 알고 있으면 괜찮다.

"……그래."

소녀의 시선을 깨달은 소년이 퍼뜩, 고개를 들고 짧게 그 말만 했다.

그래서 소녀도 「응!」 하고 힘차게 응답하고, 투구의 면갑을 철컥 내렸다.

—여기까지 왔으니, 이제는 해치우면 되는, 거지…….

결투장으로 당나귀를 모는 작은, 그러나 누구보다도 커다란 등을 배웅하고 소년 마술사는 신음했다.

『할 것인가! 하지 않을 것인가다! 시험해보는 것 따위는 없다!』

그 지긋지긋한 늙은 레아의 노성이 뇌리에 메아리 쳤다. 그렇고말고, 그 말이 맞았다.

시험 삼아서 고블린을 죽여본다. 시험 삼아서 용을 퇴치해본다. 그런 일을 할 수 있을 리 없었다.

변경의 성기사가 그랬던 것처럼, 하겠다고 정하고 도전했기에 용을 죽일 수 있다.

시험 삼아서 용의 보옥을 훔쳐보는 것 따윈 터무니없이 멍청한 시노비라도 않으리라.

—젠장맞을.

소년은 지긋지긋하게 독설을 뱉고, 소녀의 뒤를 따르듯 마장을 나아갔다.

숨을 들이쉰다. 모든 것을 들이쉴 셈으로. 주문? 알 바 아니다.

대현인을 보라. 마법을 쓰지 않는 것이야말로, 마법의 위대함을 높이는 것이다.

필요한 것은? 이미 있다. 정적이다. 무엇보다도 웅변적인 정적. 그러니, 숨을 들이쉰다.

—잘 봐라, 젠장.

너 같은 녀석이 할 수 있겠냐? 얼른 죽어 버려. 누나처럼.

저열한 웃음소리를 낸 놈들이 이 자리에 있다 생각하고, 소년은 외쳤다.

"멀리 있는 자는 소리를 들으십시오! 가까이 다가와 그 눈으로 보십시오!!"

쩌렁쩌렁, 소리가 울렸다. 주문은 없다. 잔재주도 없다. 마법의 물감? 억지 논리로 돌파한다.

한낮이다. 태양 빛이 있다. 이 투기장이다. 관객들의 거리가 멀다.

그저 하얗게 칠하고, 연마하고, 깃털을 꽂았다. 그뿐이다. 마법 따위가, 아니다.

없어도, 되는 거다. 나는— 저 소녀는.

—말할까? 말하는 거냐? 상관없다, 말해줘라!

"저 현자의 학원, 그곳의 수석이었던 홍옥의 술사를 누이로 가진 내가 말하리다—!"

관객석 한 구역이 술렁거렸다. 그런 생각이 들었다. 모르겠다. 기분 탓인가?

—뭐든 상관없어!

이걸로 모든 것이 끝나는 일은 있을 수 없다. 알고 있다. 잘 알고 있다.

놈들은 하염없이 떠들어대리라. 자신의 품속에 응어리진 것은 그림자처럼 달라붙어 떨어지지 않는다.

—그러나, 그것이 뭐란 말인가?

늙은 레아가 흔들림 없이 말했다. 대현인, 그 위대한 마법사가 어째서 위대한가?

바보 같은 놈들은 용과 대화를 나누고, 보구를 되찾았으며, 생사의 경계를 이었기 때문이라 한다.

그것이 아니다. 그는. 그야말로—.

"—내 벗인 모험가!!"

자신의 그림자를 받아들였기에, 위대한 것이다.

그 기회를 내려준 벗이 있기에, 대현인은 위대한 것이다.

그렇다면 이것이 나의 첫걸음. 나아갈 수 있게 해준 그녀를 위해서.

정면으로 말할 수 없으니 용기가 없다거나, 그런 트집은 알 바 아니다.

—상관없잖아. 해주라고.

"용감무쌍한 레아 검사! 그 무용, 미모! 이제 와서 말할 필요도 없을 것입니다!!"

그림자가 달라붙어, 떨어지지 않는 것은 당연하다.

어디까지나, 어디까지나, 그림자를 길들여가야 하는 것이다.

극복은 못한다. 받아들인다고 해도 지겨워질 거다. 그럴 수 있는 것은 성인(聖人)뿐이다.

그렇지 않은 이상, 꼴사납더라도 가라앉고 떠올라, 좌우로 흔들리면서 걷는 수밖에 없다.

그 꼴사나움을 꺼려 빛만 쬐려고 하는 것도, 어둠 속에 계속 잠기는 것도 우습기 짝이 없다.

극단적인 녀석은 반대쪽을 제대로 볼 수 없다고, 자백하는 것과 마찬가지니까.

"왜냐하면— 아홉 명의 여행자들에서부터, 이리 말하는 것을, 이미 다 아실 터!"

모른다고? 그건 공부를 해야지.

책을 읽어라. 공부를 해라. 그리고 세상에 나서서, 여행을 하고 모험을 해야 한다.

못한다고? 그건 알 바 아니지.

하는 수밖에 없다. 왜냐면, 봐라. **그녀**는 했다.

시골을 뛰쳐나와, 바보 취급을 받으면서 모험가가 되어, 수행하고, 여행을 하고.

지금 이때 이 순간, 그녀는 여기에 있다. 여기까지, 나를 데리고 와주었다.

아아, 그렇지. 한 명의 성과가 아니라고? 그래. 나 한 명의 성과가 아니다.

정말이지, 통감했다. 잘 알았다. 레아는. 레아란 것은—.

"레아는, **참으로 대단한 종족**인 것입니다!!"

그것뿐이 아니다. 그것뿐이 아니란 말이다. 종족만으로, 정해질 리가 없다.

금방 그것만 보고, 좋다 나쁘다, 강하다 약하다, 그렇게 말하는 놈이 있다. 바보 같기는.

종족만으로, 전부 정해지는 게 아니다. 팔을 휘둘렀다. 하얀 물감의 저 소녀를 향해서.

"그리고 그녀는, 위대한 모험가입니다!!"

될 것입니다, 가 아니다. 훌륭하다. 벌써, 훌륭하다.

그녀의 마을에 있던 다른 레아는 누구 한 명, 여기까지 오지 못하지 않았는가?

지금 관객석에 있는 다른 현자의 학원 놈들 누구 한 명, 결투장 위에 서 있지 못하고 있지 않은가?

"언젠가 이 싸움은, 그녀의 영웅담, 그 일막으로 전해질 것입니다! 따라서—."

여기까지 왔고, 여기까지 데리고 와준 것은, 저 애 한 명뿐이었다.

"따라서 굳이, 더 이상 말씀 드리지 않겠습니다. 그저 한 마디, 그녀의 이름을, 다시 한번!!"

그리고 소년은, 소리를 높여, 레아 소녀의 이름을 외쳤다.
—힘내라.
그저 한 마음으로, 그 마음을 담아서.

"——————————!!!!"

우레 같은, 갈채.
몇 겹으로 메아리치는 것은, 레아 소녀의 이름뿐이었다.
그녀는 투구를 흔들면서 당황하여 주위를 둘러본 다음, 부웅 커다랗게 팔을 들었다.
곧장 이미 빠져나갔을 벼락이 천장을 다시 꿰뚫어, 저 높은 곳에서 투기장으로 쏟아져 내렸다.

그것에 「히약」 하고 놀란 그녀는 금방 깔깔 웃으며 다시 주먹을 들어올렸다.

대치하는 기사를 보니—.

"……."

말 위에 우두커니 서서, 멍하니 넋을 놓은 모양새였다.

분명히 그의 세계에서 레아는 가엽고 동정을 받아야 할 존재에 지나지 않았을 것이 틀림없다.

그런 레아를 이런 자리에 끌어올린 기사야말로, 칭송 받아야 할 존재였으리라.

공명정대, 청렴결백, 오점 하나 없는 훌륭한 기사.

—알 게 뭐야.

"어때?"

소년 마술사는 뻔뻔스레, 불경하게, 정면을 보고, 웃어줬다.

"이게 평등이고 공평하다는 거다."

§

"정말이지, 좀 이거 불공평한 거 아냐?!"

엘프 궁수의 외침 소리는, 두 괴물이 격돌하는 굉음에 묻혀 사라졌다.

고대의 대신전, 지모신의 성역이었을 유적은 지금 시산혈해의 전장이다.

몰려드는 고블린 놈들을 쓸어버린 앞, 검붉은 갑옷의 남자에게 덤벼든 것은 무시무시한 용의 후예.

“이이이이야아아아아아앗!!”

“무르다……!!”

콰각 소리를 내면서 맞물리는 검과 손톱.

불똥이 튀고, 그 힘겨루기의 압력이 쌍방의 무기를 빨갛고 뜨겁게 달구어 빛냈다.

범상한 용력의 승부가 아니었다.

혼신의 힘을 담아 손톱 손톱 송곳니 꼬리를 휘두르는 리자드맨 승려, 그 발톱이 키익 소리를 내며 바닥을 미끄러졌다.

밀리고 있는 것이다. 그 붉은 용(레드 드래곤)하고도 힘을 겨룬 리자드맨 승려가.

“무시무시한 용의 후예가, 내 성에 몰래 숨어들다니! 타락했구나!”

“무얼! 소승들의 선조는 밤눈도 훤히 보았다고 한다네……!”

밀리면서도, 부끄러울 것은 하나도 없다. 리자드맨 승려는 드높이 부르짖고, 흡혈귀와 맞섰다.

지모신의 지팡이로 일격을 가하면 유효할 지도 모르지만, 일이 이렇게 되면 휘두르지 않는 것이 아니라 휘두르지 못한다.

힘겨루기 와중에 붙잡히기라도 하면, 더 이상 저항하지 못하고 빼앗겨 버린다.

도로아미타불. 단련된 모험가들이 그런 어리석은 짓을 저지를 리 없다.

그렇기에…….

“거기……!”

간발의 차이로, 유적의 벽을 달려 고지를 점한 엘프 궁수의 화살이 번득였다.

볼품없는 고블린의 화살이라지만, 사수의 실력이 다르다.

하이 엘프가 뿌리는 그것은 마술의 화살(매직 미사일)이나 다름없다.

다시 말해서 필중, 난전 와중에도 적절하게 녹슨 화살촉이 흡혈귀에게 박힌다, 그러나…….

“가소롭군!!”

“아앙, 정말……! 무슨 오우거도 아니고……!”

검으로 쳐낸다면 또 모를까, 박히는 족족 뽑아내니 납득이 안 된다.

녹슨 촉이라 해도, 깊숙하게 박힌 그것을 미늘로 살이 찢어지는 것도 개의치 않고 뽑아 버린다.

거무죽죽하게 부패한 피를 흘리는 것도 잠시. 머지않아 살이 차오르고 상처가 막힌다.

그 모습을 신들린 시력으로 보고 입술을 깨물면서도, 엘프 궁수는 허공을 달렸다.

유감이지만— 흡혈귀만 상대하고 있을 여유가 없었다.

“GGGG…….”

“BB…….”

고블린이다. 아니, 다르다.

그것은 고블린**이었던** 것이다.

머리가 뭉개지고, 목이 찢어지고, 내장은 꿰뚫렸다.

그러나, 일어선다. 일어선다. 되살아난다. 살아 움직인다.

흡혈귀가 뿜어낸 독기를 쐰 그것들은 하나, 또 하나 일어선다.

오오, 이것이야말로 《죽음》의 힘. 미궁의 주인(던전 마스터)이 가진 권능의 하나.

과거의 전쟁에서 질서의 세력을 너무도 괴롭힌, 어둠의 군세가 틀림없다.

“BRAAINN…….”

“BBBRRRRRRAAAAAAIN…….”

“거, 기이!!”

리자드맨 승려가 흡혈귀에게 덤벼들어 억누르는 시점에서, 이쪽의 전력은 줄어들었다.

그런데 엘프 궁수마저 리자드맨 승려의 엄호에만 매달리면, 끝이 보이지 않는 법.

지모신의 성역을 더럽히는 모독적인 망자의 무리에게, 그녀는 돌기둥을 발판 삼아 위에서 사격을 쏟아낸다.

말 그대로, 비처럼 쏟아진다는 것이다.

한 마리, 두 마리, 다섯 마리, 열 마리, 순식간에 고블린의 시체가 고슴도치 꼴이 된다.

그 지원은 모험가들에게 효과가 크다. 어쨌든 한 호흡 정도의 여유를 준다.

비록 다음 순간에는 삐걱삐걱 부서진 꼭두각시 인형처럼 몸을 뒤틀면서, 놈들이 다시 일어선다지만.

“이래서는, 끝이 없구먼!”

“늘 있는 일이다.”

드워프 도사가 손도끼를 휘두르는 것에 맞추어, 고블린 슬레이어가 짧게, 단적으로 응답했다.

고블린과 싸우는 것에 끝이 있었던 일이 없다. 다만 그 자리에 있는 수가 한정적인 것뿐이다.

—그러나, 이것은 고블린이 아니다.

손에 익은 대로 목에 단검을 박아 넣었지만, 그래도 아직 꿈틀대며 덤벼드는 고블린. 그것을 고블린 슬레이어는 원형 방패로 때려 눕히고, 태세를 바로잡았다.

되살아난 망자라는 것은 대개 뇌가 썩어 있으니, 제대로 된 사고를 유지 못한다.

흡혈귀처럼 고위의 망자가 되려면, 그에 걸맞은 연마가 필요하다.

다시 말해서, 고블린은 흡혈귀가 되지 못한다.

그렇다면 움직이는 시체에 남은 것은 그저 욕망뿐이다. 그런 의미에서도 큰 차이는 없다.

고블린 슬레이어는 언데드에 대한 지식 따윈 딱히 한 조각도 없었다.

다만 평소의 고블린과 어떤 차이가 있는지, 대략적인 차이를 읽어내고 있었다.

차이는 둘. 3대 욕구 중에서 남아 있는 것은 식욕뿐인 것 같다.

또 하나는— 아무래도 처치하는데 수고가 든다는 것이었다.

"어떻게 하면 되지?"

"물리적으로 못 움직이게 하거라!"

드워프 도사는 종족의 용력을 이용하여 손도끼를 휘둘러 찍어내면서 외쳤다.

술법을 쓸 수 있다면 쓰고 싶지만, 과연 흡혈귀에게 통하는 술법이 무엇일까?

불확실한 상황에서 몇 안 남은 패를 드러내는 것은 베짱이 아니라 생각이 없는 것이다.

드워프는 드워프의 방식이 있다. 지금은 아직이다. 따라서 드워프 도사는 시체의 척추를 장작처럼 쪼갰다.

“팔다리다, 팔다리! 아니면 척추! 그게 좋다!”

“알았다.”

그렇게 정해지니, 고블린 슬레이어의 움직임은 신속했다.

그는 좀비를 멸하는 방법을 모르지만, 고블린을 파괴하는 방법에는 정통했다.

그리고서…….

—그 애가 있었다면.

《홀리 라이트》를 쐬어 주춤하게 만든 뒤에 파고든다. 혹은 《정화》로 일망타진을 하는 수도 있었다.

그런 것을 문득 생각하는 자신에게 그는 철 투구 안에서 낮게 신음하고, 그 울분을 고블린의 시체에 발산했다.

다시 말해서 걷어차 쓰러뜨리고, 척추를 짓밟아 부러뜨리고, 그 손에서 곤봉을 빼앗았다.

“이건 이미, 셀 의미도 없군.”

사방팔방에서 밀려들어오는 망자의 무리 상대로, 파괴한 수를 겨루는 것에 무슨 의미가 있을까?

이것이 고블린이라면 또 모를까. 그렇다면 목적은 살아남는(서바이브) 것.

—이럴 때는, 곤봉이 제일이지.

고블린 슬레이어는 오른쪽, 왼쪽으로, 어차피 맞으니까 곤봉을 휘두르며 휩쓸었다.

고블린의 시체가 날아가 생긴 공백으로, 곧장 몸을 밀어 넣어 더욱이 앞으로.

정체는 죽음이라는 전제를 빼고서도, 어쨌든지 이 커다란 방에서 빠져나가야 한다.

—두 번 다시 고블린 놈들과 트인 장소에서 싸워줄 것 같은가.

그것은 첫해(이어 원)였던가? 마을 하나를 지키는데 지독히도 고생을 했었다.

지금 생각하면 꼴사납기 짝이 없지만, 그래도 충분히 배움을 얻었다. 경험이 되었다.

좁은 곳이 바로 활로다. —그것 또한, 때와 장소에 따라 다르지만.

"오르크볼그, 바람의 흐름!!"

그리고 그의 동료들은 고블린 퇴치라면 모를까, 다른 부분은 그보다 한 수 위의 모험가다.

엘프에게는 찰나인 시간이라도, 몇 년을 알고 지낸 엘프 궁수가 그의 의도를 짐작하고 외쳤다.

그녀의 예민한 감각은 바람의 정령이 춤추는 것을 분명하게 포착한 것이다.

가리킨 방향. 철 투구의 면갑을 넘어서 어둠을 노려보았다.

그곳에 통로가 있는 것을 의심할 여지는 그에게 없었다.

"저쪽이다."

그는 고블린의 두개골을 새삼 두드려 부수고, 비틀거리는 시체를 짓밟으며 외쳤다.

"간다!"

그 말과 동시에 훌륭할 정도의 한 동작, 아무렇게나 움직이듯 곤봉을 던졌다.

뇌신의 망치, 혹은 소이비도에는 한참 못 미쳐도, 소귀 살해자에게는 회심의 던지기였다.

허공에 하얀 궤적을 그리며 날아간 그것은 켄타우로스 정도의 시야가 없다면 막을 수 없는 것.

흡혈귀의 괴물 같은 동체시력이 있다고 해도, 지각하는 것이 직전이라면 의미가 없다.

어쩌면 회피할 필요성을 느끼지 않는 것뿐이라 해도, 그 인식은 잘못이었으리라.

곤봉이 흡혈귀의 뒤통수에 직격하고, 그 두개골을 부숴버렸으니까.

빠지직 뼈가 부서지고, 뇌가 찌그러지는 소리가 났다. 불꽃처럼 내용물이 튀었다.

그 일격은, 리자드맨 승려가 몸을 돌리기에 족한, 충분한 틈을—.

"흥! **백골 나무**인가……!"

만들지는, 못했지만.

찌그러진 머리에서 흘러넘친 뇌수를 닦아내면서, 흡혈귀는 그 눈을 활활 불태웠다.

—정말이지, 고블린 놈들을 쓰는 것도 생각을 해봐야겠군!

그러나 고블린 놈들이 살아있는 동안, 분명히 방패 역할을 한 것을 흡혈귀는 모른다.

만약 상고의 엘프에게 나무 눈 화살촉의 화살이 남아 있었다면, 첫 수에서 심장이 꿰뚫렸으리라.

그러나 그 사실을 아는 자는 이 자리에 없었다. 누구 한 사람도.

"그렇군."

고블린 슬레이어는 낮게 신음했다.

"분명히 괴물이다."

"그렇고말고!"

그렇게 짖은 흡혈귀가 그 손에 돋아난 손톱을 휘둘렀다.

치유력을 끌어내는 대가로, 사람을 벗어난 짐승의 성질, 박쥐나 악귀와 같은 본질이 나타난 것이리라.

"으, 오, 오오……읏?!"

리자드맨 승려는 꼬리로 바닥을 치고, 발톱으로 돌바닥을 차서 도약했다.

짜악 소리를 내면서 그의 법의가 찢어지고, 촉매로서 지니고 다니는 용아가 흩어졌다.

종이 한 장 차이. 그리고 치명적인 주술적(리소스) 자원의 손실. 그러나 목숨은 건졌다. 마법의 가방도 무사하다.

—허면 되었지!

그렇다면 무시무시한 용의 후예로서 부끄러울 것 없이, 그저 살아남는다.

우선은 추가 공격을 회피한다. 이 한 수에 전념해야 한다.

그러나 자세를 낮추고 회피에 대비한 리자드맨 승려는 그 눈을 순막으로, 한 번, 두 번, 덮었다.

추가 공격이, 없다.

하나의 찰나, 순간적이기는 했지만— 흡혈귀의 움직임이 우뚝 멈춘 것이다.

"오오! 거골로 걷는(크루로타르시) 자의 불운을 동정하소서!"

리자드맨 승려는 그 귀중한 순간을 사색에 쓸데없이 낭비하지 않고, 무시무시한 순발력으로 뛰어 올랐다.

한 번 뛰어 망자의 무리를 뛰어넘고, 착지점에 있는 고블린의 주검을 성대하게 밟아 뿌린다.

설령 고블린 놈들이 살아있고, 대처를 하려 했다 해도 피하지 못하고 파멸한다.

하늘에서 내린 죽음(데스 프롬 어보브). 리자드맨 정도로 질량과 중력의 무서움을 아는 종족은 없는 법이다.

"괜찮아?!"

"물론, 물론일세!"

혈색이 바뀌어 소리친 엘프 궁수에게 껄껄 웃고서, 리자드맨 승려는 긴 목을 흔들며 앞으로 뛰쳐나갔다.

"이거야, 참으로, 생존경쟁에 이겼다는 것으로 끝내주지 않겠는가!"

지모신의 지팡이가 든 마법의 가방을 소중하게 끌어안고, 꼬리를 꿈틀거리며 달리는 리자드맨 승려.

그 옆에서 바람처럼 나란히 달리며, 엘프 궁수가 기운을 짜낸 것처럼 「무리인걸」 하고 웃었다.

"왜냐면 저 녀석, 진작에 죽어 있잖아?"

"지당하신 말씀이군!"

거창하게 소리친 다음 순간에, 리자드맨 승려는 아군과 합류를 이룩했다.

소귀 살해자가 고블린에게서 빼앗은 철검을 휘두르고, 드워프 도사와 함께 확보한 통로.

그곳에 리자드맨 승려가 몸을 던지고, 엘프 궁수가 이어 달리고, 드워프 도사가 그 뒤를 따랐다.

마지막으로 고블린 슬레이어의 지저분한 갑옷 차림이 파고든다—.

“……역겹구나.”

흡혈귀는 말 그대로의 표정으로 저주를 뱉고, 발치에 흩어진 하얀 송곳니를 짓밟아 부수었다.

흡혈귀의 눈이 공중에 흩어진 용아에 못박혀 있었다는 것을 그들은 몰랐다.

그것을 세기 위해 필요한 한순간이— 그야말로, 모험가들의 생사를 가른 것이다.

흡혈귀는 흩어진 알갱이를 **세어야 한다**.

신이 정한 절대적인 법칙이다. 흡혈귀는 그런 것이라고, 사방세계에서 정해져 있었다.

그것을 어기게 되면, 흡혈귀는 흡혈귀가 아니게 된다. 그저 시체가 되어 버릴 것이다.

마법이란, 빠짐없이 그런 것이니까.

괴물적인 동체시력이 있으면 불과 한순간이라지만, 그 한순간은 절대적이다.

결정적인 한순간. 그것을 부른 것이 무엇인가 하면《숙명》과《우연》.

다시 말해서— 모험가의 부단한 노력, 의지가 붙잡은 인과라는 것이다.

§

"크으, 아……악?!"

장작이 쪼개지는 것 같은 소리와 함께, 쌍방의 창이 산산이 터져 날아갔다.

레아 소녀가 마상에서 흘린 비명은 그 분쇄음에 뒤섞여, 아무도 듣지 못하고 갈라져 사라졌다.

그러나 그녀의 볼은 투구 안에서 확 붉은색으로 물들었다. 적에게 맞아서 비명을 지르다니!

맹렬한 충격이 그녀의 좌반신을 크게 밀어내, 자그마한 체구가 당나귀의 등에서 날아갈 뻔했다.

그래도 등자에 발을 걸어 버티고, 고삐를 쥐고 견딘다. 낙마하지 않은 것만 해도 잘했다. 잘 한 건가?

—말도 안 돼지!

이기지 못하면 의미가 없다. 투지를 눈동자에서 활활 태우며, 레아 소녀는 당나귀를 돌렸다.

울타리 너머에는— 있다. 아직 그 기사의 모습은 말 위에서 건재하다. 소녀는 외치듯이 말했다.

"득점은?!"

"1점."

달려온 소년 마술사가 끌어안아 들고 온 경기창을 소녀에게 건넸다.

투구의 면갑을 통해 보이는 좁은 시야 안에서, 득점을 가리키는 깃발 수가 대단히 보기 어려웠다.

"다만, 아까 소개문구로 분위기가 이쪽으로 기울어진 덕분이다!!"
"그러니까?!"
"주관적으로는 동점."
소년 마술사가 씁쓸하게 말했다.
"저쪽 창도 부서졌으니까."
레아 소녀는 철 투구 안에서 「으으~윽」 하고 짜증을 내며 신음했다.
한순간 그것을 부상 때문인가 생각한 소년이었지만, 금방 그 감정을 깨닫고 표정을 찌푸렸다.
"뭐야? 불만이야?"
"불만은 없지만."
소녀는 말했다.
"저쪽, 분명히 핑계를 댈 것 같잖아."
"아아……."
레아에 대한 배려를 해줬으니까 이긴 거다 같은 말이다.
그딴 말을 하면 참을 수 없다. 그 마음은 소년 마술사도 잘 알 수 있었다.
"나는 실력으로, 완벽하게 이기고 싶어!"
"그러면 제대로 먹여주는 수밖에 없지."
대신할 창을 건네고 소년은 통, 소녀의 철 투구를 한 번 두드렸다.
그녀는 「응!」 하고 힘차게 고개를 끄덕인 뒤, 당나귀를 몰아 앞으로 전진했다.
그 와중에 톡톡, 가볍게 애마의 몸을 쓰다듬어 위무해주는 것도 잊지 않는다.

어려움에 도전하는 건 이 애도 마찬가지다.

훈련 받은 군마를 상대로, 평범한 당나귀가 여기까지 왔다.

—절대로 안 져!

후읍. 새로 기합을 넣고, 레아 소녀는 겨누며 위치에 섰다.

기사 쪽을 보면, 태연한 — 아니 뭐 투구 때문에 얼굴은 안 보이지만 — 기색이다.

이기든 지든 상관없다는 식으로, 유유히 창을 겨누어 이쪽과 대치했다.

—마음에 안 들어.

그렇다. 레아 소녀는 그게 마음에 안 들었다.

창을 한 번 나누고, 느낀 것이— 아무것도 없었다.

—그야, 할아버지처럼은 못하지만.

산 아래의 대미궁에 갔었다는 죽은 할아버지라면, 살기나 검기에 대한 것을 알았으리라.

유감이지만 레아 소녀는 아직 그 영역에 이르지 못했다. 그러나, 그래도…….

—할 수 있을 리 없다.

그렇게, 생각되고 있는 건 알았다.

레아란 것은 가엽고, 작고, 약한 종족이니까, 지켜줘야 한다.

그래서 여기까지 온 것은 자신 덕분이고, 그녀의 승리는 어쩌다 생긴 예외.

지금 그 한 판은 고려해야 할 것이 아니다. —다시 말해서, 생각해야 할 상대가 아니다.

그곳에 있는 것은 연민과 비슷한 무언가였다.

없는 것으로 보는 것은, 레아 소녀의 역린을 건드리는 행위였다.

마을 안에서 막대를 휘두르며 검사가 되고자 하는 소녀를, 주변 사람들이 멀리한 것과 비슷하다.

—날려버리겠어……!

단순하게, 대단히 불쾌했다.

"이이야아아아앗!!"

심판이 깃발을 휘두르자마자, 함성을 지르며 박차를 가하고, 단숨에 당나귀를 앞으로 돌진시켰다.

와~ 와~. 관객들의 소리도, 등 뒤에서 들리는 소년마술사의 성원도, 모두 사라진다.

철 투구 안의 좁은 시야가 주우욱 한 점, 상대의 모습을 당기는 것처럼 좁아진다.

이를 악물고, 오른팔을 잡아끄는 창의 무게를 끌어올렸다. 몸이 튄다. 안장 위.

등자를 힘차게 밟고, 고삐를 쥐고, 작은 몸을 더욱 작게, 창끝을 뻗는다.

그것은 그녀가 이 대회에 참가한 이래, 몇 번이고 반복해온 필승의 형태 중 하나였다.

이것이 보통 승부였다면— 그 결과로 상대가 그녀의 형태를 연구했을 것이다.

그러나 저 기사는 그런 일을 생각하지 않으리라.

그저 하염없이 정해진, 작은 것을 위에서 날려버리는 마구잡이 돌격.

교차하는 순간, 소녀가 눈을 부릅떴다. 자신의 창이 휘어진다. 상대의 창이 다가온다.

그것을 기사가 단련한 성과라고 부르는 것은 주제넘고, 레아 소녀의 실책이라고는 도저히 말할 수 없다.

그러니까, 이것은 단순히— 《숙명》과 《우연》의 주사위눈이다.

"꺄아, 아악?!!"

콰앙. 철판이 찌그러지는 굉음과 함께 소녀의 작은 몸이 날아갔다.

아니. 내던진 인형처럼 상체가 후방으로 쓰러졌지만 아직 무사하다.

등자에 건 발이, 간신히 그녀의 몸을 마상에 붙들어 세우고 있었다.

그러나, 하지만 그 몸은 참담한 꼴이었다.

짐승이나 파성추의 돌격이 이러랴 싶을 충격은, 경기용의 창이라 줄어들었지만 강렬하다.

하얗게 채색된 갑옷이 크게 찌그러지고, 부러져 부서진 창이 지나간 투구의 면갑이 무참하게 찢어졌다.

만약 맨얼굴이었다면, 소녀의 얼굴은 두 번 보기 힘든 처참한 꼴이 되었을 것이다.

아니, 설령 투구를 썼다고 해도 부서진 창의 파편이 들어와 박혀 죽은 왕도 있다.

혹은 만에 하나— 이것이 치명적(펌블) 결과였다면, 그렇게 되었을 수도 있다.

이것이 진짜 창이었다면 명확한 위반이지만, 그저 부서진 창이 격돌한 것뿐이라면—.

당나귀 위에서 꼼짝도 안 하는 레아 소녀의 생사에 관객들이 숨을 삼키고 눈에 힘을 주었다.

실제로, 이 결과가 커다란 타격인 것은 변함이 없으리라.

그도 그럴 것이 갑옷의 장갑이 풀리고, 땀으로 갑옷용 속옷이 달라붙은 가슴팍이 드러나 있었으니까.

말 위에서 드러누워도 형태가 무너지지 않은 아름다운 능선이, 호흡에 맞추어 얕게 숨을 쉬고 위아래로 움직였다.

제대로 숨을 쉴 수가 없다. 헉, 헉. 신음하듯, 입에서 그저 공기가 새어 나왔다.

—하늘, 파랗네…….

머리가 휘청거리며 흔들리고, 사고가 깜박깜박 명멸한다.

멍해진 시야. 지독하게 일그러진 면갑 너머에, 거꾸로 된 소년의 모습이 보였다.

손을 꼭 쥐고서, 뛰쳐나가고 싶은 것을 견디며 뭔가 외치고 있었다.

—떨어지지 마?

"…………윽!!!!!!"

번개를 맞은 것처럼 소녀가 눈을 부릅뜨고, 그 뛰어난 복근을 수축시켜 상체를 일으켰다.

"끄, 아아……악!!"

무심코 기합이 흘렀다. 위험했다. 붕붕 머리를 흔들었다. 지독하게 무겁다.

—아아, 정말……!

뚝뚝. 어깨 끈에서 매달려 흔들리는 장갑판을 찢어내 던지고, 투구에 손을 댔다.

크게 일그러져 도저히 면갑이 올라가지 않는 그것을, 억지로 머리에서 빼냈다.

"푸, 아……!!"

불과 몇 분 쓰고 있었을 뿐인데, 몇 시간은 고여 있던 기분이다.

땀으로 젖은 이마나 볼에 달라붙은 머리칼을 떨쳐내고, 크게 숨을 내쉬었다.

뇌명 같은 환성이 울리면서 소녀가 무사한 것을 칭송하고, 심판이 기사 쪽으로 깃발 하나를 세웠다.

그러나 그 모든 것은 소녀에게 아무래도 좋았다. 그저 파트너인 소년에게 부웅 주먹을 휘둘러 보였다.

그가 끄덕이는 것을 보고, 소녀는 마주 끄덕이고, 그리고 있는 힘껏 자기 볼을 양손으로 두드렸다.

—젠자앙, 한심하기는……!"

할아버지나 스승이 보았다면 분명 한참을 바보 취급했으리라.

꼴사나운 모습을 보인 수치심에 이를 악물고, 레아 소녀는 대전 상대를 콱 노려보았다.

"역시, 애당초 이런 대회 자체가 야만적이다……."

기사가 머리를 흔들어 낮게 중얼거리는 것을 들은 자가 있을까?

"레아나 다른 종족을 구경거리로 삼고, 다치게 할 뿐이다. 즉시 폐지해야 한다."

대다수의 관객에게 그러한 것은 아무래도 좋았다. 레아 소녀에게도.

그것은 처음에, 잔잔한 파도처럼 조용히 밀려들었다.

환성, 열광의 목소리가 끊어지고, 곤혹과 당황의 술렁거림이 서서

히 서서히, 퍼졌다.

누가 맨 처음 그것을 깨달았는지는 정확하지 않다.

다만 레아 소녀가 깨달은 것은 적어도 소년 마술사보다 나중이다.

"……응?"

갑옷의 교환 — 애당초 대신할 게 없지만, 그라면 어떻게 할 수 있을까? — 이나 창의 교환.

그것을 위해 한 번 돌아가려고 기수를 돌렸더니, 소년 마술사가 계속 위를 손가락으로 가리키고 있었다.

관객석? 아니다. 그보다 더 위. 투기장 너머?

"하늘……?"

멍하니, 방금 전에도 올려다본 파란 하늘로 시선이 움직였다.

하얀 햇살. 파란 하늘. 백색과 회색의 농담이 있는 구름의 무리. 그것에 뒤섞여 몇 개의 검은 얼룩.

점점 더 커지는 그것은 날개가 있고, 발톱이 있고, 송곳니가 있고, 형형하게 눈동자를 태우는—.

"—괴물……?"

투기장에 비명이 울려 퍼졌다.

§

"에이잉, 한심한 일일세!"

돌기둥 뒤에 거구를 숨긴 리자드맨 승려가 그치고는 드물게 지긋지긋한 기색으로 짖었다.

"흡혈귀야말로 공포의 왕(킹 오브 호러)이라면, 무시무시한 용이야말로 괴물의 왕(킹 오브 몬스터)인 것을!"

그렇지만 그가 온몸에 입은 상처도 결코 가볍지 않았다.

명백하게 강인한 체구와 비늘이 있기에 견딜 수 있었고, 전투 능력을 유지하고 있는 것은 역시 대단하다.

고블린 슬레이어는 그의 상처가 문제없는 것을 확인하고, 낮게 신음했다.

"방금 전, 움직임이 멈춘 것 같았는데, 뭔가 했나?"

"소승은 딱히 아무것도. ……흡혈귀에게는 몇 가지 약점이 있다고 들었네만—."

"그런 거 몰라."

엘프 궁수가 리자드맨 승려의 상처에 재빨리 붕대를 감고, 우아하게 매듭을 만들면서 빠르게 말했다.

"햇빛에 약하다는 건 들었지만. 흙의 신전에서 널리 퍼뜨리지 않잖아."

"어째서지?"

"바보 같은 초짜가, 그러면 나도 해치울 수 있다며 돌진했다가 물리는 탓이니라."

드워프 도사가 화주를 들이켜고, 지긋지긋하게 차폐물 너머를 살피며 말했다.

좀비가 되긴 했지만, 그렇기에 고블린의 위협인 수는 아직 건재하다.

그렇지만 그 움직임은 생전보다 더욱 둔하고, 무겁고, 늦은 모양이다.

흡혈귀의 미의식 탓인지, 놈은 좀비를 꼴사납게 뛰거나 달리도록 하지 않는 모양이다.

"흉이라면 있을 법하네."

엘프 궁수가 치료가 끝난 비늘에 찰싹 가볍게 손을 댔다가, 웃으며 기다란 귀를 흔들었다.

"조금 듣고서, 세계의 진실을 알았다고 생각해 버리는 거."

"이해가 되는 이야기다."

고블린 슬레이어는 성실하게 응답했다.

그리고 그들은 다가오는 사령의 군세를 곁눈질하며, 담담하게 보급과 휴식을 시작했다.

대개 모험가의 휴식이라고 하면 가벼운 휴식과 본격적인 휴식 둘로 나뉜다고 흔히들 말한다.

때와 경우에 따라 불과 5분도 안 되어 끝나는 일도 있으며, 지금이 그야말로 그랬다.

본래 《힐》 따위의 축복에 의지하는 일이 적은 파티였다.

활력을 되살리기 위해 스태미나 포션을 들이켜고, 엘프 궁수가 꺼낸 엘프의 구운 과자를 깨문다.

"참으로, 엘프의 과자는 맛이 좋다만, 다소 싱거운 것이 아쉬우니라."

술안주로는 다소 씁쓸하다. 수염에 과자 조각을 묻히고서 드워프 도사가 괜히 투덜거렸다.

"구운 닭(로스트 치킨)이라도 있으면 좋겠구먼."

"불평할 거면 안 먹어도 돼."

손가락에 묻은 조각을 핥는 동작마저 우아한 엘프 궁수가 말했다.

"그건 그렇고, 걔가 있으면 좋겠단 생각이 드네. 전에 흡혈귀를 해치운 적이 있으니까."

"그래."

고블린 슬레이어는 철 투구 틈으로 작은 병을 넣어 물약을 들이켜고 동의했다.

"그건 나도 들었다. 그 애는 그다지 얘기하고 싶어 하지 않는다만."

그 애는 나 같은 것보다 훨씬 좋은 모험가다.

그렇게 중얼거린 남자의 목소리에 희색이 섞인 것, 이 자리에 있는 자가 깨닫지 못할 리 없었다.

만약 여신관이 동행을 했다면—.

"신관 나리는 그다지 자랑에도, 절찬상찬에도, 익숙하지 않은 걸세."

분명히 유쾌했으리라. 리자드맨 승려는 빙글 눈알을 돌렸다.

리자드맨 승려는 치료받은 몸을, 상태를 확인하듯 틀어보고 긴 목을 돌렸다.

"이번 일은 좋은 경험이 될 걸세."

"문제는 저 흡혈귀니라."

명상하는 것처럼 결가부좌를 한 드워프 도사가 무릎 위에 팔꿈치를 괴고서 토라진 것처럼 투덜거렸다.

"놈을 날려버리지 못해서는, 우리들은 어쩔 도리가 없구나, 카리키리마루야."

그렇게 말하고 화주를 벌컥 들이켠 드워프 도사는 소귀 살해자의 철 투구를 찌릿 노려보았다.

"너 설마 흡혈귀에 대해 모른다고 하진 않겠지?"

"알고는 있다."

고블린 슬레이어가 고개를 끄덕였다.

"자세히는 모른다만."

"그걸 들으니 안심이네."

엘프 궁수가 반쯤 기겁하면서, 반쯤 쓴웃음을 섞어서 중얼거리고 괜히 낮게 으르렁거리며 말을 이었다.

"『고블린은 아니군』이라고 하면 어떡할까 생각했는걸."

"고블린이야 아니겠지."

성실한 대답에, 엘프 궁수는 소리 죽인 웃음소리를 흘렸다. 흡혈귀가 들으면 어떤 표정을 지을까?

소귀 살해자는 자신의 어설픈 흉내를 깨닫지 못했지만, 파티의 분위기는 눈치채고 있었다.

다들 긴장을 유지하면서, 그러면서도 제대로 느슨함도 유지하고 있는 걸 알 수 있었다.

—고마운 일이다.

평소 — 그렇다, 그것이 평소가 되어 있는 것을 그는 깨달았다 — 평소였다면, 이렇지는 않았다.

세세하게 배려하고, 식량과 물을 나눠주고, 치료를 하고, 생각하고, 대화를 잇는 것은 여신관이다.

다들 그것을 조금씩 보충해서, 파티가 평소와 마찬가지로 문제없이 기능하고 있었다.

—나는, 이렇게 못하겠지.

만약 여신관이 빠진 걸로 연계에 문제가 생기면 어떻게 해야 했을까?

고블린 슬레이어는 짐작도 안 가는 난제를 생각하는 것보다, 눈앞의 문제에 의식을 돌렸다.

흡혈귀라는 것은 커다란 난제다.

"술법은 몇 개 남아있지?"

"나는 한 번인가 두 번이구나."

소승도 마찬가지라네. 드워프 도사에 이어서 리자드맨 승려가 긴 목을 세로로 흔들었다.

"용아는 방금 흩어져 버렸으니. 용아병을 부를 수 있는 것은 하나뿐일 걸세."

"수가 많으면 좋은데."

투덜거린 것은 엘프 궁수였다. 그녀는 잡다한 화살이 든 전통을 가볍게 두드리고, 어깨를 으쓱거렸다.

"확 뿌리면, 다시 한번 움직임을 막을 수 있을지도 모르잖아."

"이유를 모른다. 있더라도 과신할 수는 없다."

"그건 그렇네."

고블린 슬레이어의 지적에 순순히 응하는 것을 보면, 그녀로서도 그렇게 진심은 아닌 모양이다.

그녀의 본분은 활과 화살을 다루는 것이며, 역할은 탐색자다.

이런 작전회의 때도 그다지 세세한 일에 참견하지 않는다.

굳이 그러는 이유를 고블린 슬레이어는 짐작하고 있었다.

그러나 무슨 말을 하기 전에, 엘프 궁수가 「뭐 좋아」 하면서 훌쩍 손을 흔들었다.

"나는 별 차이 없지. 고블린의 철 화살이지만, 뭐 쏘는 건 상관없어."

"충분하다. 그리고 불의 비약이군……."

고블린 슬레이어가 신음했다.

"햇빛에 약하다고 했었지."

"천장을 뚫어 버릴 속셈이더냐?"

금방 그 의도를 이해한 드워프 도사가 옆에서 표정을 찌푸리는 엘프 궁수를 무시하고 하늘을 노려보았다.

통로의 천장까지는 가깝지만, 커다란 방의 가람은 높고 머리 위는 어둠으로 닫혀 있었다.

《터널》의 술법으로도 상당한 시간과 거리를 파고들었다.

지하에 뛰어난 드워프의 감, 다시 말해서 경험으로 재어 보자면—.

"이 신전 바로 위가 하늘인지 아닌지는 모르고, 남은 양으로 뚫을 수 있을지는 알 수가 없느니라."

"그런가."

지하에서 드워프의 의견을 부정할 수 있는 것은 끽해야 다크 엘프뿐이리라.

고블린 슬레이어는 그가 그렇게 말한다면 그럴 거라고, 의문이 끼어들 여지없이 납득했다.

"차라리 놈을 태워버리는 것이 더 좋을지 모르겠구나."

"태운다라."

"언데드(불사자)라고 해도 태우지 못할 것은 없을 게야. 어차피 시체(데드)로다."

"다시 말해서…… 저건 주검(콥스)인가?"

고블린 슬레이어는 문득 뇌리에, 지식신의 등불이 천혜(인스피레이션)처럼 번득이는 것을 보았다.

"살아있지(노 라이프) 않다?"

"뭐…… 그렇구나."

드워프 도사가 수염을 매만지며 생각했다. 뭐 그렇다. 저건 살아있다고 할 수는 없으리라.

"10년인가 전에 왕도에 나왔다는 흡혈귀 우두머리(뱀파이어 로드)도, 불사왕(노 라이프 킹)이라 할 정도 아니더냐?"

—그렇, 다면.

철 투구의 면갑 너머로, 동료들을 보았다. 동료들. 그렇게 생각하는 것은 아직 익숙지 못했다.

여기에 여신관의 모습이 없다는 것이, 조금이나마 유감이었다. 동시에 좋은 일이기도 했다.

지금 그 애는 왕도에서 모험을 하고 있었다. 나 따위는 생각도 못하는 멋진 모험이다.

자신의 모험에 모두 따라와주는 것에, 고블린 슬레이어는 씁쓸한 마음을 품었다.

—그렇다면, 말이다.

"방법은 있다."

고블린 슬레이어가 말했다.

"해치운다."

—이겨야 하리라.

§

"물러나 주세요!!"

여신관의 움직임은 신속하고 정확했다. 그야말로 훌륭하다는 말밖에 할 수 없었다.

그녀는 석장을 붙잡아 찰랑 한 번 울리고, 귀빈석에서 몸을 내밀듯 지팡이를 앞으로 내밀었다.

"《자비 깊은 지모신이여, 부디 나약한 우리들을 대지의 힘으로 지켜주소서》!!"

곧장, 급강하한 날개를 가진 괴물이 보이지 않는 역장으로 세차게 튕겨나가 허공으로 흩어졌다.

"GAAAARGO!"

"GARGOO!?!"

한 마리, 두 마리. 《프로텍션》에 격돌할 때마다 충격이 여신관을 덮치지만, 단단히 서서 흔들리지 않는다.

파란 하늘에 번진 흑점이 괴물이라는 것은 목덜미의 솜털이 곤두서는 감각이 없어도 알 수 있었다.

지난번 요새에 들렀을 때 말려든 전투의 경험은 그녀 안에 분명하게 살아 숨 쉬고 있었다.

—돌 같은 몸. 손톱. 송곳니. 날개. 저것은…….

"괴, 괴물……?!"

소치기 소녀의 두려움에 떨리는 목소리.

"마신……?!"

"아뇨!"

여신관이 소리를 높였다.

"가고일입니다!!"

여신관도 몬스터 매뉴얼에서 말고는 처음 보았다.

그러나 그래도 모험하고는 거의 인연이 없는 그녀, 소치기 소녀보다는 냉정하게 판단할 수 있다.

갑작스럽게 자신이 있는 장소를 괴물이 습격하는 경험 따위는 없는 것이 훨씬 나은 법이다.

"GGOOUUUUUULEE?!!"

파직, 또 한 마리가 《프로텍션》에 부딪쳐 여신관의 손이 찌릿찌릿 저렸다.

—괜찮다.

아직 버틸 수 있다. 아직 괜찮다. 이쪽은 문제없을, 것이, 지만.

이미 관객석 쪽에 혼란이 퍼지고 있으며, 군중의 비명과 괴물의 포효가 뒤섞여 들렸다.

호위 병사들도 어쩔 줄 모르는 것을 보면, 객석의 경비를 하는 사람들도 그럴 것이다.

괴물이 하늘에서만 온다고 장담할 수 없다. 안으로 들어왔다면. 등 뒤. 어떻게 해야—.

"어……."

긴장된 접수원의 목소리.

"어떻게 하죠……!!"

그것은 혼란에 빠진 외침이 아니라, 뭘 해야 좋을까라는 의지가 담긴 외침이었다.

여신관은 재빨리 머릿속으로 생각을 정리했다. 가련한 입술로 숨을 들이쉬고, 내쉬었다.

“방법은, 있어요!”

일단 한 마디. 뒤를 돌아볼 여유는 없다. 또 한 마리의 괴물을 튕겨내고, 그녀는 말했다.

“그러니까, 문을! 막아주세요!!”

“아, 알았어……!!”

지시를 말하자, 퍼뜩 소치기 소녀가 제정신으로 돌아왔다.

귀빈석은 자리라기보다, 일종의 상자다. 당연히 들어오기 위한 문이 있다.

얼른 복도로 탈출해서 도망치기보다, 그나마 안에서 구조를 기다리는 편이 좋을까?

물론 그 정도의 사고가 소치기 소녀에게 있었던 것은 아니다.

다만 그녀는 지시를 듣고서, 우물쭈물 망설이는 기질이 아닌 것뿐이다.

“저기, 의자! 의자, 날라버리자! 그쪽 들어줘!”

“네! 같이 옮겨요—.”

“—하나 둘!!”

등 뒤를 볼 여유는 없지만, 그래도 소치기 소녀와 접수원이 방벽을 만들기 시작한 건 알 수 있었다.

왕매가 기적을 일으켜 벽을 만들고, 시녀들이 방어를 위해 움직이기 시작했다. —입장적으로는, 그렇다.

괴물의 습격과 맞추어 현실과 동떨어진 광경을 보고 대응이 늦어진 병사들도, 드디어 움직이기 시작했다.

"늦었습니다! 이제부턴 저희들이……!"

"죄송해요, 고맙습니다!"

훈련을 받았든 아니든, 유사시에 반사적으로 움직이는 것은 역시 어려운 일이다.

일상적으로 위기에 몸을 던지는 모험가라도, 때로는 기습을 받으니까요.

"이쪽, 막았어!"

"고맙습니다!"

또 한 마리 가고일을 튕겨내 떨어뜨리면서 여신관이 숨을 내쉬었다.

언젠가 그녀도 고블린의 습격에 말려들었었고, 따져보면 그 전에도 목장의 싸움이 있었다.

무엇보다, 여신관은 소치기 소녀가 대단히 강한 여성이라는 걸 알고 있었다.

그러니까, 괜찮아. 괜찮을 거다. 그리고…….

—방법 같은 게 없어요……!

여신관은, 필사적으로 사고를 회전시키고 있었다. 땀이 한 줄기, 이마에서 볼을 지나 떨어졌다.

"왕매 전하, 위험하옵니다! 부디, 물러나 주세요!!"

"아뇨……!"

—아뇨?

반사적으로 병사의 외침에 고개를 옆으로 저은 여신관이었지만,

문득 동작을 멈추었다.

평소의 버릇으로 입술에 손을 댈 것 같았지만, 석장을 꼭 쥐어 견뎠다.

그 사람이라면, 어떻게 할까? 이럴 때, 주머니 안에 뭐가 있지?

—아아, 그렇지.

방법은 없다. 있을 리 없다. 이 가녀리고 미덥지 못한, 필사적으로 석장을 쥔 양손 말고는, 아무데도.

"……읏."

여신관은 작은 가슴에 한 가득 숨을 들이쉬고, 더욱이 천상으로 의식을 고조시켰다.

"《자비 깊은 지모신이여, 어둠 속 길 잃은 우리들에게 성스러운 빛을 베푸소서》!!"

"GGAAAAAAARRGG?!!!?!?!"

찬란하게, 눈부신 신성한 빛이 귀빈석을 가득 채우고 투기장에 넘쳤다.

가장 가까이 다가온 가고일 한 마리가 안면을 가리며 비명을 지르고 뒤집어지면서 돌덩어리로 돌아갔다.

낙하하여 좌석에 격돌, 파편이 흩어지지만 그것도 어떤 의미로는 바라는 바였다.

갑작스런 혼란 속을 꿰뚫은 한 줄기 신성한 빛에, 모두가 눈길을 빼앗겼다.

도망치는 가운데, 혹은 무질서한 저항 속에서 수많은 시선이 귀빈석으로 모였다.

저건 누구지? 왕녀님? 축복을 받았다는 이야기는 들었지만……!

미약한 술렁거림. 그것을 한 박자, 삼키고.

“**지모신의 신관**으로서 부탁드립니다!”

여신관은 드높이, 그리고 당당한 목소리를 확실하게 사람들에게 던졌다.

“이 자리에 계시는 모험가 여러분, 조력을 부탁드립니다!!”

단 한 마디다. 그만큼 효과는 극적이었다.

모두 제각각 괴물과 맞서고 있던 모험가들이 서로의 얼굴을 보았다.

단순히 유람을 하러 온 것이었다. 불똥이 튄다면 떨쳐내야 한다. 그 정도였다.

그러나, 다르다. 부탁을 받았다. 왕녀에게. 일국의 공주에게. 괴물 퇴치를.

그러면. 그렇다면 이것은—.

—모험이 틀림없다!

“이봐, 커다란 놈부터 치자!”

“전위, 이쪽으로 와줘! 주문술사를 지키자! 신관도!”

“마술 있어요! 기적도— 교역신이지만, 조금!”

“《리버스(역전)》가 있으면 좋겠어!!”

파티가, 단독행의 모험가가, 혹은 첫 대면인 사람들이 즉시 대화를 나누며 대오를 짰다.

《프로텍션》을 치켜들고 그 모습을 본 여신관이 「좋아!」 하고 볼이 풀어졌다.

“다른 분들은, 진정하고, 당황하지 말고 피난을! 병사 여러분은

그걸 도와주세요!"

지시가 날아오고, 명령이 내려온다. 그것은 사람들의 지주가 되어, 혼란에서 탈출하는 것을 지탱하고 인도했다.

괴물 놈들의 습격으로 무질서에 빠질 뻔했던 군중은 순식간에 태세를 재정비하고 있었다.

위험한 상황이지만— 그러나 결코 치명적이지는 않다.

"훌륭한 대응이네요……."

진심으로 감탄하여 호오 숨을 내쉬는 접수원 옆에서, 소치기 소녀는 그저 눈이 동그래졌다.

나오는 감상도, 뭐라고 해야 할까? 그저, 한 마디.

"……굉장해!"

"에헤헤……."

아주 조금, 여신관은 수줍게 웃으면서 풀어진 볼에 꾹 힘을 넣었다.

"고블린 슬레이어 씨한테도, 여러분한테도…… 잔뜩, 배웠으니까요!"

—그렇다. 방법이 없다면, 있는 곳에서 빌리면 되는 거다.

§

"와……앗, 와아……아?!"

그렇지만.

모든 사람이 즉시 무언가 눈에 띄는 활약을 할 수 있는 것도 아니다.

그 검은 머리 소녀는 머리 위를 스치는 돌덩어리의 커다란 발톱을 삭, 몸을 굽혀 거의 구르듯 피했다.

간발의 차이다. 모자가 더 좋았을까? 한순간 생각하고서, 머리 보호대를 쑥 밀어 올렸다.

이걸로 한다고 정한 이상, 이게 제일 좋은 방어구다. 이게 제일이다.

재빠르게 관객석의 틈으로 움직이면서 키에 안 맞는 장검을 한 번 휘두른다.

"에이……얍!"

붕, 붕. 칼날이 허공을 가른다. 당연히 하늘을 나는 괴물에게 닿을 리 없었다.

크게 호를 그리고 솟아오른 빨간 괴물은 다시 구웅, 바람을 가르며 떨어진다.

"AAAARREEMMEEEERRRRRR!!!!!"

"히야, 아……악!"

시원의 소용돌이와 같은 이름을 가진 소녀는 필사적으로 굴러서 그 상공의 일격을 피했다.

그리고 다시 재빨리 관객석 틈으로 움직여, 위치를 바꾸며 달린다.

아무래도 저 괴물의 움직임은 지독하게 불규칙하고 알기 어려운 것이다.

그래서 소녀는 멈춰 서서 잘 보고, 움직임을 관찰하여 뛰어드는 순간에 공격선을 비껴낸다.

움직이고, 기다리고, 공격하고, 피하고. 움직이고, 기다리고, 공격하고, 피하고.

검은 머리 소녀는 필사적으로 열심히, 그저 그것만 의식하면서 계속 싸웠다.

딱히 좋은 생각이 있는 건 아니다.

그저 자기가 할 수 있는 최선이 이것이고, 소녀는 열심히 하겠다고, 그렇게 정한 것뿐이었다.

"얏! ……에잇! ……우, 와아?!"

적어도 자신이 한 마리를 붙잡고 있으면, 그것만으로도 다른 사람에게 도움이 된다.

그저 그것만, 그녀는 생각하고 있었다. 실제로 그건 틀리지 않았다.

레아 검사의 칼날이 으르렁거리고, 정도를 존중하는 붉은 창이 달리고, 용을 죽이고자 하는 반룡의 아가씨가 지르는 포효가 울린다.

세상에 알려진 자도 있고 알려지지 않은 자도 있는 모험가들이, 사방에서 이 투기장에 모여 있었다.

그런 다른 모험가들에게 가는 괴물 중 한 마리는 이 폭풍의 이름을 가진 소녀가 붙들고 있었다.

그 관객석에서 펼쳐지는 난전에, 아주 작기는 해도 사람들에게 도움이 되는 싸움.

도저히 활약하고 있다고 할 수 없는 꼴사납고 우스꽝스러운, 가엽고 필사적인 싸움이었지만…….

"이, 녀……석!"

긁힌 상처에서 피가 스며나오면서 싸우는 소녀의 눈동자에, 가슴팍의 부적에, 분명한 등불(스파크)이 있었다.

이것은 그녀의 모험이다. 그렇, 다면…….

"《마구나(마술)…… 노두스(결속)…… 파키오(생성)》!!"

천상의 손(플레이어)이 그 곁을 떠날 리가 없다.

어디선가 울려 퍼진 **포박**의 말이 괴물의 날개를 꽉 묶었다.

소녀가 「와」인지 「에」인지 모를 소리를 흘리며 올려다본 곳에— 두 명의 모험가가 있었다.

"멈췄어! 지금!!"

마술사로 보이는 여성의 목소리에 이어서, 소녀는 색을 가진 바람이 불었다고 생각했다.

휘릭 빠져나간 바람은 역시 여성의 모습이었고, 다음 순간에 콰앙 귀를 찢는 소리가 들린다.

박찬 발이 바닥을 부수는 소리였다는 것을 깨닫는 것보다 빠르게.

"샤아앗!!"

칼날처럼 날카롭고 늠름한 소리와 동시에, 끝까지 휘두른 유연한 발이 괴물의 날개를 쳐부수었다.

콰앙. 가루가 되어 양날개가 깨져버린 붉은 악귀는 당연한 귀결로 땅에 떨어졌다.

반쯤 몸이 뭉개지면서도 아직도 발버둥 치는 이상, 아직 위협이라는 것은 변함이 없고—.

"아, 와……앗."

소녀는 반사적으로 묵직한 검을 들어올려 「야앗!」 하고 그것을 내리쳤다.

두껍고 중후한, 매일 꼼꼼하게 정비한 검은 파각, 훌륭한 소리를 내면서 괴물의 머리를 부수었다.

그렇게까지 하고도 소녀는 믿을 수가 없어서, 히이, 하아, 한심하게 숨을 내쉬었다.

손이 부들부들 떨리고, 저릿하면서 굳어 있다. 볼에서는 땀이 후두둑 떨어진다.

그것을 그녀가 쓱쓱, 팔로 닦고 있는데.

"훌륭하군요."

파트너인 마술사에게 훌쩍 손을 흔들며, 예복 차림의 여성이 자신의 앞에 서 있는 걸 깨달았다.

"저기, 그게, 저기."

소녀는 두근거리며 그 여성을 올려다보았다.

려인(麗人)이라는 말이, 문득 떠올랐다. 들어본 적은 있지만 의미는 알 수 없었다.

남자 같은 차림을 하고 있지만, 그것이 어울리고, 틀림없이 예쁜 여성.

—멋지다.

그렇게 생각하면서도, 맨 먼저 해야 할 말을 소녀는 결코 잊지 않았다.

"감사…… 합니다!"

소녀가 크게 꾸벅 고개를 숙이자, 등에 멘 가방이 달칵달칵 소리를 내면서 튀었다.

그 우스꽝스러운 꼴에 소녀는 볼이 확 붉게 물들었지만, 여성의 대응은 달랐다.

"걱정할 것 없습니다."

스윽 한쪽 무릎을 짚고서, 작고 깡마른 자신과 눈을 마주쳐 주었다.

그때 처음으로, 소녀는 그 여자의 눈동자가 하나밖에 없는 것을 깨달았다.

날카롭게 연마된 눈동자는, 그러나— 부드럽게 웃고 있었다.

—탐색 경기 때 그 사람 같아.

라고, 생각했다.

"살아남아서, 한 걸음씩. 앞으로, 앞으로, 나아가면 됩니다."

—응, 그거라면.

"……특기, 예요."

"좋아요!"

생긋 미소를 지은 여성의 아름답고 맑은 눈동자가 소녀의 얼굴을 가만히 비추었다.

예쁘고 연상인 여성의 용모가 가까이 다가오자, 소녀는 가슴이 쿵쾅거리는 수밖에 없다.

—될 수, 있을까?

저런 식으로, 예쁘고, 멋지게. 자신은 도저히 상상도 안 되지만.

"저, 저기……?"

"아아, 실례했군요."

그 여성은 아리땁게 웃고서, 한쪽 눈을 가린 머리칼을 사락 매만졌다.

"지인과 닮아 있어서."

"지인……."

"네."

물론, 그는 이 자리에 없을 것이다. 아마도…….

"어디서 고블린 퇴치라도 하고 있겠죠, 그 소년은."

이제, 소년이라 부를 나이도 아니겠지만.

§

이 자리에 그 남자가 없어서 다행이라고, 문득 생각했다.

“역시 그 왕에게 맡겨둘 수가 없다. 이러한 사태를 일으키다니……!”

기사가 그렇게 유난 떠는 것을 무시하고, 소년 마술사는 투기장을 둘러보며 허리의 무기에 손을 댔다.

관객석, 귀빈석을 괴물 놈들— 가고일의 대군이 공격하고 있었다.

지금 그야말로 그 중 하나를 누군가가 처치한 것이 시야 구석에서 보였다. 잘도 하는군.

—아니, 저건 검붉었어. 잉걸불의 마신인가……?

그렇다면 대단하지만, 그러나 그럴 때가 아니었다.

소년 마술사는 의식의 태반을 결투장 위의 소녀와 그 머리 위의 가고일로 보내고 있었다.

빙글빙글 고리를 그리며 선회하는 그 모습은, 소년에게 독수리나 새매 같은 것을 연상시켰다.

—하지만 본 적은 없단 말이지.

그 새는 정말로 시체 위에 고리를 그리며 나는 걸까? 언젠가 확인해 주지.

어쨌든지 독수리가 먹잇감을 놓치지 않는 것처럼, 가고일 또한 마찬가지인 모양이다.

레아 소녀와 기사가 움직이지 못하는 것은 그 가고일이 있기 때문이었다.

—그렇다면, 할 일은 하나다.

이 자리에 그 남자가 없어서 다행이라고 거듭 생각했다.

누구의 영향으로 투척 무기를 다루게 되었는지 입이 찢어져도 말하기 싫었다.

소년 마술사가 잡은 것은, 한 자루의 비곤(부메랑)이었다.

마술의 지옥이다, 금단의 마력이다, 이향의 주술사다, 스승이 온갖 말을 지어내면서 놀렸지만…….

알 바 아니지!

소년은 한 걸음, 두 걸음 앞으로 나서 기세를 붙이고, 그 속도를 실어서 있는 힘껏 무기를 던졌다.

"GARRRGG!!"

그렇지만, 아무리 흄이 투척에 뛰어나더라도 그것은 백발백중이란 의미가 아니다.

가고일에게 감정이 있는지는 모르지만, 훌쩍 피한 괴물은 조소 같은 소리로 웃었다.

그러나, 웃는 것은— 소년도 마찬가지였다.

"《야크타(투사)》!"

찰나, 소년 마술사의 온몸이 희미한 마력의 녹색으로 빛난 것처럼 보였다.

입에서 자아낸 진정으로 힘 있는 말이 향한 곳은 비곤이 아니라 산들바람.

바람 하나의 진정한 이름을 알지 못해서야, 무슨 마술사라 하겠는가?

그 순간, 하늘을 춤추는 비곤의 궤도가 있을 수 없는 각도로 꺾였다.

"GOUUUUUUUU!!?!!?!"

바람에 붙잡힌 비곤은 소년의 의도 그대로 하늘을 달려, 통렬한 위력으로 그 날개를 부수었다.

어떠한 마도를 쓴 것인지 돌덩어리에 날개가 달려 있다. 그 날개를 잃으면 결과는 하나.

떨어져서— 죽는다.

높은 곳에서 낙하하는 것은 돌덩어리를 분쇄하기에 충분한 위력과 충격을 가져온다.

콰르륵 산산조각나서 흩어진 잔해 위를 비곤이 돌아서 소년의 손에 돌아왔다.

그야말로 주문과 비곤을 조합한, 소년 마술사의 전혀 새로운 전술— 염동 비곤.

처음으로 실전에서 써본 결과를 확인하는 것보다 먼저, 소년은 목이 찢어져라 소리쳤다.

"해치워!"

그 외침이, 투기장에 메아리 쳤다.

"날려버려!!"

그 의미를— 기사는 제대로 이해하지 못했음이 틀림없다.

괴물을 해치우라거나, 그런 것이라고 생각했으리라.

"물론이고말고."

기사는 말했다.

“나에게 맡기면, 아무 문제도 없다. 처음부터—.”

그러나 그런 헛소리를 마지막까지 들어줄 이유는 누구에게도 없었다.

워치 미
“나를 봐라!!”

레아 소녀의 커다란 음성이었다.

그녀는 찌그러진 투구를 내던지고, 철판을 가슴팍에 매달아두는 어깨끈을 끊어내고 외쳤다.

“아직 안 끝났어!! 멋대로 끝났다고 생각하지 마라!!”

“———?”

그것은 기사에게 이치에 안 맞는 말이었으리라.

당황하여, 우두커니 선 투구 안쪽에서 억눌린 목소리가 흘렀다.

“……무슨, 말을—?”

“나와, 우리들과, 당신의 승부다! 다른 건 상관없어! 모조리 다!”

레아 소녀는 그 작은 몸과 팔을 크게 벌리고, 소리 높여 외쳤다.

“여기가, 세계다!”

이것이 전부다. 피아의 결판을 낸다. 이기거나, 진다. 그것이 전부다.

형형하게 타오르는 눈동자에 꿰뚫려, 기사는 슬금. 미약하게 한 걸음, 발을 후퇴시켰다.

“시합을 계속한, 다고……?”

“그래!”

“그러나…….”

대단히 당황한, 비틀비틀 흔들리는, 반쯤 웃는 목소리. 그가 부러진 창의 자루를 들었다.

“창이 없다.”

“검이 있어!!”

절대 안 놓친다. 변명의 여지 따위 주지 않는다.

할아버지에게 받은 검을 뽑았다. 깊은 산 아래 미궁에서 가지고 돌아왔다는, 무명의 명품.

천하무쌍, 지상최강. 될 수 있을 리가 없다. 목표로 할 수는 있다. 누구도 비웃지 못한다.

그것을 가리키며 웃었다. 내가 도전하는 게 아니다. 네가 나한테 시비를 걸었어.

그러니까.

“덤벼!”

레아 소녀가 부르짖었다.

락 유
“—날려버리겠어!!”

§

—정말이지, 모험가라는 것은 역병을 옮기는 쥐나 마찬가지인 천치들이다.

그의 거성인 유적의 통로로 도망쳐 들어간 적에게 다가가면서, 흡혈귀는 아직도 여유가 있었다.

그 불사왕, 왕도를 점거한 위대한 밤의 왕 휘하에게 모험가 따위는 티끌과도 같았다.

그럼에도 불구하고.

사방에 《죽음》을 뿌리는 마신왕과 함께 그의 주군은 토벌되어 버렸다.

그 불손함, 용서할 수 없다.

몰래 숨어 들어와 도둑질을 하는 강도 놈들에게는 그에 걸맞은 징벌을 할 필요가 있다.

"자, 이제 그만 나오지 그러나?"

팔짱을 끼고, 유유히. 흡혈귀는 고블린의 시체를 보내면서 도적놈들에게 말을 걸었다.

그곳에 오만한 관대함과, 자비 깊음과 비슷하면서 다른 연민이 드러나고 있었다.

"지금 내게 굴종한다면, 영원한 삶을 약속해줄 수도 있다만?"

—물론, 영원한 노동도 따르게 된다만.

밤의 권속으로 삼아줄 생각 따위는 털끝만큼도 없었다.

놈들에게는 분명히 엘프 여자도 있었다. 그것이 처녀라면 우는(밴시) 여자 같은 것이 되지 않는다고 장담 못한다.

—그렇다면, 영원히 피 주머니로서 즐기도록 하지.

반역의 싹을 아끼는 것 같은 어리석음을 범하는 권태는 이 흡혈귀와 인연이 없는 것이었다.

그러한 위험한 짓을 하지 않아도, 영원한 삶으로 만끽할 수 있는 즐거움은 세상에 여럿 있다.

밤의 권속으로서 삶에 불만이 있다면, 세대교체가 있을 수 없다는 점일까?

정신이 아득해질 정도의 세월을 살아온 장로 놈들을 물리적으로 제거해야 입신출세를 할 수 있다.

따라서 권모술수를 구사하여 가면극(매스커레이드)을 연기해야 한다. 그러나…….

—뭐, 그것도 한 때의 일이지.

그 신의 사도와 손을 잡은 지금, 놈들을 물리칠만한 힘을 얻는 것도 시간문제다.

그리고 시간은 언제나 평등하게, 흡혈귀들의 아군이 된다…….

"구원 따위를 기대하고 있다면, 소용없다, 네놈들."

그래서 흡혈귀는 놈들의 움직임이 없는 이유를 그렇게 짐작하고 실소마저 지었다.

"왕도는 지금쯤, 꼴이 엉망일 것이야. 아무리 기다려 봐야—."

"바보 같은 소리."

그것은 땅속 깊은 곳에서 불어오는 바람처럼 낮고, 무기질적이고, 담담한 목소리였다.

들릴 리가 없는데도 불구하고, 흡혈귀의 귀에 닿은 속삭임.

말 그대로 괴물 같은 동체시력은 소리보다도 빠르게 통로에서 뛰쳐나온 사냥감을 포착했다.

"왕도에는 모험가가 있다."

지저분한 갑옷 차림의 모험가가 낮게 으르렁거렸다.

"나보다도, 훨씬 뛰어난."

"《맑은 물과 더러운 불, 뒤섞여 탁해지면, 볼 수 있는 것 따위 없는 것이라》!!"

동시에, 통통한 드워프가 허리에 매단 술단지의 알맹이를 뿌리면서 기묘한 영창을 읊었다.

곧장 물방울이 소용돌이를 이루며 좌악 솟아올라, 하얀 안개가 신전 안에 피어올랐다.

—멍청한 놈들!

그러나, 흡혈귀의 얼굴에는 붉디붉은 균열 같은 조소가 떠올랐다.

아마도 《인비지블(은폐)》 같은 술법을 쓴 것이 틀림없다.

확실히, 고블린 따위라면 이런 것으로 우왕좌왕했을 지도 모른다. 그러나…….

—흡혈귀가 어째서 밤을 꿰뚫어보는 것인지 모르는군……!!

그렇다. 흡혈귀가 보는 세상은 빛이 비추는 것이 아니다.

흡혈귀는 열을 본다. 목숨을 본다. 그 오감은 영적인 것이며, 안구에 의한 것이 아니다.

설령 마적인 것이라도, 이 정도로 어찌 될 거라고 생각한 것은 굴욕이지만…….

—그 또한 필멸자의 어리석음이란 것이지.

자신의 승리가 보인 지금, 다소 발버둥 치는 것에 화를 내는 것은 너무나도 여유가 없는 짓이다.

"잔꾀를 부리는구나!!"

안개를 꿰뚫고 날아온 화살을 직검으로 베어 떨쳐내고, 흡혈귀는 그 기세 그대로 앞으로 파고들었다.

활활 타오르는 등불이 《인비지블》 안에서 좌우로, 번개처럼 달려

돌격해오는 걸 알 수 있었다.

방금 전에 뭔가 지껄여댄 애송이가 틀림없으리라. 아마도 리더겠지. 일단 이걸 죽인다.

안개에서 뛰쳐나오는 볼품없는 철 투구. 흡혈귀가 검을 치켜들었다.

일도양단 따위 해주지 않는다. 그 두개골을 과실처럼 때려 부수고, 짓밟아 으깨주마.

"—죽도록 해라!!"

푸악 산산조각나서 흩어진 것은——— 하얀 뼈였다.

"무…………슨?!"

안구가 움직인다. 산산이 흩어진 뼛조각을 따라서, 뜻을 거스르는 움직임이 강요된다.

무슨 일이 일어났는지, 흡혈귀는 알 수 없었다.

한순간 전까지 리더— 고블린 슬레이어 따위로 불리고 있던 남자가 있던 장소에 뼈가 있다.

용두의 뼈. 용아병. 그건 좋다. 어디에서? 교대했다? 어느 틈에?

—아니, 그것이 아니다……!

그것은, 남자가 안고 있던 작은 가방이었다. 그 입구가 열려 있었다. 용아병은, 거기서—!

"마법의(홀딩 백) 가방이라고?!"

시간을 따지면 1초도 안 되는 경직 뒤에, 흡혈귀는 귀신같은 형상으로 부르짖었다.

"한 수 넘겼다고 해서—!!"

"한 수면 충분하다."

바로 앞에 다가온 철 투구. 그 면갑의 어둠 안쪽. 낮은 목소리.

"네놈, **시체**라고 하더군?"

흡혈귀의 안면에 **가방**이 부딪힌 것은 그 순간이었다.

"뭐, 라―――?!"

송곳니를 드러내며 포효하는 것도 용납되지 못한 채, 쑤욱 흡혈귀의 온몸이 가방 안으로 끌려들어갔다.

밤의 권속이 가진 어둠을 꿰뚫어보는 눈으로도 꿰뚫어볼 수 없는 무명의 암흑.

소리도 없고, 공기도 없다. 발버둥 쳐봐야 그것이 작용하는 것이 아무것도 없다.

순식간에 팔이, 몸통이, 다리가, 가방에 잡아먹히듯, 빨려 들어갔다.

"그렇다면, **집어넣을 수 있지**."

저 높은 곳. 가방 입구에서 내려오는 처형 선언.

"**물건이니까**."

"―――이런, 얼빠진(먼치킨) 책략에…………!!"

저주 받으라, 저주 받으라. 저주와 원념의 외침마저, 마법의 가방에서 흘러나가지 못한다.

잠시 지나 흡혈귀는 끝없는 허공에 빠지고―――.

"작별이다."

자비 깊을 정도로 손쉽게, 모든 빛이 사라졌다.

§

싸움의 결말은 시작됐을 때와 마찬가지로 갑작스럽고 간단한 것이었다.

흡혈귀가 가방에 삼켜지자마자, 같은 차원계에서 주인을 잃은 시체는 눈앞에서 무너져 내렸다.

다음에 남은 것은 티끌과 잿더미. 그리고 모험가들의 생명을 가진 자의 숨결.

잔심— 경계는 풀지 않는다. 무기를, 촉매를 겨눈 채 모두 주위를 살폈다.

흡혈귀를 멸한 것이 아니다. 숨겨진 수가 있을지도. 가방을 찢고 뛰쳐나올지도.

그리고 그 아플 정도의 정적을 깬 것은 너무나도 담담한, 짧은 한 마디였다.

"훌륭하게 일해줬다."

고블린 슬레이어는 가방에 어깨끈을 엄중하게 감아 묶고, 발치의 두개골을 주웠다.

의무를 다하고 흩어진 용아병이다. 이 말 없는 종복에게는 지금까지 몇 번 도움을 받았는지 모른다.

—보답할 방법 따위가, 있을까?

무엇에 대해서든. 누구에 대해서든. 그는 결국 그 답을 찾지 못했다.

가능한 일이라면, 고블린을 죽이는 것 정도인데.

"……살아남았어? 살아남은 거지?"

그리고 고블린 슬레이어가 긴장의 끈을 푸니, 엘프 궁수가 간단히 그것을 따랐다.

그녀는 재투성이 바닥에 벌렁 드러누워서 버릇없이 사지를 뻗었다.

놀다가 지친 어린애 같은 웃음을 지으면, 시인이 노래할 정도로 우아한 것이 엘프의 무시무시한 점이다.

“아~ 정말, 지쳤다……! 결국 대회도 좋은 부분을 다 놓쳤잖아……!”

“이게 엘프의 공주라 하니 믿을 수가 없구먼.”

그 한 없이 밝은 말에, 드워프 도사가 반쯤 질리고 반쯤 감탄하여 껄껄 웃었다.

그렇다. 이 엘프의 공주님은 왕도의 대회가 막힘없이 진행됐을 것을 믿어 의심치 않는 것이다.

다소의 모험(트러블)이 있을지도 모른다. 그러나 모험(트러블)은 사업(비즈니스)이다.

모험가가 있다. 자신들의 동료— 여신관도 있다. 아무 문제도, 있을 리 없다.

—그렇게 생각하는 것은, 나도 뭐 비슷한 것이로다.

“뭐, 이걸로 끝이라면 좋겠구먼. 술법도 다 떨어졌느니라.”

“소승도 마찬가지라네.”

어이쿠. 흡혈귀와 정면으로 맞서고, 술법을 소진하여 힘을 소모한 리자드맨 승려.

털썩 바닥에 앉은 그 또한, 내버려두면 그 자리에서 똬리를 틀 법한 꼴이었다.

리자드맨 승려는 손에 든 지모신의 지팡이를 만지작거리며 기다란 목을 천천히 기울였다.

"그러나 놈, 뼈를 보면 움직임이 멎는 이유를, 끝까지 알지 못했군."

"기대는 안 했다."

고블린 슬레이어가 리자드맨 승려에게 뼈를 던졌다.

"운이 좋았지."

"암, 그렇다네."

"내 제안이니까, 그건 평가를 해줘!"

"물론이다."

고블린 슬레이어는 철 투구를 위아래로 움직였다.

"나는 생각 못했다."

"그건 칭찬 받은 기분이 안 드는데."

표정을 찌푸린 엘프 궁수였지만, 기다란 귀가 흔들리는 걸 보니 기분은 좋은 모양이다.

용아가 부족하지 않았다면, 용아병으로 늘렸다면 어땠을까?

촉매가 도움이 되지 않아도, 뼈는 뼈다. 걸려들었을지도 모른다—.

그러나 엘프 궁수가 떠올린 생각이 발단이 된 책략은 결코 진정한 노림수가 아니었다.

—마법의 가방이라.

꽉 묶어둔 가방은, 꼼짝도 하지 않는다. 안에 **생물**이 없는 것이다. 당연한 일이다.

용아병을 넣어 **보존**하고, 적 앞에서 그것을 꺼낸다.

방패로서, 부서져도 그것에 상대가 정신이 팔리면 좋다. 그렇지 않더라도, 한 수만 막으면 충분하다.

필요한 것은, 놈을 마법의 가방에 **집어넣는** 그 한 수(액션)였으니까.

"오르크볼그도, 이걸 교훈 삼아 조금은 마법 도구를 가지고 다니면 좋잖아."

"고블린 퇴치에는 과분한 물건이다."

우에~. 매정한 한 마디에 엘프 궁수는 괜히 혀를 내밀어 소태 씹은 표정을 지었다.

그러나 뭐, 이 녀석이 이런 남자인 것은 하루 이틀 일이 아니니까.

—폭발, 화공, 수공 없이 흡혈귀를 해치웠다? 그렇다면…….

뭐, 오르크볼그치고는, 잘한 거 아닐까?

"그러나, 카미키리마루야."

문득 드워프 도사가 얼마 안 남은 화주를 홀짝홀짝 핥으면서 질문을 했다.

"가방에 놈이 안 들어가거나, 들어가도 뛰쳐나왔으면 어찌할 셈이었는고?"

"딱히, 특별한 생각은 없었다."

고블린 슬레이어의 답은 간결했다.

"남은 불의 비약을 가방에서 다 꺼내, 날려버릴 셈이었다."

엘프 궁수는 말없이 하늘을 우러러 보았다.

§

그 뒤로— 흡혈귀가 어찌 되었는가에 대해서는 딱히 논할 일도 아니리라.

가방에서 햇살 아래 내동댕이쳤는지, 혹은 가방 속에 횃불이라도 집어넣어 산산이 날아가 버렸을지.

혹은 양쪽 다 당했든지, 과연 자신이 어떻게 잿더미가 되었는지…….

흡혈귀는 끝까지, 알지 못했을 것이 틀림없다.

§

“키이이이야아아아아아아아아아아아아아아아앗!!”

“으, 오……?!”

짐승 같은 함성을 지르며 뻗어낸 일격은 번개가 이러랴 싶은 무게가 있었다.

당연히 그것을 받아낸 기사가 뭐라고 입을 열 여유 따위 있을 리 없었다.

아니, 본래 놈에게 여유 따위 줄 생각이 레아 소녀에게 전혀 없었다.

투기장에 울려 퍼지는 것은 다른 어떤 괴물보다도 높은 괴조음.

뛰어들어서— 그렇다. 도약하고 파고들어 뻗어낸 일격은 눈에 보이지도 않았다.

그리고 그것이 한 호흡에 열, 스물, 서른 거듭된다.

“이러한……! 미치광이 같은— 그저 막대기를 휘두르기만 하는 것이— 검술일 리가—!!”

반사적으로 검을 들어 올린 것만 해도, 기사의 움직임은 칭찬받아 마땅했으리라.

설령 그 검이 제대로 받아내지 못하고 카앙 튕겨나갔어도, 칼등이 두개골에 파고들지는 않았다.

"이이이이이이이이이야야아아아아아아아아아아아아아아앗!!"

—제정신이 아니다……?!

철 투구 안쪽 기사의 얼굴에서 핏기가 가시고, 볼이 파르르 떨렸다.

밀고 들어오는 상대— 내려다봐야 할 작은 레아 소녀의 체구가 도저히 그렇게 안 보였다.

자신의 두 배쯤 되는 거인을 상대하는 마음으로, 기사의 발이 두 걸음, 세 걸음 뒤로 밀려났다.

—그러나, 전진해오는 것뿐이다! 그렇다면!

"우, 와아앗!!"

붕 크게 휘둘러 내린 칼날 앞에 레아 소녀는 없었다.

촥. 레아의 맨발이 모래를 비비고 있었다. 발을 떼지 않고 몸을 뒤로 보내는 속도 또한 범상치 않다.

튼튼한 레아의 발바닥이 있기에, 이 무시무시한 검법의 기술이 빛을 보는 것이다.

소녀에게 검을 가르친 노야는 적은 말로 그렇게 말했다.

레아 노야는 모험가였다. 깊은 산 아래의 대미궁에 도전하여, 발바닥을 꿰뚫렸다.

그것이 함정 탓인지, 괴물의 짓인지, 소녀는 모른다.

그러나 그걸로, 할아버지는 검의 길이 끊어졌다는 것은 알고 있었다.

—이건 말이다. 강한 검이 아니야. 빠른 검이다.

아침저녁, 하염없이 나무를 때려라. 그것만 지시한 할아버지가 그렇게 말했었다.

—빠른 검에는 기합이 들어간 검이 필요한 게다. 기합이 없는 검은 그냥 날붙이야.

숨이 차오르고, 정신을 잃을 때까지 소리를 지르며, 나무를 친다. 하염없이 친다. 형태를 무너뜨리지 않고, 수를 거듭한다.

—그러나 기합이 들어간 검에는 마음이 들어가면 안 되지. 검에는 마음이 없거든.

언제든지 어디서든 어느 장소에서도 훈련할 수 있는 법이라고 했다.

설령 주위에서 바보 취급을 하고, 비웃고, 할 수 있을 리가 없다고 말해도.

—마음은 검을 휘두르는 사이에, 번개처럼, 저절로 나타나는 법이니까.

할아버지는 죽었다. 유행병에 걸려, 허망하게. 믿을 수 없을 정도로 쉽사리.

그리고 주위는 말했다. 이걸로 저 애도 바보 같은 짓을 관두고 시집을 갈 거라고.

자신의 의지 따위 아무것도 안 듣고, 모든 것을 자기들 맘대로 끌고 가려는 움직임.

기분이 나빴다. 알 바 아니라고 생각했다. 그래서 지금, 여기에 있다. 여기까지 왔다.

“키이이에아아아아아아아아아아……앗!!”

“크, 으윽?! 대체, 무슨 생각— 이런, 바보 같은 검술이—!”

모른다. 안 들린다. 이미 소녀는 무엇 하나 생각하지 않았다.

머리에 있는 것은, 하나, 둘.

검을 휘두른다. 앞으로 나선다. 검을 휘두른다. 앞으로 나선다. 검을 휘두른다. 앞으로 나선다.

때려라. 마음속에서 누군가 외치고 있었다. 모든 사람이 손가락질하며 웃었던 소녀였다.

때린다. 작은 그 여자애를 위해서.

때린다. 할아버지를 위해서.

때린다. 무슨 생각을 하는지 알 수 없는, 괴팍한 스승을 위해서.

때린다. 목장의 언니를 위해서. 그 멋진 변경 도시 사람들을 위해서. 친구들을 위해서.

때린다. 여기까지 데리고 와준, 그를 위해서.

"키이이이에에에에에에에에에에!!"

"크……?! 이……?! 무슨—어째서……?!"

그녀의 검에는 신기(神氣)(플레어)가 가득했다.

사방세계를 떠도는 사람의 마음이, 의지가, 인연(패스)을 통해 숨쉬듯 깃들어 있었다.

그것은 혼돈한 사방세계의 모습을 긍정하는 것이다.

자신의 생각대로 세계를 덧칠하려는 자는 결코 알 수 없는 빛이었다.

그렇기에— 그렇다. 그렇기에, 투기장의 어디선가, 태양의 폭발이 일어난 그때.

"우, 앗?!"

"야아아아아아아아아아아아아아아아아아아아아아앗!!!!!"

기사는 그 빛에 눈이 불타올라 뒤집어지고, 소녀는 그 빛을 등지고 땅을 박차 뛰어올랐다.

그것은 한 호흡의 8분의 1. 그 10분의 1. 더욱이 그 20분의 1. 10분의 1의, 10분의 1.

그야말로 번개 그 자체가 되어, 하얀 칼날이 결투장 위를 달렸다.

"————?!?!?!"

기사의 비명은, 말도 되지 못했다.

들어 올려 받아낸 검이 부러진 것은 그야말로 행운의 결실이리라.

칼날은 정면에서 갑옷으로 뒤덮인 어깨를 때려, 장갑 위에서 뼈를 때려 부수었다.

추욱. 기사의 왼팔이 늘어지고, 견디지 못한 그는 대지에 쓰러져 몸부림치며 땅바닥을 굴렀다.

"아, 아……윽?! 아, 아프……다?! 아파…………악?!?!"

여기까지 오면, 승패는 정해졌다.

레아 소녀는 휘둘러 내린 검을 옆으로 뽑아, 부들부들 팔을 떨면서 칼집에 넣었다.

간신히, 였다.

온몸이 납덩이처럼 무겁고, 땀은 폭포처럼 흐르고, 발치에 물웅덩이가 생긴 것 같았다.

무릎이 무너질 것 같지만 필사적으로 버틴다. 숨을 들이쉬자, 가슴이 움직였다.

정신을 잃을 것 같다. 귀가 키잉하고 높게 울려, 소리가 안 들린다. 안 들린다? 아니—.

"——————————!!"

그것은, 소녀의 이름이었다.

관객석은 지독한 꼴이었다. 괴물의 시체도, 피도 흩어져 있고, 좌석은 부서져 망가져 있었다.

그렇지만, 그럼에도— 그럼에도 더욱이, 사람들이 소리를 지르고 있었다. 이름을 부르고 있었다.

전투를 마친 모험가들이, 병사들이, 돌아온 관객들이.

소녀의 이름을 부르는 것이다.

“————.”

처음에, 소녀는 그저 멍하니 서 있을 뿐이었다.

믿을 수 없었다. 이런 일이 있다니. 꿈도 꾼 적이 없었다. 있을 수 없다.

멍하니 번진 눈동자가 주위를 둘러보고, 이윽고 지독하게 힘없는 발걸음으로, 걷기 시작했다.

첫 걸음에서 비틀거리고, 두 걸음에서 발이 걸리고, 그러나 세 걸음째에 쓰러지듯 달리기 시작했다.

달려가는 곳은, 말할 것도 없다.

작은 몸은 그대로, 쓰러지는 것처럼— 붉은 머리 소년을 끌어안았다.

“우리들이 이겼어(위 아 더 챔피언)— 나의 벗!”

“우, 와, 와아아……?!”

그 기세를 받아내지 못하고 비틀거린 소년은 그대로 결투장에 넘어졌다.

소녀의 온기, 부드러움, 향기. 고양. 흥분. 기쁨. 수치. 모든 것이 뒤섞인 감정.

우는 것은 자신일까? 그녀일까? 그것도 도통 모르겠다.

엉망이 된 얼굴로 얼싸안으면서, 소년은 그래도 미운 소리를 했다.

"이…… 바보 녀석. 뭐가 챔피언이야?!"

"그치마안……!!"

훌쩍훌쩍 울고, 눈물을 주륵주륵 흘리고, 콧물도 나와서, 꼴 보기 싫다.

그렇지만— 예쁘다고. 문득 생각해버린 기분을 얼버무리기 위해서.

"아직 결승이 아니잖아……!"

소년은 그렇게 외치고, 있는 힘껏 마음을 담아 소녀의 머리를 마구잡이로 쓰다듬었다.

와아꺄아 비명을 지르고, 그것은 금방 웃음소리가 되어 투기장에 울려 퍼졌다.

그러면— 이 장을 마무리하면서, 어느 영웅담의 한 문장을 인용하도록 하자.

그날, 투기장은 언제까지나, **레아의 검호**를 칭송하는 목소리가 메아리 쳤다고 한다…….

막간 「읽은 뒤 소각할 것(유어 아이즈 온리)」

—모험가 따위는 쓰레기(트래쉬)다.

투기장을 뒤흔드는 대환성에 등을 돌리고, 남자는 홀로 투사들의 지하통로를 나아갔다.

어느샌가 종자가 없어지고, 말도 없고, 그는 갑옷을 벗는 것도 여의치 못했다.

부서진 어깨가 둔하고, 뜨겁고, 호흡에 맞추어 파열하는 것처럼 아프고, 왼팔은 축 늘어진 그대로였다.

누가 어떻게 봐도 완벽하게, 그것은 패배자의 모습이었다. 그러나…….

—그러한 예의도 모르는 무리가 도량발호하는 것을 용납하다니, 대체 왕은 무슨 생각을 하는 것인가?

그 남자의 뇌리에는 긍지 높은 패자가 가지는 존경의 마음 따위 없고, 모멸과 증오만 있었다.

아니, 애당초.

무예만 겨룬다는 것은 야만적이기 짝이 없다. 약한 자에 대한 차별이나 다름없다.

이러한 야만이 타국에 알려지면 어찌될 것인가? 남자는 상상하기만 해도 몸이 떨렸다.

타국은 보다 문화적이고 계몽되어 있다. 이 나라의 열등한 꼴을 가만 내버려둘 수는 없다.

듣자니 동방의 초원에도, 사막의 나라에도, 북방의 동토에도, 모험가는 없다고 한다.

이 나라도 그러한 진보적인 국체를 쌓아야 한다.

모든 것은 그저 그것을 위해서였다.

—그런데도.

대회는 이러한 방탕과 퇴폐의 극치라 해야 마땅한 양상을 띠고, 개최되었다.

보다 좋은 미래를 위한 초석이 될 거라 생각한 왕매는 그 무지몽매함을 고칠 생각도 없다.

그리고 혼돈의 세력에 대해 무기를 이용해 투쟁에 임한다는, 평화와 동떨어진 행위.

이 꼬락서니로는 도저히, 보다 좋은, 보다 강한 세계 따위 만들 수 없다.

—역시, 내 의지를 빈곤하고 어리석은 사람들에게 널리 알려야 한다…….

민중은 사려가 부족하기에 금방 속아 넘어간다. 진실과 정의를 전달하기가 어렵다.

세계의 이면에는 수많은 음모와 모략이 소용돌이친다. 그것을 아는 자신이 바로 그것을 고쳐야 한다.

어쨌든지, 일단은 그 왕을 제거할 필요가—.

"————?"

그때 드디어, 남자는 이상함을 깨달았다.

—조용하다.

통로에, 아무도 없다. 누구 한 사람. 덩그러니 서 있는 자신.

있을 수 없는 것이다. 이런 일은.

대회 진행 중— 괴물의 습격이 있었다 해도, 아니 오히려 습격이 있었기에 병사나 누군가가 있어야 한다.

애당초. 마혈에서 넘쳐흐른 괴물은 이 통로에서도 들어오고 있어야 한다.

그런데, 이래서는—.

"그 모습을 보니, 깔끔하게 패배를 인정했다는 것은 아닌 모양이군."

"……크?!"

말을 걸어서야 비로소— 남자는 그 자의 존재를 인식했다.

앞길을 막아서듯 유유히 선— 그것은 한 명의 기사였다.

옆에는 은발의 시녀가 그림자처럼 따르고 있었다.

남자는 발길을 멈추었다. 소리가 한순간 막혔다. 상관하지 않고 말을 던졌다.

"네놈은 뭐냐? 여기는 관계자 말고는 출입금지다……!"

젊은 아가씨를 과시하듯 데리고 다니는 것에 대한 기피감이 무심코 흘러나왔다.

"그리고 적어도 기사라면, 숙녀를 전장으로 끌고 나오는 것 따윈 부끄러운 줄 알아야 할 것이다."

"어허, 이봐. 적어도 운영에 관여한 자라면, 선수에 대해 파악해 둬야 할 텐데."

"뭐라고……?"

"관계자라고, 말하고 있는 거야."

기사는 웃은 것 같았다.

"선수다, 나는."

은발의 시녀가 찔러 죽일 듯한 시선을 보내는 걸 깨닫지 못하고, 남자는 그 기사의 차림새를 보았다.

그리고, 생각해냈다.

여러 가지 사정으로 가문 이름을 밝히지 않고, 대회에 참가하는 기사가 몇 명인가 있었다.

교역신의 성인을 가진 소녀들과 나란히— 그렇다, 분명히 이 기사도 있었다.

오오, 보도록 하라. 저 번쩍이는 장비들을.

어둠 속에서도 하얗고 눈부시게 빛나는 갑옷, 방패, 투구, 장갑, 그리고 허리에 찬 검 한 자루.

치유의 가호, 파사의 빛, 부동의 수호, 원초의 불꽃, 소용돌이치는 바람.

눈이 휘둥그래질 정도의 마법 무구가 장식하는 그 남자의 이름이야말로.

나이트 오브 다이아몬드
"금강석의 기사……!"

그것은 어떤 종류의 전설, 항간에 소문이 도는 사소한 전설, 동화였을 것이다.

지난 몇 년, 급속하게 시정 사람들 사이에서 소문이 돌게 된, 그저 환상.

맨 얼굴을 숨기고, 어둠 속에서 악을 친다는 도시의 기사(스트리트 나이트).

그러나, 그 금강석의 기사는 지금 남자의 눈앞에 서 있었다.

—농담 같은 이름이다……!

뭐가 금강석인가? 스스로 금강석이라니. 주제넘은 것도 정도가 있다.

첫째로, 악덕 상인이나 귀족이나 사교도를 닥치는 대로 베어 죽인다면, 살인귀가 아닌가?

국왕이 그것을 내버려두는 것이야말로, 놈이 무능하다는 증거가 아닌가!

"……무차별 살인귀 놈. 그렇게 잘난 듯이 사람을 심판하면서, 자신이 정의라고 할 셈이냐? 나는 인정 안 한다."

"내가 악이라 하면 그 또한 괜찮지만, 그렇다면 나를 참가시키기 전에 말을 했어야 하겠지."

그러나 남자의 지적에 대해서 금강석의 기사가 한 말은 냉정한 실소였다.

"그러나, 문제는 경이다."

"뭐라고……?"

설마 나를 벨 셈인가? 남자의 안색이 바뀌었다. 긴장이 아니다. 조소였다.

그렇다면 그것이야말로, 금강석의 기사가 악한이라는 증거가 아닌가?

자신의 행위에는 무엇 하나 부끄러울 것이 없다.

남자는 금강석의 기사가 보이는 태도를 탓하지 않고, 입을 열어—.

“경의 태도에 대해서, 자세한 내용을 물의 도시로 보냈다. 대주교 나리의 판단을 구했지.”

한 장의 서한이 그의 혀를 막았다.

“참으로 고생했다고 하는군. 불편한 자가 많았던 모양이야. 대체 어째서인지, 방해가 많았어.”

금강석의 기사가 가진, 한 장의 서한.

그것이 이 자리에 이르기까지 어떤 경위를 거쳤는지 남자는 모른다.

서한을 운반하는 사이에 몇 명이 죽고, 어떤 모험이 펼쳐졌는지…….

임무를 이룬 밀정이 과연 어떤 자였는지는 논할 의미도 없으리라.

몇 번 얼굴이 바뀌든, 몇 번을 죽더라도, 같은 술을 사랑하고 같은 무기를 쓰는, 불가능을 가능하게 하는 남자.

그 멋쟁이가 임무에 실패한 일은 없다. 그 성과는 분명히 여기 있었다.

그러나 그러한 암투, 권모술수 같은 것은 이 자리의 남자와 인연이 없었다.

그러한 것에 손을 물들이는 것은 뒤가 구린 부분이 있는 사악한 자들뿐이니까.

“일절, 교의에도 신전의 의향에도 맞지 않는다. 경 한 사람의 독단이다. 라는 대답을 받았다.”

“그러한 여성의 말을 믿으라는 건가? 고블린에게 습격을 받아 마음에 상처를 입은, 가여운 사람이다!”

또 다시. 또 다시 금강석의 기사는 여성을 방패삼으려 한다.

정말이지 못 봐줄 놈이다. 기사란 이름을 논할 자격이 없다. 남자의 혀는 기민하게 꿈틀거렸다.

“제대로 된 판단을 못 내리는 것을 파고들어 추켜세운, 법의 신전 놈들의 꼭두각시가 아닌가.”

“타인의 상처를 늘어놓는 것이, 참으로 즐거워 보이는군.”

“그런 말은 하지 않았다!”

되돌아온 한 마디에, 남자는 자신의 머리에 피가 오르는 소리를 들은 것 같았다.

그는 왼쪽 어깨의 고통마저도 잊고 몸을 내밀어, 침을 튀겨가며 소리 높여 외쳤다.

“나는 그저, 무훈을 올리면 영웅이라는, 구태의연한 생각에 사로잡혀서는 안 된다는—.”

“물론, 온갖 신들의 가르침은 언제나 갱신되어야 마땅하지만, 경 혼자서 정할 일이 아니지.”

애당초 지고신의 정의는 악을 배척하는 것이 아니다. 선악이란 무엇인지를 계속 추구하는 것이라 들었다.

“이봐, 한 가지 가르쳐 다오.”

그럼에도, 악을 멸하는 것으로 정의라 하려 한다면—.

“대체 어느 신의 계시를 들은 거지?”

쇄아. 숨막히는 통로에, 어디선가 바람이 불었다.

그것은 칼날 같은 차가움을 동반하여 기사와 시녀, 남자 사이를 빠져나가, 어디론가 흘러갔다.

다음은 그저, 씁쓸한, 재의 맛만— 희미하게, 떠돌았다.

“무————.”

—무어란 말인가? 이 기사는…… 아까부터!

남자는 자신의 오른손이 허리의 검으로 뻗는 것도 눈치 못 채고, 눈에 증오를 활활 태웠다.

뭐가 금강석의 기사냐. 도저히 황금박차를 받았다고 생각할 수 없는 부정한 무리가.

짐작하건대 저 장비도, 어느 전장에서 강도질을 한 것이 틀림없으리라.

"내 행위에 불평을 들을 이유는 없다! 그것을— 대체, 네가 뭐냔 말인가!!"

"뭐냐 물었는가?"

기사는— 금강석의 기사는 웃은 것 같았다.

"우연이군. 동감이야."

"……뭐라고……?"

"경의 말은 그때 그때, 자기 사정에 맞추어 휘둘러대는 칼날 그 자체. 도리 따윈 존재하지가 않아."

못 봐주겠다. 금강석의 기사의 말을 듣고, 기가 막힌 것처럼 고개를 저은 것은 시녀였다.

그녀는 얼음처럼 차가운 눈동자로 남자를 보면서, 다 알면서 상대해준다니까, 하고 중얼거렸다.

그 표정, 그 태도가, 낯이 익었다.

머릿속의 정보가 편의적으로 맞물려서, 소리를 내며 이어졌다.

"그렇군, 네놈, 왕의 주구로군!"

저것은 왕의 시녀다.

왕과 금강석의 기사가 결탁하고 있다는 무엇보다 확실한 증거가 아닌가? 남자의 얼굴에 회심의 미소가 떠올랐다.

이토록 어리석다니. 왕을 끌어내리는데 충분하고 남는다. 천재일우의 호기.

자루를 쥔 손에 힘이 들어간다. 아직 뽑지 않는다. 상대를 확실하게 벨, 대의명분이 필요했다.

그러나, 그것은 확실해야 한다. 왜냐하면 그들은 이쪽을 바보 취급했다.

내가 증오하는 상대, 싫어하는 상대가, 악이 아닐 리 없으니까.

“나를 모함하고자 해도 소용없다! 반드시 네놈들의 부정을 밝혀, 심판해주마……!”

대답은, 없었다.

대신 금강석의 기사는 그 철 투구의 면갑을 아주 약간 들어올리고, 말했다.

“짐의 얼굴, 잊었는가?”

“———크?!!?!”

다음 순간, 남자는 금강석의 기사에게 뛰어들고 있었다.

입에서 의미 불명의 소리가 흐르고, 오른손은 검을 쥐고서, 크게 치켜들고 있었다.

그 검이 절반 정도 이미 부러져 날아간 것도 의식 속에 없었다.

눈을 형형하게 빛내면서, 송곳니를 드러내고, 상대를 베는 것을 기뻐하는 그 표정은 사람의 그것이 아니었다.

그곳에 있는 것은 이미 사람이 아니었다. 바깥에 거하는 신의 속삭임을 받은, 한 마리의 지저분한 짐승에 지나지 않았다.

"케, 캬아아아악!!"

"한 가지 말해두는데, 경이 나를 계속 반대했기 때문이 아니다."

그리고, 당연한 귀결로.

"**여동생**에게 손을 댔기 때문이야."

그러한 것은 금강석의 기사에게 적이 되지 못했다.

진공의 칼날을 두른 보검은 대수롭지 않게 짐승의 목을 쓸어버리고, 치명의 일격을 주었다.

남자의 시야가 빙글 허공을 1회전하여, 한 번, 두 번 땅바닥에 튕기고— 그리고 뚝, 끊어졌다.

혼백을 잃고서도 땅바닥에서 꿈틀거리는 그 몸에, 은발의 시녀가 신속하게 단검을 휘둘렀다.

이러한 자에게, 명예로운 죽음을 줄 필요도 없으니까.

"……그래서."

한 번, 두 번. 단검으로 심장을 정확하게 파헤치고 찢고서, 그녀는 일어서서 말했다.

시녀복에는 핏방울 하나도 묻지 않았고, 세련되고 청초한, 완벽한 종자의 모습 그대로였다.

"시합에서 부상을 입고, 그 예후가 좋지 않아서 죽었다는 걸로?"

"그래서는 그 소녀의 승리에 먹칠을 하게 되지."

"그러면 어떡할 건데?"

"뭐야. 모르는가?"

금강석의 기사는 보검을 휘둘러 피를 떨쳐내고, 위풍당당한 동작으로 칼집에 넣었다.

이 왕도에서 불사왕과 대치했을 때와 전혀 변함이 없다. —시간이 상당히 지났는데도.

“그는 전부터 위장에 병을 앓고 있었다. 그래서 이 대회를 마지막으로 칩거하고, 집안은 친척에게 넘긴다고 하더군.”

“그러면, 그걸로.”

은발의 시녀로서는 문제가 일어나지 않으면, 딱히 그 이상 흥미가 없었다.

고생하는 건 붉은 머리 추기경이지, 자기가 아니니까.

—그리고.

사교(邪敎)와 손을 잡고, 대회 운영을 방해하고, 왕도에 공포주의(테러)를 일으키려 했다.

하물며 그 수단으로 — 왕족이라서, 가 아니다! — 그 아가씨를 저주하려고 한 남자다.

이런 남자에게 보일 자비 따위 소녀에겐 한 조각도 없었다.

—하지만, 어쩔 수 없네.

정치라는 것은 귀찮아서, 그에 따른 선을 그어야 하는 법이다. 그렇기에 성립된다.

호불호나, 마음에 안 든다고 해서 이놈이고 저놈이고 몰살해버리게 되면…….

—이 녀석의 동류인걸.

“……정말이지, 모험가를 하는 게 편하겠어.”

그렇게 투덜거리자, 금강석의 기사가 낀 투박한 장갑의 무게가 은

발 위에 느껴졌다.

머리를 헝클어놓으면 당해낼 수가 없고, 그런 걸로 얼버무릴 수도 없다.

평소보다 더 뚱한 표정으로, 시녀는 입술을 삐죽거렸다.

"……나는 이 녀석 처리를 할 거라, 떨어질 건데."

그러나 머리 위의 손에 자신의 손을 올려 떨쳐내지 않은 채 그녀는 말했다.

"전력으로 하지 마."

"어째서지?"

"마혈에서 넘친 마신 놈들을."

이미 시체마저 영적인 요소로 녹아 사라진, 아무 특색도 없는 통로를 그녀는 보았다.

"일망타진하여 베어버리고, 그러고도 아직 욕구불만?"

"그러나 다시없을 기회가 아닌가?"

그런데도 이 기사님은 이런다.

껄껄 웃고, 태연하게 용의 소굴에 가고 싶어 할 때처럼 말했다.

"누가 뭐래도 상대는 교역신의 은총이 두터운, 녹색 옷을 입은 철창의 소녀가 아닌가?"

"성검을 찬 용사 같은 건 아니고?"

"설마 그럴 리가."

은발의 시녀가 비꼬는 것도 가볍게 넘긴다. 이래서 고생을 한다니까.

"정말이지……."

포기한 것처럼 느슨한 웃음을 지은 시녀의 머리칼을 가볍게 손가락으로 빗어주고, 금강석의 기사가 걷기 시작했다.

투기장의 혼란은 잦아들었다. 그렇다면 곧 대회가 재개될 것이고, 되어야 한다.

만약 이걸로 자숙 같은 걸 해버리면, 그것이야말로 상대가 바라는 바 아닌가?

모든 것을 불태우려는 죽음과 재의 신, 사신 따위에게 굴복해줄 이유가 없다.

그 사교는 대의를 내세워 불씨를 뿌리지만, 태우고 싶기에 대의를 내세우는 것뿐이니까.

——진정으로 평등한 세상은, 수많은 사람들이 진심으로 즐기고 웃는 세상이어야 한다.

물러갈 때 딱 한 번, 그는 쓰러져서 목숨을 잃은 고기 덩어리가 된 남자의 말로를 보았다.

—바라건대, 이 가여운 남자의 영혼이 바라는 그대로 평등하게 심판 받기를.

……그렇게 생각하는, 금강석의 기사였다.

종장 「참으로 멋진, 인생!」

Goblin Slayer
He does not let anyone roll the dice.

"자비 깊은 지모신이여……."

"그 손으로."

""부디 이 땅을 정화해 주소서.""

속삭이고, 기도하고, 영창. 축복을 간청하는 의식은 두 사람의 신관이 막힘없이 진행했다.

나락의 바닥으로 통한다고 하는, 땅을 파헤친 마(魔), 마혈.

석실의 바닥에 검붉게 타오르는 불꽃의 고리와, 끝이 보이지 않는 암흑이 세계를 오려내고 있었다.

왕성의 중추에 이러한 장소가 있는 것도, 그것을 봉하는 역할을 가진 것도.

—상당도 못했던, 일이지만요……!

열은, 온화하지만 상냥한 인광이 주위를 떠돌았다.

중심에 있는 것은 지모신의 축복을 받은 성스러운 지팡이.

그리고 그것을 사이에 두고 꼭 닮은, 그렇지만 전혀 다른 두 명의 소녀.

물론 닮았을 리가 없다.

그리고 닮은 것도 당연하다.

한쪽은 변경의 고아원에서 자라고, 모험가가 되고자 한 걸음씩 착실하게 앞으로 앞으로 나아간 소녀.

한쪽은 왕의 여동생으로 자라, 커다란 좌절을 거쳐 분명하게 다시 일어서 걷고 있는 소녀.

각자의 의지도, 자질도, 입장도, 경험도, 모든 것이 다른 것이다.

그러나 대립한 적도 있다. 도와준 적도 있다. 도움을 받은 적도 있다.

그리고 지금, 서로 손을 마주잡고 하나의 의식에 임하고 있었다. 모든 것이 다른 채로.

그것을— 사방세계의 신들은 긍정한다. 지모신은 존중하고, 두 소녀의 소원을 들어주었다.

힘차고 온화하고 따스한 빛이 마치 손바닥으로 감싸듯 방을 뒤덮어 감추었다.

모든 것을 덧칠하는 하얀 빛이 녹아내리듯 사라지면——.

"후우……."

그곳에는 이미 흉흉함이 사라진, 그저 커다란 구멍이 남을 뿐이었다.

"수고하셨습니다. 이걸로 끝……인 거겠죠?"

"응, 고마워!"

후우. 작은 가슴을 쓸어내린 여신관에게 왕매는 힘차게 뛰어들어 안겼다.

열심히 단련해가고 있다지만 가녀린 체구가 비틀거리고, 「꺄아」 하고 비명이 올랐다.

어떤 이유 때문인지, 왕매를 좀먹고 있던 저주는 성스러운 지팡이가 도착하기도 전에 사라졌다.

하룻밤 만에 활기를 되찾은 그녀는 맨 먼저 대회의 열광을 보지 못한 것을 크게 한탄했다.

여신관은 딱히 자신과 동료들의 분투가 소용없어졌다고 생각하지 않았고—.

—다행이야.

그렇게 순순히 기뻐했지만.

“하지만, 괜찮은 건가요?”

자신과 같은 나이인데도 풍만하게 숨 쉬는 몸을 끌어안아주면서, 여신관이 고개를 갸웃거렸다.

“뭐가?”

그렇게 바로 앞에서 물어보면 가슴이 뛰는 것도, 어째서일까?

자신과 많이 닮은 얼굴인데, 떠올리는 표정은 전혀 다르다. 신기하게도 볼이 풀어졌다.

“제가 이런 중요한 역할을 맡게 되어버린 것……. 그게, 둘이나.”

“당신 말고는 못하니까, 그걸 신경 쓰면 곤란한데 말야…….”

“그것은, 그럴지도 모르지만요…….”

지모신의 신관으로서 제사를 집행하는 것도 그렇지만, 왕녀님의 대역, 이라니.

—『왕자와 거지』 같네요.

혹은 공주님과 뒤바뀌어버린 소매치기 소녀의 이야기.

세상에는 그런 모험담이 무수히 많지만, 설마 자신이 그 중 하나를 맡게 될 줄이야.

“아~아. 좋겠다아. 나는 참, 계~속 잠들어 있었는걸.”

"하지만, 무사해서 정말 다행이에요. 저주라는 말을 들었을 때는 깜짝 놀랐어요."

"산 제물이래!"

왕매 전하는 키득키득 유쾌한 기색으로 웃었다.

"이걸로 두 번째야, 두 번째!"

그야말로 저주를 받은 게 아닐까? 농담 같지 않은 말에, 여신관도 무심코 웃었다.

"그렇게 말하자면, 저는 몇 번 고블린 퇴치를 갔었는지 모르는걸요?"

"아…………."

왕매가 뭐라 형용하기 어려운 그윽한 표정을 짓는 것에 여신관은 고개를 갸웃거렸다.

"정말로 괜찮아?"

그렇게 물은 다음, 왕매는 황급히 덧붙였다.

"물론 감사는 하고 있거든? 이번에도 저번에도. 하지만 그게, 그거랑 이건 또 다른 거니까."

"아아……."

여신관은 고개를 끄덕이고.

"괜찮아요."

"정말?"

네. 그 작은 가슴을, 얌전히, 그러나 조금 자신을 담아서 자랑스럽게 내밀었다.

"고블린 퇴치도, 이래봬도 제법, 익숙해졌으니까요!"

왕매는 말없이 얼굴을 감싸고, 지모신에게 기도하듯 하늘을 우러러 보았다.

그 동작이 너무나도 친구랑 꼭 닮아 있어서, 여신관은 키득키득 소리를 내어 웃었다.

§

그리고 의식의 뒷정리를 마치고, 지모신의 지팡이를 왕매에게 반납한 여신관은 마혈을 등졌다.

국가의 중요기밀이기에 덜컥, 문을 닫은 곳에 기다리고 있는 동료의 모습은 없었다.

왕성의 복도는 지금까지 본 적이 없을 정도로 아름답고 호화로웠다.

털실이 긴 융단은 발이 가라앉을 정도였고, 벽이나 창가에는 조각과 조금이 되어 있어서 참으로 아름답다.

더욱이 4개의 결정을 거느린 빛의 전사나, 용의 탐구에 도전한 일족 3대의 태피스트리가 벽을 장식했다.

얼음처럼 투명한 창에서 들어오는 햇살은 따스하고, 마음 편하고, 금색으로 반짝인다. 그러나…….

—어째서, 이렇게 넓은 걸까요?

아무래도 진정이 안 된다.

크기를 따져보면 신전이나 사원이 성의 복도보다 훨씬 큰 것 같은데.

—여러분의 모험 이야기, 아직 못 들었어요.

동료들과 다른 모험을 하는 일도 드물지는 않지만, 신경이 안 쓰이는 것도 아니다.

자신도 열심히 했다는 것을 모두에게 잔뜩 전하고 싶어서 안달이 난다.

지금쯤은 이미 돌아갈 준비를 하고 있을 테니까, 성문쯤에 있을 무렵일까?

마음이 급해진 여신관은 반쯤 달리면서 텅 빈 넓은 궁정의 복도를 걸었다.

버릇없다고 주의를 받을 것 같지만, 그건 그거다. 성 안을 달리는 것은—.

—모험, 이죠?

"……후훗."

뇌리에 스치는 그런 변명이 어쩐지 기뻐서, 여신관의 발걸음이 자연히 가벼워졌다.

누구랑 부딪히지 않도록, 넘어지지 않도록. 피트 막대를 휘두르는 것처럼.

모퉁이를 돌 때는, 우발적 조우(랜덤 인카운트)를 조심하면서…….

"아아, 여기 있었군."

"히야……?!"

무심코 여신관은 비명을 지르고, 그리고 황급히 몸가짐을 고치며 모자를 벗었다.

모퉁이를 돌아간 앞에, 젊은 사자가 떠오르는 미장부의 모습이 있었다.

―설마 이런 곳에서 국왕 폐하를 만나다니……!

물론, 만나기에 우발적 조우다. 광야에서 용을 만나는 일도 있으니까.

"아, 저기, 그게, 죄송합니다. 대단히 실례를―!"

"아니, 됐다."

국왕은 유쾌한 기색으로 손을 흔들어 여신관의 사과를 받아들였다.

"대단하기는, 고생과 귀찮은 일을 떠넘긴 내가 할 말이지."

"아뇨, 그것은……."

"언젠가 새삼, 인사와…… 보수를, 서방 변경에 보내도록 하지. 참으로 수고가 많았다."

"화, 황송합니다……."

여신관은 어떻게든 말을 쥐어 짜내듯 속삭일 수 있었다.

"그래."

고개를 끄덕인 국왕은 잠시 가만히 여신관의 얼굴에 시선을 보냈다.

"…………?"

여신관으로서는 아무래도 살아 있는 기분이 안 들어서 마치 석화 주문이라도 맞은 기분.

몸이 딱딱하게 굳을 것 같고, 그래도 마음이 불편하여 꼼짝도 할 수가 없었다.

그래도 그것은 긴장을 하고 있어서이지― 신기하게도 불쾌하지는 않았다.

잠시, 지나.

국왕은 한 번 눈을 감고서, 깊은 숨을 내쉬고 살며시 조용히 여신관에게 물었다.
"모험은 즐거운가?"
"네."
한순간의 주저도 없이, 여신관은 고개를 끄덕였다. 그 얼굴에 떠오른 것은 수줍은 미소였다.
누가 뭐래도, 그거라면 자신을 가지고 대답할 수 있는 내용이었으니까.
"힘든 일도, 귀찮은 일도, 괴로운 일도, 잔뜩 있습니다만……."
"그렇군."
그래도 모험은 즐거운 것이라는 여신관에게, 젊은 국왕은 눈웃음을 지으며 동의했다.
"나도 기억나는군. 앞으로 나아가는 것이 즐겁고, 즐거워서……험한 꼴도 당했다만."
즐거운 기색으로 목덜미를 더듬는 동작의 의미는, 여신관은 도무지 알 수 없었다.
그러나 동시에, 그것이 이 분이 거쳐 온 모험의 추억이라는 것은 알 수 있었다.
이 사람만 알고 있는, 다른 사람은 상상도 못하는 소중한 모험의 추억.
—나한테도.
그런 모험의 추억이 있다. 불과 몇 년 분량. 그리고 앞으로도 계속. 다 품지 못할 정도로.
"……."

젊은 국왕은 그런 여신관의 추억을 헤아려준 것일까?

살짝 볼을 풀더니, 그것이 한순간의 환상이었던 것처럼 힘을 주어 입술을 다물었다.

그리고 여신관이 무심코 숨을 삼킬 정도의 진지한 표정으로, 그저 조용히 한 마디를 고했다.

"여동생과, 친하게 지내다오."

"네."

여신관은 역시 한순간의 주저도 없이, 당연한 것처럼 응답했다.

"친구니까요!"

그것에는 괜한 사양도, 인사치레 같은 것도, 무엇 하나 섞이지 않았다.

국왕은 그 아침 해 같은 그녀의 표정을, 눈을 가늘게 뜨고 잠시 바라보았다.

그리고 말을 공중에서 찾는 것처럼 입을 다문 다음, 천천히 그녀에게 한 마디를 전했다.

"오라비로서, 감사하지. 고맙다."

"아뇨, 그게, ……저기, 네."

여신관은 쑥스러운 기색으로 볼을 긁적이고, 어흠 가볍게 헛기침을 한 번.

"아, 저기, 그게, 그러면, 저는 이만 실례하겠사옵니다."

일행이 기다리고 있으니까요. 인사를 하고, 여신관은 꾸벅 고개를 숙였다.

그리고 모자를 다시 쓰고서, 작은 새처럼 총총걸음으로 왕성의 복도를 달려갔다.

젊은 국왕은 그 등을 잠시 바라보며 배웅하고, 이윽고 발을 돌려 걷기 시작했다.

모험가와 왕의 대화는, 짧으면 짧을수록 좋다.

그런 법이고— 그래야 하는 법이니까.

그것을 국왕은 누구보다도 잘 이해하고 있었다.

§

"아~ 정말, 못 이겼어어!"

"시끄럽네……."

끝도 없이 태평한 파란 하늘 아래, 장비 상자를 실은 당나귀가 터벅터벅 태평한 기색으로 가도를 걷고 있었다.

고삐를 쥐고 걷는 소년 옆에서, 말과 마찬가지인 기분을 온몸으로 드러내는 레아 소녀의 모습.

그녀는 팔을 크게 휘두르며, 그 분함을 전혀 감추지 않고 표현하면서 걸었다.

덕분에 한쪽 귀가 아파서 못 견딜 지경인 소년 마술사는 깊은 한숨을 내쉬고 말했다.

"그 기사를 팍 날려버렸을 때가 절정이었지."

"우아아아아…… 낙마, 낙마하다니, 말도 안 돼……."

이번에는 길바닥— 가도에서 머리를 감싸 쥐고 웅크리니, 소년도 멈출 수밖에 없었다.

당나귀는 보기 드문 주인들의 모습을 신경 쓰지도 않고, 타각타각 발굽을 울리고 있었다.

실제로 썩 열심히 했다.

평범한 당나귀인데 군마들과 맞섰으니, 상당한 걸물이라 할 수 있으리라.

따라서 패전의 책임은 전면적으로 레아 소녀에게 있었다.

지난번 시합에서 잔뜩 날뛴 그녀는, 결국 완전히 지쳐 다음 시합에서 간단히 낙마하고 말았다.

물론 그녀를 이긴 기사 또한, 결국 결승에는 가지 못했지만…….

"……아~ 정말……."

데굴. 레아 소녀는 가도 옆의 초원에 주저 없이 드러누워서 양팔을 펼쳤다.

그것을 내려다보며, 소년 마술사는 지극히 당연한 말을 했다.

"길바닥이야."

"사방세계의 칸 중 하나라는 건 다를 바 없어요~."

"그런 억지가 어딨냐?"

맨발을 파닥파닥 흔들면서 하는 말에 한 마디 안 할 수 없다.

그렇지만 소년 마술사는 그 이상 탓하지 않고, 털썩 그녀 옆에 앉았다.

"……뭐, 아직 멀었다는 거지."

"……그렇네."

돌이켜보면 다들 강자가 모여 있었고, 그 안에 자신들이 섞여 들어간 것이 이상한 일이다.

예를 들어 — 기억에 남은 시합은 여러 개 있었지만 — 그래, 예를 들어.

교역신의 법의를 입은 기사와 금강석의 기사란 인물의 대결은 어마어마했다.

어느 쪽이 이겼는가에 대해서는, 굳이 논할 일도 아니겠지만…….

"굉장, 했었지."

"……그러네."

두 사람은 바람이 산들거리는 광야와 파란 하늘을 바라보면서, 멍하니 대화했다.

분함은 있었다. 유감이라고 생각하는 마음도 있었다. 그렇지만, 후회 같은 것은 하나도 없었다.

—아직 더 위가 있고, 아직 앞으로도 갈 수 있다.

그저, 그뿐인 것이다.

첫째로 생각해보면, 처음으로 이런 대회에 출장해서 괜찮은 성적을 냈다.

그걸로 풀이 죽을 필요가 어디 있는가? 첫 출장 첫 우승을 못한 게 불만이라는 건, 오만이다.

이 성적은, 당당한 자신의 성과다. 자신들의, 성과다.

"…………좋아."

"와앗?!"

기합을 넣고 일어서자, 옆에 드러누웠던 소녀가 놀란 것처럼 소리쳤다.

그녀는 훌쩍 유연한 복근으로만 상체를 일으키고, 이쪽을 올려다보았다.

"기합이 들어갔네."

"당연하지. 시간은 무한히 있지만, 유한하잖아. 꾸물거리고 있을 수 없어."

"여행을 즐기는 여유라는 것도 중요하지만 말야."

영차. 소녀는 깔깔 웃으며, 벌떡 일어서서 엉덩이에 묻은 풀잎을 두드려 털었다.

"다음은 어디 갈 거야?"

"안 정했어."

소년은 씨익 웃으며 말했다.

"순순히 영감한테 돌아갈 생각은 없지?"

"옆길로 새자는 제안이라면 대찬성."

장난을 떠올린 악동처럼, 레아 소녀도 웃었다.

행선지는 뭐, 정하지 않았다. 그러나, 목적지는 명백했다.

"지상최강의 대검사! 그걸 위해서도, 나보다 강한 녀석을 만나러 가자!!"

"만난 다음이지만 말야."

"그런 말 하지 마아!"

두 사람은 서로 쿡쿡 찌르고, 웃으면서, 당나귀를 끌고 다시 가도를 걷기 시작했다.

언젠가는 최강. 언젠가는 드래곤. 앞길은 하염없이 멀고, 길다.

그러나 틀림없이 그들 그녀들은 한 걸음씩 앞으로 나아가고 있었다.

§

"수고하셨습니다!"

덜컹덜컹 흔들리는 돌아가는 마차 안에서, 접수원 아가씨는 그렇게 말하고 생긋 웃었다.

지금까지 갖가지, 여러 가지 고생을 모두 한 마디로 정리해버리는 건 대단한 담력이었다.

—정말로, 여러 일이 있었네요.

맞은편 자리에 앉은 지저분한 갑옷 차림의 모험가는 투구를 위아래로 움직이며 그녀에게 고개를 끄덕였다.

"제법, 고생했다."

"한 명 빠졌으니까요. 평소 파티에서."

"그럴지도 모르지."

그런 담백한 대답에 접수원은 키득키득 웃음을 굴리고, 입가를 정숙하게 손바닥으로 가렸다.

옆에 앉은 여신관이 엘프처럼 귀를 커다랗게 만들고 들으며, 고개를 숙이는 게 보였기 때문이다.

—조금은 자신이 붙었다고, 생각하지만요.

그래도 아직 칭찬에 익숙하지 못한 것이, 뭐라고 해야 할지.

너무 자신감이 지나친 것도 난처하니까, 이 정도가 오히려 귀여울지도 모른다.

"그래서, 그쪽은 어땠어?"

힘들었지? 엘프 궁수가 창으로 들어오는 산들바람에 머리칼을 맡기며 물어보았다.

"네."

여신관이 끄덕끄덕 하는 것에 맞추어, 소치기 소녀가 장난스럽게 입술을 풀었다.

"엄청 멋있었거든?"

"머, 멋있었는지는, 모르겠지만요……!"

볼을 붉힌 여신관은 목소리가 떨렸지만, 그래도「응, 응」하고 목을 울리면서 고개를 끄덕였다.

"……열심히 했어요!"

"헤에, 좋은걸."

엘프 궁수의 눈동자가, 별처럼 반짝였다.

"들려줘, 들려줘!"

"그, 그러면, 주제넘지만……."

어흠. 작게 헛기침. 그리고 시작되는 것은, 공주님을 대신한 신관의 모험이었다.

익숙지 못한 복장. 낯선 사람들. 의지가 되는 건 함께 해준 친구 두 명뿐.

왕후귀족과 대면하고, 기사와 대화하고, 식전에 나가고, 그곳에 나타난 괴물들…….

그것은 참으로 어엿한 영웅담, 모험담의 일막이었고, 깨닫지 못한 것은 당사자뿐이다.

마부석에서 리자드맨 승려와 드워프 도사가 뭔가 대화를 나눈다. 유쾌한 기척도 들린다.

온화하고, 평화로운, 평온하고 행복한, 여행의 끝.

접수원은 그 따스한 공기를 가슴에 한 가득 들이쉬고, 살며시 무릎을 눈앞의 사람에게 붙였다.

"그러면 저는, 고블린 슬레이어 씨의 모험에 대해서 들어볼까요?"

"음."

철 투구 안쪽에서, 낮게 신음하는 소리.

"나 말인가?"

"네."

접수원은 웃었다.

"당신의, 모험이요."

그렇게 말하고, 그녀는 힐끔 소치기 소녀 쪽을 보았다.

그녀는 지금, 여신관이 엘프 궁수에게 양손을 펼치고 말하는 모험담의 보좌 역할을 맡은 모양이다.

그때는 이랬다, 저랬다. 추임새를 한 번 두 번 넣기만 해도, 이야기는 신이 나는 법.

당연히 이쪽을 신경 쓸 여유는 없어 보였다.

—뭐, 서쪽에 돌아가면…….

그녀의 차례니까, 그 전에 이쪽이 조금 나선다고 해도 나쁜 일은 아닐 것이다.

이 사람의 모험담을 맨 먼저 듣는 특권 정도는, 확실하게 확보해도 될 것이다.

언젠가 그가 훌륭한 모험가가 되는 날까지, 용 퇴치의 일화를 처음으로 듣는 날까지.

—왜냐면, 그것이 제 방식이니까요!

"그래서, 어떤 모험이었나요?"

"그렇군……."

고블린 슬레이어는 조금 생각하고서, 말했다.

"고블린이 있었다."

■작가 후기

안녕하세요, 카규 쿠모입니다!

『고블린 슬레이어』 16권, 재미있으셨나요?

있는 힘껏 열심히 썼으니, 재미있으셨다면 좋겠습니다.

이번에는 왕도에서 고블린 퇴치 의뢰를 받아 고블린 퇴치를 하는 이야기였군요.

마상창 시합! 토너먼트! 락 유!

한 번 확실하게 이 주제를 써서 작품을 그리고 싶다고 생각하고 있었던 거라, 해버렸습니다.

좋잖아요. 마상창 대회. 이면에서 꿈틀거리는 정치적인 이것저것. 그리고 정체를 감춘 의문의 기사.

대체 무슨 에드워드 흑태자란 말인가……. 리처드 1세나 칼 11세일 가능성도 있군요.

어쨌거나 고블린 슬레이어가 할 수 있는 일은 고블린 퇴치니까, 고블린을 퇴치했습니다.

화사한 무대에서 화려하게 날뛰는 것하고는, 또 다른 모험이 그를 기다리고 있는 겁니다.

세계란 것은 여러 사람들이 여러 일을 하며, 그걸로 돌아가는 것입니다.

자신이 자그마한 한 사람에 지나지 않는다는 사실은, 수많은 사람에게 견디기 어려운 것이죠.

그렇기에 『그림자와 싸우는 것』은 어려우며…… 그것을 극복하는 것은, 근사한 일입니다.

본작도 예외가 아니고, 여러 사람의 협력 덕분에 형태가 잡혔습니다.

편집부 여러분, 출판 유통 선전 판매 등등에 관여해주시는 여러분.

이번에도 멋진 삽화를 그려주신 칸나츠키 노보루 선생님. 코미컬라이즈의 쿠로세 코우스케 선생님.

응원해주시는 독자 여러분, 웹판부터 읽어주신 팬 여러분, 정리 사이트 관리인 님.

그리고 언제나 함께 놀아주는 게임 동료, 친구 여러분.

여기에 다 적지 못한 수많은 사람들 덕분입니다.

언제나 언제나, 정말로 감사합니다.

그런 여러분의 힘이 있어서, 이것저것, 여러 가지 할 수 있는 일도 늘어날 것 같습니다.

뭐, 여전히 저는 빠듯해서 솔직히 어푸어푸 헤엄치고 있습니다만!

이상하네. 『악명의 태도(다이 카타나)』가 드디어 요전에 완결돼서 여유가 생겼을 텐데……?

(※일본의 발매일정 기준이며, 한국어판의 발매 일정과는 차이가 있습니다.)

그러면, 요즘 들어서 미궁 탐색 경기나 북해, 왕도 등 여기저기 다녔습니다.

그래서 다음 권은 고블린이 나와서 고블린을 퇴치하는 이야기가 될 예정입니다.

이쪽도 열심히 적을 테니, 재미있게 즐겨주시면 좋겠습니다.

그러면, 다음에 또.

■역자 후기

안녕하세요? 일본어 번역가인 불초 역자 인사 올립니다.

이상하게 일본어 사전보다도 라틴어 사전을 더 자주 뒤지는 것 같지만, 아마도 일본어 역자가 맞습니다. 맞을 거야!

그러면 산스크리트어 이야기를 해봅시다.

걱정 마십시오. 일본어 역자 맞습니다.

ऋत라는 산스크리트어 단어가 있어요. 읽을 수 있냐고 묻지 마십시오. 당연하지만 못 읽습니다. 산스크리트어가 뭔가 하면 소위 범어라고 하는 고대 힌두어를 말하는 겁니다. 후기를 쓰면서 과연 이 단어의 폰트가 제대로 인쇄가 될까 궁금해지는군요. 폰트가 깨져서 제대로 안 나와 있으면 한국 출판 시장에서는 표현조차 못하는 폰트로구나 생각하고 양해해 주세요. 저도 출판사에 거기까지 요구 못해요. 발음은 대강 '릿트'랑 비슷합니다.

질서, 규칙, 올바른 선 같은 뜻을 가지고 있습니다. 이른바 정도(正道)라는 것이죠.

이것이 현대 힌두어에서는 Ṛta로 표기가 되는 모양입니다. 이것도 폰트 표기가 불안하군요. Rta인데 R자 아래에 점이 하나 있는 폰트입니다. 복잡하죠. 뜻은 변함이 없고, 발음은 좀 변해서 '릇타' 내지는 '르타'가 됩니다.

그런데 어느 나라에서 수단과 방법을 가리지 않고 오로지 가장 빠르게 목표를 공략하는 것을 바로 RTA라고 합니다. 그리하여 르타 신을 따르는 신자들이 생겨났습니다.

어느 나라에서는 그렇게 불리고 있지만, 사실 이 신의 신도는 전 세계에 퍼져 있습니다. 이 신의 신도들은 다른 사람들이 보기에는 기겁할만한 기행을 반복하는 사람들입니다.

예를 들어 보자면 벽이란 벽은 모조리 때려보기, 절벽에서 비비며 떨어져보기, 코너에 비벼서 벽을 뚫고 들어가기, 메트로놈을 옆에 켜놓고 정확한 타이밍과 특정 프레임에 버튼을 떼서 순간이동을 하기, 폴리곤 틈으로 파고들어 지하에 들어가기, 특정 구간에서 가로막는 적을 옆으로 비비면서 통과하기 위해 프레임 떨어뜨리기 등등이 있어요.

이 신의 신자들은 정말로 수단을 가리지 않습니다. 최근에는 또 보니까 스킵이 불가능한 스토리 진행용 통신도 기어이 어떻게든 스킵하는 법을 알아내서 스킵하더군요. 그건 대체 어떻게 찾은 거야.

보통 사람들이 이 신의 신자들을 따라 하는 것은 권장하지 못합니다. 보통 고이지 않고서는 도저히 따라 할 수 없는 테크닉들이거든요. 평범하게 하면 100시간 넘게 걸리기도 하는 걸 1시간대로 질주해버리는 작자들입니다.

요즘은 기술의 발달로 교류가 쉬워져서 이들이 생각보다 많다는 걸 알게 되기도 했습니다. 여러분들도 인터넷의 바다를 잘 둘러보십시오. 그들은 생각보다 가까운 곳에 있을지도 모릅니다.

참고로 세계 대부분의 나라에서는 RTA가 아니라 다른 이름으로 알려져 있습니다. 딱히 이름을 불러선 안 되는 그 분인 것도 아니니까 알려드리자면 SpeedRun이라고 해요.

그럼 여러분! ……다음에는 라틴어 사전을 좀 덜 뒤지기를 기원하면서, 다음에 또 만나요!

고블린 슬레이어 16

초판 1쇄 발행 2023년 4월 20일

지은이_ Kumo Kagyu
일러스트_ Noboru Kannatuki
옮긴이_ 박경용

발행인_ 신현호
편집장_ 김승신
편집진행_ 권세라 · 최혁수 · 김경민 · 최정민
편집디자인_ 양우연
관리 · 영업_ 김민원

펴낸곳_ (주)디앤씨미디어
등록_ 2002년 4월 25일 제20-260호
주소_ 서울시 구로구 디지털로 26길 111 JnK디지털타워 503호
전화_ 02-333-2513(대표)
팩시밀리_ 02-333-2514
이메일_ lnovellove@naver.com
L노벨 공식 카페_ http://cafe.naver.com/lnovel11

ISBN 979-11-278-6814-7 04830
ISBN 979-11-278-4050-1 (세트)

값 11,000원

춘하추동 대행자 봄의 춤 上권

아카츠키 카나 지음 | 스오우 일러스트 | 송재희 옮김

세상에 계절은 겨울밖에 없었고,
겨울은 고독을 견디다 못해 자신의 생명을 깎아 봄을 만들었다.
그리고 대지의 소원으로
여름과 가을이 탄생하여 사계절이 완성되었다.

세상에 계절을 불러오는 자,
「사계의 대행자」.

사계의 신으로부터 받은 계절은『봄』.
어머니에게 받은 이름은「히나기쿠」.

그녀의 마음속에는,
신화와 같이 겨울을 향한 연모가 있었다.

스파이 교실 1~7권, 단편집 1~2권

타케마치 지음 | 토마리 일러스트 | 송재희 옮김

아지랑이 팰리스 공동생활 규칙.
하나, 일곱 명이 협력하여 생활할 것.
하나, 외출 시에는 진심으로 놀 것.
하나, **온갖 수단으로 나를 쓰러뜨릴 것.**

—각국이 스파이로 그림자 전쟁을 벌이는 세계.
임무 성공률 100%, 그러나 성격에 난점이 있는 뛰어난 스파이, 클라우스는
사망률 90%를 넘는 「불가능 임무」 전문 기관 「등불」을 창설한다.
하지만 선출된 멤버는 실전 경험이 없는 소녀 일곱 명.
독살, 함정, 미인계— 임무를 달성하기 위해 소녀들에게 남은 유일한 수단은
클라우스를 속여 이기는 것이다!

1대7 스파이 심리전! 통쾌한 스파이 판타지!!

나에겐 이 어둠이 아늑했다 1권

호지자키 콘 지음 | Niθ 일러스트 | 박춘상 옮김

"하하……. 진짜냐……."
이세계에서 히카루를 기다리고 있었던 것은 시야를 가득 메운 광대한 숲.
농밀한 기운이 감도는, 흉악한 마물을 잉태한 대자연이었다—.
어느 날 갑자기 모든 세계에 울린 「신」의 목소리.
그 내용은 「무작위로 선발된 천 명을 이세계로 보내
그 모습을 모든 세계에 실시간 방송한다」는 것이었다!!

—바라든 바라지 않든 모든 행동이 전 인류의 구경거리가 되는 특수한 『이세계』.
걸려 있는 목숨의 수조차 [조회수=기프트]로 바뀌는 무자비한 세계에서
억 단위의 시선들에 노출된 채 수없는 위기에 직면하면서도
히카루는 어둠의 정령의 총애를 받고, 궁지에 몰린 소녀 검사를 구해내
살해당한 소꿉친구의 모습을 찾아 죽음이 도사리는 세계를 헤쳐 나간다!!